文字烛照未来

TopBook

过秦岭

王洁——著

陕西新华出版
陕西人民出版社

日子久了，他只愿意跟“树”说话　喝下八盅茶呀，幺娃儿已长大……　不知张淑珍翻越过多少次秦岭

挑茧过秦到长安，担盐翻岭两月还

重峦叠嶂，锁不住岭南岭北风华

我走过了秦岭，也走过了我自己

王洁 作家、编剧。中国作家协会会员、陕西省作家协会理事。现任西安市文艺两新联合会主席、西安市作家协会副主席、中国散文学会副秘书长。

文学代表作：散文集《六月初五》《风过留痕》；长篇小说《花落长安》《花开有声》《你好，朋友圈》《余生很好》；作品分别荣获第八届冰心散文奖、陕西省第十七届精神文明建设“五个一工程”奖等多项重要荣誉。

报告文学《过秦岭》分别获2024年中国作协重点作品扶持项目、2024年陕西省重大文化精品扶持项目资助。由长篇小说《花开有声》改编的院线电影《远山花开》分别列入教育部与中宣部第42批向全国中小学生推荐优秀影片片目、2022年陕西省重大文化精品扶持项目；长篇小说《你好、朋友圈》入选“十佳中文长篇小说榜”等。个人荣获第二届香港紫荆花国际电影节“最佳编剧奖”；曾获“三秦优秀文化女性”“西安市百名优秀青年文艺人才”称号等。

目录

序章

我对山，有一种别样的感情，从小就如此。只不过那时候对“秦岭”是没有概念的，只知道在离村子不远的地方，有个山，每到秋季，村里的婆娘媳妇儿们会结伴去那里捡毛栗子，奶奶也捡，为了换钱给我买作业本，也为了我的馋嘴。

毛栗子扎手，奶奶舍不得让我帮忙，我只负责将她剥出来的果子归置到篮子里，偶或忍不住，剥开一个生的就直接塞进嘴里。汁水很甜，与熟的相比，生毛栗子别有一番滋味。奶奶便爱怜地嗔怪我：“你是叫花子抬不住隔夜食儿，生的吃多了坏肚子！一会就给你炒！”

“山里还有啥？”

“五味子！等五味子熟了，婆跟着你拉槐叔去山里摘。”

“还有啥？”

“毛驹騮（松鼠），那崽娃客跑得快，婆拉不住。拉住了，给我娃带回来养上。”

那时候就在想，“山”里真好！有我好奇与渴望的一切。

奈何长沟流月去无声，奶奶逝去已多年。读了中学，我才知道奶奶口中的“山”，就是太白山——秦岭主峰。

太白山横卧在陕西省眉县、太白和周至三县的交界处，东西长约 61 千米，南北宽约 39 千米，最高点拔仙台海拔 3771.2 米，比华山主峰还要高出 1600 多米。郦道元曾这样写道：“太白山，于诸山最为秀杰，冬夏积雪，望之皓然。”

传说，太乙真人在这里修行，姜子牙也在这里封神。在上古时期，太白山又叫作首阳山。太史公司马迁在《史记》中记述了这样一段历史：武王平定殷商建立周朝后，伯夷、叔齐誓死不做周的臣民，“义不食周粟，隐于首阳山，采薇而食之”，“登彼西山兮，采其薇矣。以暴易暴兮，不知其非矣！”这是二人临死之前留下的歌词。歌中所吟唱的 “西山”， 指的正是今天太白山的西山。

古往今来无数文人墨客，在这里留下了遐思与笔墨。“西当太白有鸟道，可以横绝峨眉巅”“太白与我语，为我开天关”“天晴诸山出，太白峰最高”……

年岁渐长，才略略读懂那时奶奶进去的那座“山”竟是这样的伟岸，不，是伟大！不知她是怎样随着村里人翻过那沟沟坎坎，满坡里捡毛栗子，爬上悬崖峭壁，摘五味子的。奶奶啊！她不知道太白山的诗句，只想着她的小孙女爱吃什么，有什么新奇玩意儿能带回来。

时至今日，我总觉得奶奶还是会去山里，去树多的地方。我多想把这“山”的美，从头到尾地给奶奶讲一遍，她肯定很自豪，自己进的是这样有故事有历史的伟岸之“山”。

于是，我便在老家的打麦场边栽了两棵会开花的树，并不高大，却华盖琼琼，粉色的花团一簇一簇。老人们见了，都说这一看就是女娃娃树，芊芊的，俊俊的。总希冀着，这两棵树能成为我和奶奶之间的某种连接。也希冀着，这两棵树是身在他乡的我之化身，替我守护着奶奶的坟。

可惜，世事难料，因为家里的种种纷争，两棵树终究没能保住……为此，我还伤心了很多年，与父亲之间生出了一道逾越不了的隔阂，时至今日对他的埋怨未曾消散。

从此，山和树，似乎成了我心中过不去的东西——一边欢欣着进山看树，孩童般释放天性，一边又兀自悲伤，睹物思人。

不承想，兜兜转转，由我著的长篇小说改编的电影《远山花开》拍摄地，被团队敲定在了陕南的一个小镇，那属于秦岭腹地了。我的直觉告诉我——这是奶奶替我选的地方，一块陕西最美的地方，也是最有灵性的地方，是能耕耘开花的地方，是可以成事儿的地方。

如今，电影早已捧回大奖，每每到北京去开座谈会——或也概因商洛地区深受总书记关切——秦岭每每刷脸新闻联播，京圈

友人总是好奇相问："秦岭内部到底是个什么样的地方？"

一时之间，我不知从何说起，免不了照本宣科一番：秦岭和合南北，泽被天下，是我国的中央水塔，是中华民族的祖脉和中华文化的重要象征。末了，为彰显陕西文人的独有特色，自然还要用唐宋"名句"诗情画意地描述上一番。

直到一年冬天，为着电影《远山花开》在秦岭南部筹拍，我平生第一次认认真真过了个秦岭。彼时苍翠已退，皑皑的白雾，一团一团挂在长长短短的枝杈上。乌黛一样远远近近的山，高高低低在车窗外移挪，竟也不知是我路过了秦岭，还是秦岭路过了我。要不，怎么说时间就像吴刀，佩着它，赶着追着，我们就已是半生戎马的行路者。

刹那间的电光石火，让我内心涌起莫名的使命与灵感——我要写一部这样的书，秦岭。于是开启了长达半年的调研采风，跑遍了秦岭南北麓的市区县镇，甚至村和沟。

"如何学得崔重易，吟啸终南明月中！"而当我真正潜心走进秦岭深处，才知这两个字，又岂是诗赋可道尽的一块地方！

护林员赵苍虎、何春燕，看猴子的老曹头，藤编爷爷，草链岭上的夫妻，等等，一个个淳朴的人在我的采访中向我走来，直至走入灵魂深处。我真的为之震颤。

对于普通老百姓而言，他们或许读不懂史书青卷对于秦岭的长吟，也不大能明白李杜骚笔对于秦岭的赋比。他们只知道那是必须敬畏、爱护的一个精神符号——你可以叫它“父亲”“祖脉”“仙灵住的地方”，或者，“家”。

“暧暧远人村，依依墟里烟。”在中国人的内心深处，只有故土乡情才能治愈漂泊的愁苦与不安。“峻岭登临最上层，飞埃漠漠草稜稜。百年世路多翻覆，千古河山几废兴。”

由此，秦岭，又岂止一座山那样简单？

一座秦岭山，半部中国史。2023年5月，习近平总书记在主持中国—中亚峰会前夕，再一次心系秦岭。念兹在兹，国之大者。落笔是盛世文典，展卷是治世华章。从秦岭中汲取浩然正气，从中华文化里吸收精神钙质——万山磅礴，斯文在兹。

而随着保护举措的一次次“重磅加码”，秦岭也正不断走向“深绿”。举目望去，“林涛”起伏，无边无际。生命的律动在山间奔涌，日新月异的变化已然发生。

且抛开文人骚笔的平仄之词，用心去感受它追日抱月的时代胸襟，惊觉曾经陌生却又常听人以“贫困”代指的地方，早已换山河锦绣！

重峦叠嶂，锁不住岭南岭北风华；翠峰壁立，断不了山头山尾踏歌。无论是“鸡鸣桑树颠”的新时代乡村美景，还是“种豆南山下”的中国式浪漫，你都可以在今天的秦岭中找到完整的注释。景美、业兴、人旺的中国式现代化长卷——这并非新闻通稿中的虚写，只有你走进，方能真正明白。

这三年多来，我多次翻越秦岭，在幽长的终南山隧道里，不禁大声吟咏：“山有小口，仿佛若有光……土地平旷，屋舍俨然，有良田、美池、桑竹之属。阡陌交通，鸡犬相闻。其中往来种作，男女衣着，悉如外人。黄发垂髫，并怡然自乐。”

在香港捧回电影大奖后，我去秦岭深处的兴隆寺看望了奶奶，她的灵位后来被我供在了那里，我知道那一定是奶奶喜欢的地方，也是她一直想要待下去的地方。那天，下着淅淅沥沥的雨，我一路小声啜泣着一步一步爬上山顶，分不清落在脸上的是雨水还是泪水。我心里清楚，那一定是奶奶的回应。站在奶奶的牌位前，我双手合十，眼泪一次一次滑落，心里默默与她老人家说着：“您让我在山里，成了事儿。”

虽然我依旧不能接受她老人家的离去，但岁月如抽丝剥茧一样，把我拨拉到了不惑之年。比诸今日，我才真正“不惑”。奶奶必定在千山叠翠、嘉木成林、琼花拥嶂的深处，远远望着我……

读过秦岭内部的贫地织锦、创业致富，与生活、工作在这里的人们深入交谈，真真切切看见穷地换美景，青山变金山，恍悟——最难翻越的，不是秦岭，更不是困境，而是我们内心的千山万水。

山至高处，人为峰！

第一章　星星与七棵树

单身很久的我，早不过七夕。有一年夏天，却在七夕这天把车驱向分水岭。到达时，已经晚上 8 点多。放下座椅，打开天窗，星星就在我头顶。树影在这样的夜里并不狰狞，尽管叫不出名的鸟儿发出阵阵怪叫。偶尔飞过去的萤火虫，在寻找着自己的同伴，秋蝉吱吱，割开岁月封条——这可不就是童年打麦场边的情景么？

秦岭里的星星，是亮的、繁的，会闪的。

我回来还把这番奇妙的体验告诉了小闺蜜王一。她说："那是因为秦岭那边没有城里的灯光污染，空气也比城里好！能见度高！所以，你觉得在城里看不见星星，星星都跑到秦岭里去了！"

她咯咯笑着，又补充了一句："你得感谢树！是树，挽留住了星星！"

树挽住了繁星，多浪漫的表达！

巧的是，不久后，我林业局的朋友就打电话过来说，我想采访护林员的事情已经协调好了，并提供了一份名单。

“我们挑的都是有故事的人，有的已经看林子看了一辈子了，20 年、30 年、40 年的都有。”

“一辈子！”我不禁出声感叹。

“对啊！一辈子。”

一辈子，都和树打交道！

（一）43 年

从秦岭静峪保护站进入，步行 2 个多小时后，原本清晰可见的林间大路渐渐隐去，眼前杂草丛生，再也看不到路况。不善言谈的护林员赵苍虎，终于主动了起来，“小心一点，踩我踩过的地方，每一步都踏稳了！”他说着回身扶着我和助手走过密林夹道的一处杂草窝。

一身迷彩服，一个工具包，一把水壶，一条绳子，这就是“看树人”赵苍虎每天巡山的装备。每天都要走 8—10 个钟头、二三十千米路、四五万步，平均两个月磨破一双新鞋；黝黑的脸庞，粗糙的一双大手，炯炯有神的眼睛掩盖住了 60 岁的沧桑——赵苍虎巡山已经有 43 个年头了……

12665.26 公顷，如同巨大的绿带镶嵌在秦岭北麓，这就是西安市鄠邑区涝峪国有生态林场天然林资源保护工程区总面积，也是赵苍虎和其他十几名护林员每天需要巡护的森林面积。

“到了！快到我们栽的那片树林了！”赵苍虎加快了脚步，指着前面的一片树林说。同行的护林员何春燕，赶忙掏出包里的卷尺，准备测量那片林子的长势，瘦小的身躯麻利地在半人高的野草间穿行。“15 年了！这些树的胸径长了 30 多厘米呢！老碗口那么粗了。”何春燕高兴地说。

“看！到了，这是我在 20 世纪 90 年代栽下的落叶松，现在有 19 米高！”赵苍虎说着，摸了摸眼前一棵高大的树木，又轻轻拍了两下，“这都有感情了，就像我的娃娃，看着它们一点点长大，我值了！”

说罢，两人忙活了起来：“这棵抽查无病害，胸径 47 厘米……”他们一个仔细测量，一个认真记录。

检查林区安全、宣传森林防火知识、了解林区情况，定期也会开展植树造林、项目检查、森林病虫害排查……这是赵苍虎、何春燕等护林员们的日常工作。

“一是记录安全隐患，比如大树被风吹倒或山体滑坡等。二是要记录病虫害情况，这片山林松树多，一定要操心……”赵苍虎细数着工作的点滴细节。巡山的重点是各个森林防火点，有的防火点位置远，又挨着自然村，任务一点不轻松，有时候一走就是一整天。一袋咸菜、一个大白馍，席地而坐，就是一顿午饭。

“觉得苦吗？”我问。

赵苍虎腼腆一笑，何春燕却替他“抢答”说：“今天这一路就不算啥！赵师傅他们有时候一走就是三四天，都得住在山上我们的临时宿舍里！”

“树多、面积大，每条沟都得操心，树娃娃也是。有时山里黑得早，来不及下山，都是听着野兽的嗥叫声睡着的。来一次，就得有一次的作用！树娃娃也是一条命哩！”赵苍虎说，羚牛、野猪，这些年他们在山里见过不少。在2019年的一次巡山中，他们还遇到两只黑熊堵在路前头。

但对这些困难和可能遭遇的危险，赵苍虎与何春燕是这样说的：“时间久了，你就知道你爱它们，它们也就爱你。”“一进林子，人就觉得身上松泛了，心里也高兴！就忘了苦了！”

说起黑熊，赵苍虎讲了一路。

1980年赵苍虎跟着哥哥进入林场工作，日常工作就是伐树，他自己也没想到从那时起就和树木结了一辈子的缘分，直至再也无法割舍自己守护的那片林。

“一开始，林场属于经营型林场，每天的工作就是按照指标采伐树木，早上八点出门上山，天黑了下山，生活艰苦又单调。”赵苍虎说，1987年林场开始转型为生态林场，2000年“天保工程”实施，林场内不得伐木，所有的职工便转岗成为护林员。

当时护林工作的条件并不好，住宿就是简易窝棚，巡山工作更是艰辛又危险。有人也在此时给他介绍过其他“好”工作，他都拒绝了。很多人都出山做生意去了，赵苍虎却选择留下。

“以后，不能卖树木，只能看树，工资是死的，一辈子只能在山林里转悠，你可想好。”领导给他拧螺丝。

“想好了，我不爱说话，和树打交道，不用说话。”赵苍虎回答。

领导被他逗笑了，可妻子却被他惹哭了。得知他的工作职责是看树，一个月只能回家三四天，妻子狠狠发了一通脾气。

“你个榆木疙瘩，你不如和树直接一过！跟我一离算了！”

那个年代讲究下海，做生意的人几年就能开个小车，村里的房子盖得一家比一家高。

邻居老林就是开了小卖部，没几年就发达了，两家的土坯房本来一样高低，发达后老林将自家拆了，盖了二层转弯楼，还特意把庄基地用土再填了一层，把门头堆得老高。

“你看，老林家的门头都比苍虎家的院墙高了！”

农村人讲究门楼、院墙的高低，认为谁家高，谁家就得了风水。

妻子便愈发对赵苍虎不满。但赵苍虎一个月只有 300 块钱，3 个老人，2 个娃，全家 7 张嘴等着他，确实没有钱去“盖”过邻居。

妻子闹得狠了，赵苍虎才回一句："咋！再高，能比秦岭高？能压得住秦岭的风水？我在秦岭有宿舍，住得更高！"

但赵苍虎所谓的“宿舍”，大多时候是流动的。虽然厂子里有简易的板房，但因为要巡山看树，防止有人盗伐树木，他经常和同事们背着铺盖和干粮上山。

有时候赶天黑回不去宿舍，他们就找个相对安全的地方，拾掇拾掇软乎的树叶子，堆成床，把铺盖一放，被子一盖，就是“宿舍”。

这样住的次数多了，赵苍虎他们摸索出了规律：夏天有蛇，巡山一定要带绳子，晚上找几棵树，把绳子一绷，就能做个吊床；冬天有猛兽下山找食儿，住宿时一定要找石洞。

有一年深秋，赵苍虎和同事老张一起巡山。谁知走到一处狭窄的山道时，遇到了带着崽儿的黑熊，老张一时慌了神，黑熊也在惊慌之下起了敌意，一巴掌将老张扇下了山崖。

山里人把熊叫“黑瞎子”，这家伙一掌能揭下来人的一张脸皮。

等到大家在沟里找到老张时，他已经没了半张脸。

赶紧抬下山！

最终，老张被抢救了过来，单位一直对他有一定的慰问和抚恤，那半张脸随着医学技术的发展，也慢慢被修整了回来，却到底不是原来的样子。

老张出事儿后，妻子怎么着也不让他继续做护林员了，赵苍虎也确实萌生了下山另找工作的想法。便在二舅的介绍下，去了一个工地做工。那段时间，赵苍虎总是梦见林子、松鼠、麃子等。他还是忘不了已经打了 10 年交道的树林，也适应不了熙熙攘攘的人群。

于是，很快，他又一次回到了林场。

"2000 年初，场子的住宿条件改善很多了。我们带的装备虽然还不齐全，却也加强了安全教育和防范。做这行的，一定得熟悉动物习性。"

讲完黑熊的故事，已经到了下午 4 点多，我和助手跟着赵苍虎他们已经走了近 15 里的山路了。日头稍稍温和起来，撒在林间成了密密的金丝线，时不时有松鼠蹿出来，捡着地上的小落果吃。看见我们来，也并不害怕，只是"象征性"地"让让路"，甚至一度快要爬上记者的脚面。

"一点也不怕人呢！"

"除了松鼠，还有很多其他的小动物！野鸡、麂子，多了去了！我们经常遇到。动物有灵性，时间久了它们知道人不会害它，就亲近你了。"何春燕说着咯咯笑起来。

保护和救助野生动物，习惯性地随时随地捡起路人丢的垃圾，早已成了他们的"惯性"工作。

"那你们是怎么想到要从事这样的工作的？"

"实话说，刚开始没有想过什么理想、价值、生态保护这些观念。就待在林子里吧，置身森林深处，才可以看到别人看不到的风景，这是一种难以说明的缘分。"

时间一晃，43 年过去了，赵苍虎已经从当初的毛头小子变成了大孙子口中的"树爷爷"。今年 60 岁的他，即将退休，但他说自己还会以志愿者的身份继续守护着这片密林。其他护林员听

后也十分高兴 :“赵师傅经验丰富，是老把式了！还是松材线虫病等重大林业有害生物防控工作先进个人，我们年轻人的百科全书呢！”

“舍不得呀！没有林子，总觉得生活少了啥。”赵苍虎笑说。

而像赵苍虎这样，从“砍树人”变成“看树人”的案例并不少。从曾经的“油锯一响，黄金万两”，到现在的“不砍一棵树，照样能致富”，正是因为尝到了甜头，才有越来越多的人加入到了护林、育林、造林的行列。

（二）父亲的交代

刚开始和女护林员何春燕打交道，并不是一件容易的事情。她有些害羞，“我不会说话，赵师傅说”是她的口头禅。但事实上赵苍虎也并不苟言笑，只有提到树时，他眼里才会放光。干得多，说得少，更不会用花哨的语言总结自己的工作——这是一群质朴的人。

“作为一名女同志，选择这样一份常年在深山的工作，你曾想过放弃吗？”我问。

“想过，但父亲阻止了我！”何春燕说。

1996 年，21 岁的何春燕成了一名护林员，此时，她的父亲已经守护林场多年，是赵苍虎的老同事了。

刚开始，何春燕比较排斥这份枯燥乏味又艰辛的工作：“一整天见不到外面的人，就是在深山老林里用脚去量路！林子静得只剩下鸟儿虫儿的叫声。”

尤其是在看到同龄姑娘穿着漂亮衣服去沿海城市见识花花世界时，何春燕萌生了辞职的念头。父亲意味深长地说了一席话：“人常说‘十年树木，百年树人’，其实，树木也须百年计啊！你现在不知道看树护树的好，以后你就知道了，这是极好的工作，也是造福后代的大事！”

“‘后代’？我连自己的‘后代’都有可能造不出来了！”

何春燕那时对自己的婚事特别沮丧，亲友领导给她介绍了很多对象，她自己也长得白净、水灵，可就是别人一听她在树林子里看树，一个月回不去几次家，就不乐意了。十有八九会吹。

有一次，何春燕看上了一个对象，在西安东郊一家兵工厂工作，媒人暗示以后结婚了，人家可以给何春燕在兵工厂安排个工作，让她走出大山，以后也当工人。

可父亲一听说她要脱离林场，就跟何春燕说：“你干脆也找个护林员，他能理解你，你也能拴住心。”

“拴住心？拴在深山老林里？虎毒不食子！你可真要把娃毁了！”母亲这次也忍受不了了，帮助何春燕对抗父亲。

“毁不毁，现在看不出来！你往后看 20 年！哪怕 10 年！看我是不是在毁娃！头发长见识短！”老父亲丝毫不退让。

最终，胳膊扭不过大腿，何春燕留了下来。在父亲和领导的安排下，何春燕与同事结婚了。

婚后的前两年，何春燕还是对父亲有些许埋怨，不愿意，刚好也没时间回娘家——夫妻俩在山上一守就是个把月，连自己的孩子都无法顾及。

孩子四五岁了，有一年夏天，她把孩子接到工作站来玩儿。

这一天，夫妻俩像往常一样上了山，与以往不一样的，是他们牵着女儿的小手。踩着松软的树叶，孩子蹦蹦跳跳的，就像平时见的小兔子。

“过河了！飞一个！”遇到小溪，夫妻俩便拉着孩子的胳膊，把她提溜起来。“看！野鸡！”遇到小动物，孩子总是洋溢着满脸的童真。

那一次，她的思绪回到了童年，那还是父亲在林场工作的时候，她也曾在放暑假时跟着父亲到这片林子里来，父亲的大手也这样举着她“飞”过小溪、山沟，她也在林子里追过兔子、松鼠。

那时候，父亲就像这座山，伟岸，充满了安全感。

父亲明明是爱自己的，不可能害自己。

不久，她终于回娘家去看望了已经白发苍苍的父亲。

“你好好干。忍住。你再坚持几年，国家一定会越来越重视这块的工作，树木也是百年计。这是千秋万代的事业，你爱这树，树就会爱你。”

直到此时，父亲还在叮嘱着何春燕。

解开了对父亲的心结，渐渐地，她习惯了，也“听懂”了森林之语，“那虫儿鸟儿的叫声，听着听着就舒服起来了，就像秦岭在和你说话来着。”何春燕说。

寒来暑往，韶华易逝。何春燕把青春给了这片森林，同时她也成了生态变迁的一名基层见证者。

她说，十多年前，那些乱砍滥伐、违规用火或者盗采名贵中草药的不法分子，是屡见不鲜的，有时候还会跟他们起激烈冲突。周边的一些村民更是不好打交道，护林员阻止别人伐木，就会遭到村民的白眼。现在，随着生态保护政策的宣传，年复一年的以行证心，大家从观念和行动上发生了翻天覆地的变化。现在秦岭的“五乱”少了，在山里遇到的人更多是“驴友”和来考察的大学生。以前排斥他们的村民，成了护林员的帮手，偶尔见了，会热情邀请他们吃碗便饭，有时也主动向护林员举报自己发现的破坏生态的线索。

20 余年下来，何春燕也有了自己的心得技巧。每次遇到登山客，她都主动上前聊天，不失时机地宣传，不要随地丢烟头，注意防火，把每一份小力量，汇聚成大能量。

“保护站也建起来了，全社会都在关注和尊重我们的工作，感觉就是父亲说的那个日子来了……”说到这里，何春燕潸然泪下，她赶忙擦拭，不好意思地对我们说：“见笑了，我真心觉得，值了，一辈子值了！”

何春燕的父亲在 2011 年去世，她也早已不是当初那个吵嚷着要辞职的小姑娘。对这片深山密林,她从“畏”变成了“敬”和“爱”，而像她这样接过父辈护林责任的下一代，也渐渐多了起来。

目前西安市护林员总数约 1700 人。全市 13 个国有林场分布在鄠邑区、临潼区、长安区、周至县和蓝田县，国有林场护林员总数约 900 人。越来越多的“赵苍虎”和“何春燕”加入其中，近两年还有 90 后入队。

陈力之，90 后森林卫士，“最美生态护林员”称号获得者。一万多亩公益林，崎岖不平的山路，一个喇叭，一辆摩托车，陪着陈力之度过了无数个春夏秋冬。“岗位虽平凡,但干一行爱一行，工作就要好好做。”陈力之的父亲也是一位护林员，接过父亲的接力棒，他决心在这片土地上，一直坚守下去。

陈原玉，95 后秦岭“守山人”。作为在城市里长大的孩子，陈原玉刚来到山里就被深深吸引住了。陈原玉的主要工作就是日常巡护，包括记录动物痕迹、更换红外相机存储卡等。巡护工作环境艰苦、任务繁重，有时需要徒步八九个小时才能完成。

刘天娇，红星林场护林员。2010 年大学毕业后被广州一国企录用，有着一份在别人看来不错的工作。然而，这个淳朴的大山孩子却渴望回到“母亲”怀抱。2015 年，刘天娇成为红星林场一名护林员。大山深处交通不便、通信不畅、信息闭塞。巡林

靠走、护林靠吼。砍杂灌、搞绿化，清理防火道、预防盗采盗伐。刘天娇每天早出晚归，行走在荆棘密布、陡峭的山路上。前面没有路，他便拿着镰刀开路。累了在林中打个盹，饿了靠干粮充饥，渴了喝山泉解渴。

许娟娜，85 后巡护员。2012 年，24 岁的许娟娜进入陕西周至国家级自然保护区管理局工作。为了适应巡护员的工作，许娟娜不仅要“天然去雕饰”,甚至在两年前剪掉了一头秀发。冲锋衣、运动鞋和一个双肩包就是她的日常装扮，虽然少了些女性的柔美妩媚，却平添了几分飒爽英姿。GPS 手持终端、红外相机、塑料袋、睡袋、绳索……检查装备，背上背包，这是许娟娜每天巡山前都要做的准备工作。

当我采访完赵苍虎、何春燕，以及部分年轻的护林员后，我想重点写 7 位护林员，便把这一章的标题定为“星星与七棵树”，是树挽住了星星，才有了秦岭的一片朗朗天空，让诗人有歌赋，让游子有乡愁。

何以“秦岭”？举目望去，就在那“林涛”起伏、无边无际的地方……

（三）草链岭与糊汤面

草链岭，海拔 2646 米，位于洛南和华州的交界处，是秦岭东部最高峰，和西岳华山相望，山下就是洛水的源头。其主脉跨越华州、华阴、洛南、蓝田、渭南，呈U形，主峰屹立于华洛之界。草链岭南麓是洛河，丹江水系的发源地，岭上有第四纪冰川形成的石海，有国家二级保护植物——高山杜鹃，从山脚至山顶可领略不同海拔的植物形态。北麓桥峪三岔坪以上，森林茂密，清泉流水，山势多姿。东麓蜈蚣沟，沟深水长，龙潭瀑气势如虹，而山势平缓，自古是湖广通往关中之要道，沟顶奇峰秀出，可与华岳争辉。咕咚口一八里坡也是翻越秦岭的古道，其中山岩突兀，峡谷深仄，奇峰林立。

走在洛南县龙潭风景区及草链岭的林间小道上，经常会看到一对身着迷彩服，手提蓝牙喇叭，臂戴红袖章，骑着一辆摩托车的巡山护林人员，他们便是国有保安林场黑章台管护站的专职护林员刘邦娃和妻子舒军霞。

2021年，刘邦娃45岁，他和家人住在洛源镇莆尔村，自1992年参加工作以来，他一直担任洛南县国有保安林场专职护林员，至今已29年。妻子舒军霞今年42岁，为了支持丈夫的工作，她于2003年5月带着刚出生不久的儿子来到了黑章台管护站，与丈夫同甘苦、守青山、履使命。

国有保安林场黑章台管护站总管护面积9705亩，是经几代林业人努力营造和精心管护起来的纯国有林区，区域内森林资源十分丰富，也是秦岭南麓草链岭一带第四纪冰川时期植物群落分布比较明显的一道天然屏障，堪称洛南西部的“林海雪原”。然而在 20 世纪 90 年代后期，受市场经济的诱惑，偷盗林木、乱砍滥伐现象十分严重，一度处于失控状态，最终给林地留下了千疮百孔的伤痕。

2003 年年初，为了使林地尽快恢复原有面貌，林场决定调整和增强黑章台的管护力量。刘邦娃义无反顾地请命，要求去黑章台工区工作。当时，正值他的妻子舒军霞怀孕，可他一直没有时间回家照看。等他忙完一切回到家时，儿子已经降生，左邻右舍都责怪他说 :“你这人心真大，连老婆生孩子都不回来，单位工作比你老婆的命都值钱吗？”他忍不住流下了饱含歉意的泪水。为了不耽误工作，又能照顾妻子和儿子，他和妻子商量 :“要不我把你和儿子接到单位，咱们一边过日子，一边工作。”

听到这话，岳母还一度过来，假装要把闺女带走。妻子舒军霞虽也无奈却选择了支持他，说道 :“哎！真拿你没办法，你说咋办就咋办吧。”

就这样，刘邦娃把媳妇和孩子接到了管护工区，一待就是 18 年。

孩子小时，舒军霞一边照看孩子，一边照看丈夫的生活起居，让他无后顾之忧；孩子大些后，因工作需要，舒军霞便当起了义务护林员，和丈夫一起早出晚归，巡山护林。

多年来，夫妻俩踏遍了草链岭的沟沟岔岔，这里的一草一木都留在了他们的心中，当地人亲切地称他们为“黑章台上的夫妻档守护神”。

当笔者见到这对夫妻时，他们正在做饭。

“哎呀，早就听说王老师要过来！军霞给你做糊汤面呢！”刘邦娃接过了我手中的东西，那都是些干菜和半成品的食物，想着他们若巡山回来，加热就能食用。早在新闻报道上看到过这对夫妻的事迹，为着《过秦岭》的写作，我带着诚意来看望夫妻俩。

糊汤面，是当地的一道特色美食。简便易做，粗细搭配，口味清淡。还是听陕西文豪贾平凹老师讲过这道美食的神奇魅力——要把糊汤熬到稠得可以在上面放上家中自制的酸菜啦，咸菜啦，萝卜干、炒小蒜什么的，要是在四五月份，再弄点野韭菜一炒，九十月份弄一把野小蒜炒了做下饭菜，那味道别提有多美。在 20 世纪 50 年代末 60 年代初的三年困难时期，要是能喝上一口稀糊汤，那比现在过年都幸福。糊汤，给人的心理作用，就是让我们有一种返璞归真回归自然的熨帖感。

刘邦娃比新闻图片上看起来更黝黑，大概照片是被编辑或记者给“美颜”过了吧，咳！现在不是流行这种编辑手法么，想让人看上去精神一些。但刘邦娃本人比新闻照片上的他要精神很多！一双眼睛炯炯有神，行动麻利，虽然裤脚卷起了一层泥坯子，笑容和眼睛却那么干净澄澈！

不过 20 分钟，军霞已经端上来了“糊汤面”。正好，翻越了一座秦岭，我也饿了，竟顾不得客气，风卷残云般吃了起来。

或许是现在的生活节奏快，有时难免会让我们在尽情享受美食之后，精神上感到无比的空虚，而糊汤这种来源于土地的最自然淳朴的天然食品，让我们更加真切地体会到生活的舒坦和安适，我内心竟慢慢宁静了下来。

“白天与林子和石头打交道，看看山，看看树。现在基本上已经没人伐树了。就是转转，查查病虫害。就当带着老伴逛！回来喝一碗糊汤，日子美太！”刘邦娃大约看出了我的舒坦，分享着自己的“工作心得”，掩不住的自豪与惬意，爬上他的嘴角。

吃过了糊汤面，刘邦娃就带着我去巡山了。因为他只有一辆摩托车，只好让妻子军霞和我的助手留在工作站。

彼时已值初秋，层林尽染，微薄的雾气在四周弥散，虫鸟时鸣山涧。两个多小时后，看着辖区他管护的树林，刘邦娃喜悦的心情溢于言表，情不自禁地高唱起来。

“祖籍陕西韩城县，杏花村中有家园……”

“你唱的是啥？”

“我唱的是秦腔《三滴血》，今天到林子里巡逻比较开心，所以就想吼上两嗓子。”

“这是关中人唱的秦腔，你也会？陕南人不是唱花鼓么？”

“王老师，你经常来就知道了，秦岭南北虽然有差异，秦声可是一样的！分水岭分的水，没分人！”刘邦娃爽朗地笑着。

就在我们陶醉于山林之际，几棵根部的树皮惨遭剥皮毁坏的大树突然出现在眼前，刘邦娃大步向前，俯身弯腰仔细查看。

“这是豪猪干的，豪猪从坡上下来后没有吃的，它就把树皮啃了，就这一小块，不要紧，开春后用泥巴糊起来，树还能活，不影响生长。”刘邦娃解释道。另有棵树破坏得比较严重，被豪猪啃了一圈，看样子活不了了。今天用红绳做个标记，来年补栽一棵。

“深山常年见不到人，和同伴说的车轱辘话说了几遍就没味了，觉得寂寞了就对大山喊几下。”刘邦娃回忆起刚做护林工作的那些年，晚上在山里搭帐篷睡觉最让他感到害怕，“深夜里山风呼呼地刮，啥动物的叫声都有，风刮掉一个树杈就像砸下个石头，我心里就反复默念‘别害怕，是风，是风……’”

后来，他把妻子也“拐带”进山，两人在工作站过上了与世隔绝的小日子，他索性把她也发展成为“义务工”。从此，他的老式摩托车后面就载上了妻子，妻子把护林的宣传旗一举，突突的声音响起，沟沟坎坎的人家就知道夫妻俩来了。

孩子给他们取了外号，让他很自豪的外号——“护林侠侣”！

2019 年冬季的一天，下着鹅毛大雪，林场领导在下乡途中遇上刘邦娃夫妻俩在巡山，见他们冻得嘴唇发紫，鞋袜已经湿透，心疼地问道：“这样冷的天，你俩咋还巡坡呢？”他们笑了笑说：“每天不在这坡上转一转，我们这心里不踏实啊。”

“十多年来，他的管辖区内没有发生一起森林火灾，林木健康安全生长。虽然工资不高，但这么多年过去了，我也与这片林地结下了不解之缘，它就像我的孩子一样，看着树木健康成长，我心里无比自豪，很有一种成就感！”回忆过往，妻子舒军霞满意地说道。

一晃 20 多年过去了，夫妻俩都老了。每到巡山时，妻子军霞都喜欢把迷彩服穿外面，里面却无论怎样都要穿个红色衬衣。孩子小刘向我偷偷揭示："穿红衣服拍照好看！巡山路上万一碰到啥好风景，我爸就给我妈拍几张照片！人家就当这是约会了！”

我偷偷笑了起来，果然发现简易的房间里用老木头做的梳妆桌上，放了一束野花——菊花、藿香、星星草，是用玻璃杯插起来的。

想必，那也是老刘送给妻子的来自秦岭的“浪漫”吧。

七夕秦岭的天空，繁星点点，星河璀璨，无数喜鹊在为牛郎织女编织着幸福的鹊桥，而在这密林深处，一代代护林员用自己的默默付出和执着守候，一脚一脚丈量，一棵一棵标记，一株一株培育，一点一点编织，才有了这满山的蓊蓊郁郁。

满天繁星守护着秦岭，秦岭留住了满天繁星！

第二章 秦岭呼唤

最近，《黑神话悟空》爆火。儿子问我："妈妈你说，悟空是峨眉山的猴子，还是咱们秦岭这边的金丝猴？"

这我还真没研究过，在秦岭里生活的猴子，是有金黄色毛发的，外形更可爱一些。峨眉山的猴子，我没见过，网上叫它们"泼猴"，常抢游客的食物，甚是淘气。

儿子说："悟空是秦岭金丝猴！"

"为啥？"

"首先，他是美猴王！注意这个美字，所以外形要好，显然金丝猴那圆圆的脑袋和脸，金黄色的毛儿，更符合这一点。其次，菩提祖师把它教导得很好，它对老百姓非常有教养，有爱心，绝对不是泼猴！你看金丝猴，多友好温顺的！"

儿子抛出了一大堆道理，虽然离奇，却真有一点道理！

我没专门去动物园看过猴子，从小到大，只近距离接触过一次猴子，那时我才刚刚记事，有一天拔猪草回来，奶奶说先不用剁草了，带我去看个稀奇，邻村有耍猴人来了。这对于寂寞、劳累又枯燥的童年乡村生活来说，真是一件热闹事儿啊。

只见一个操着外地口音的男子，在人群中敲响铜锣，一只枯瘦的猴子便在地上翻起跟斗，惹得众人拍手叫好。那男子又在地上甩了一鞭子，猴子又开始倒立行走。我被这惊奇而有灵性的动物震惊了，只是它那浑浊的双眼，干枯的小手，还有已经像枯草一样的毛发，让我隐隐觉得它一定不快乐。拖着沉重的铁链，猴子表演完一个又一个动作。人们掏出些钢镚儿，扔在耍猴人的盘子里或地上，猴子才得到半个不知什么时候吃剩下的苹果。

在很长一段时间里，猴子，在我的认知里，成了悲苦与聪明的代名词。就像每每看到孙大圣被压在五行山下时，我都会嘤嘤抽泣。

后来，从山里来的亲戚，说他们村子里有猴子，金黄色的，一群一群，在树上挂着。那时候只要“山里亲戚”来了，我们一家人就特别重视。一是山高路远，他们一年到头也只有正月来走动；二是知道那里的人们缺吃少穿，大人老早就叮嘱孩子们不要对人家的衣服补丁发问，更是提前几天就准备好家里人退下来不穿的衣服、袜子、鞋子，还有工地上的白棉线手套，等着他们离开时，好拿回去贴补家用。

我那时对“贫穷”没什么概念，因为大家的日子其实也差不了多少。只是对他们讲的“金丝猴”特别感兴趣，每每瞪着眼睛，以送水、端瓜子的名义，赖在大人们说话的堂屋。

等到他们要走时，家人要集体送他们出村子，他们背着大包小包，回头远远地喊：“闲了一定上山来坐坐呀！”

可即便家人满口答应着，却未曾真的去过。奶奶说，人家过日子不容易，不好去吃人家一顿，白米细面，对山里人来说，太难得了。

偶然发现，父亲抽的烟叫金丝猴，蓝色的烟盒上面画着金黄色的小猴子，三两只不等，有的吊在树上，有的抱着孩子。我想要收集一些，剪下来，贴在抄歌本上做装饰。但父亲眼里总是射出冷冷的光，吓得我不敢问他去讨要。

毕竟，在他眼中，女孩子帮妈妈干干农活、做做饭，跟奶奶学学针线规矩，就是懂事。念书好坏都不要紧，更别说剪烟盒子上的金丝猴了，那是不学好的表现。

奶奶知道我的心思，便许诺“明年”正月带我去山里亲戚那里。“明年吧，明年。”

可是，“明年”到底是哪年？我终是没有去。

后来，老一辈的人都去世得差不多了，后代没有那么深的联系，就和山里的亲戚不太走动了，后来又听说政府让人们搬了出来，住上了好房子，他们也就不再是“山里亲戚”了。

岁月流转，去看金丝猴的执念，不知不觉地被我遗忘了，心灵太容易被新鲜的东西填满。

直到友人得知我四处采风，收集秦岭故事，才又一次提起金丝猴，只不过，他说的重点是“唤猴人”，而且据说陕西也就只剩下五六个会唤猴子的人了。

“唤猴人？还有这种神秘职业？”

“对呀，你以为专家们做研究时，是自己跑去找猴子的？那太需要专业向导了！是唤猴人用神奇的技艺和猴子交流，把它们引下山，让它们聚集在专家们可以到达的区域，调查研究才能展开的。”

在秦岭深山里，有许多野生金丝猴群体，这些群体被称为秦岭金丝猴；它们大都生活在海拔1500—3000米高的人迹罕至之处，以野果、嫩枝芽、树叶为食，没有固定栖居地，过着群居生活。

要想把这群放荡不羁，过惯自由自在生活的野猴子引到山下来，是必须靠“唤猴人”的。他们在长时间里掌握了野生金丝猴的生活习性，能通过声音和金丝猴进行沟通，将山上的金丝猴引到山下的开阔地，给它们投喂食物。

在一次次的采访中，我终于对这个职业有了深入了解，也终于圆了儿时的梦想，近距离接触到了金丝猴。只可惜，奶奶口中的这个“明年”，太遥远了。遥远到，她不可能陪我来山里看猴了。

（一）“嘞嘞嘞嘞——”

1988 年的一天，周至县王家河镇玉皇庙村，来了一队研究者。这是周至县在秦岭里最深处的一个村庄，这群架着“长枪短炮”的专业工作者，在大山里跑了好几天，都没看到金丝猴的身影。

此时，有个十七八岁的当地小伙子主动说：“我能找到金丝猴，而且会把它们引下山。”

研究人员李保国打量着这位眉清目秀的消瘦的年轻人，心中虽有几分狐疑，却也实在没辙了，便说：“好！如果你能找到，我给你 15 块钱。”

15 块钱，在当时可不少呢！

“好，一言为定！今天你们来的时间不对，明天一定出发。”

虽然小伙子王清晨胸有成竹，李保国心里却打起了鼓，靠这么个年轻的小伙子，要找到行踪不定的金丝猴，这能成吗？

“嘞嘞嘞嘞——”！

第二天凌晨，山上传来这样的呼唤声。李保国被惊醒，手表显示时间刚过 5 点。

沟大山深的西梁，10 月已经开始结霜，山风嗖嗖往骨头里钻。

“那是……那是王清晨的呼唤声？”

声音忽远忽近，透过鬼魅般的树影。

到了下午 5 点多钟，有村民来通知：“快！清晨把猴子赶下来了！”

跟随村民来到离村子不远的一处苞谷地里，看到一群金丝猴正在吃着苞谷粒，它们或是三五个排排坐，或是一手抱着猴娃，一手捡着玉米，打眼望去有二十几只。

这是一个家族。

王清晨做到了。

不承想,那天凌晨“嘞嘞嘞嘞——”的呼唤声,在秦岭中一响，就响了 36 年。王清晨也从十几岁的毛头小伙子，变成了年过半百的中年人。

从西安市区出发，开车近 3 小时，就到了王清晨的村子。因为搬迁和外出务工的人多，玉皇庙村到 2024 年只剩下极少一部分人。

这里的人们祖祖辈辈靠山吃山，老一辈的人，打小就要学会“跑山”的技能，对山里的环境要熟悉，知道怎么过陡坡，会辨认猛禽野兽的踪迹行径，晓得哪里有水有果子，等等。

王清晨，就是他那一辈人里“跑山”的佼佼者，清瘦的他就像猴子一样，可以自由穿梭在深山密林间。但随着山区生活条件的改善，尤其是村里人挣到钱后，陆续下山谋生，“跑山”的本事就没那么吃香了,现在只剩下几个 50 多岁的中年人会“跑山”了。

王清晨在村里住惯了，没有搬走，一来舍不得伴随了他 30

多年的金丝猴，二来也早已和秦岭融为一体，每次下山去城里，总觉得心里闹慌慌，离开秦岭，王清晨是茫然的。

每年的 3 到 5 月，9 到 12 月，是科考人员上山观察金丝猴的时期，李保国总会带着学生来学习和研究。30 多年来，王清晨都不记得自己呼唤过多少只猴子了，也不记得有多少张年轻的笑脸为下山来的金丝猴欢呼雀跃了。

李保国的两鬓，也染上了岁月的霜华，他们成了“老搭档”，老伙计。

“唤猴是个苦差事，但习惯了，你会感到快乐。”王清晨说。

金丝猴是国家一级保护动物，多群栖在高山密林中。分布在我国的金丝猴分川、滇、黔（后来又发现缅甸金丝猴）几种，其中川金丝猴主要分布于四川、甘肃、陕西和湖北四省，截至目前，全国共有野生川金丝猴 2 万只左右，而仅秦岭山脉陕西段中就有 39 个猴群，数量 4000—5000 只。

但这并不意味着普通人可以看到野生金丝猴。因着王清晨向导，我们来到了他的“站点”——一个连 2 平方米都不到的窝棚，用简易的木桩搭建，为了防雨，上面包了点塑料布。王清晨自己给“窝棚”里垒了一个小土炕。

这是金丝猴经常出没的沟谷，无法搭建保暖的移动彩钢房，王清晨便就地取材，自己做了一个野生的“驻所”，这一住，就是十几年。

“夏天好说，冬天食物不够充足，必须由我来喂养它们，我知道怎么和它们沟通。”王清晨自豪地说。

“嘞嘞嘞嘞——”，是“快来”的意思；

“吼——矢——”，是“散开”的意思；

“嗨！嗨！嗨！”是“停止”的意思；

……

对于这门“猴语”，王清晨掌握得十分娴熟。

“嘞嘞嘞嘞——”的呼唤声响起，不一会儿就听见不远处的树叶沙沙作响，一阵热闹的叫声此起彼伏向我们袭来——

呵！好家伙，有 30 多只！有胆儿大的，直接冲到了离我们两米远的地方。我还是第一次这么近距离地看金丝猴。

“这里是猴子的聚集地，海拔在 1300—2800 米，咱们这个地方，刚好 1600 米，把猴子引到这个位置，是它们用餐的福地。”王清晨说着，从窝棚里拿出一桶已经切好的胡萝卜，朝猴群撒去。

我抬眼望去，南面朝阳一侧地势陡峭，针叶、阔叶、灌木、草丛等植被自上而下渐次密集分布，很多树木都被藤蔓缠绕。一条溪水从大山深处流至沟底。半山腰有一处山洞，在树林中影影绰绰，还真有点“水帘洞”的感觉。

“这个家族叫一字头，你看，猴王的头顶有一撮黑毛，像个阿拉伯数字‘1’。”王清晨指给我看。

果真，一只体型健硕的猴子正悠然自得地享用美食，它周围的猴不敢越雷池半步。

“猴王威严，大家都很怕它。它也非常负责任。我有时候赶猴下山，要是有一两只猴子掉队，猴王就死活不走了，喂啥都没用。除非，它们这个家的成员都到齐了，才能被引下山。”

王清晨讲述着，爱怜地看着这些猴子，时不时夸耀似的问我：“你不觉得金丝猴是所有猴子中最漂亮的种类么？”

确实，中国境内有四种金丝猴，但名副其实地拥有金丝毛发的，只有川金丝猴。而秦岭金丝猴就是其中的一个种群，秦岭也是金丝猴分布区域的北部边缘。

它们的毛发特别长，有的可达 30 厘米，背部橘黄色的毛衬托着面颊、胸腹部淡黄色或白色的毛，就像披了一件金色披风。它们的尾巴和身子等长，这为它们提供了极好的平衡能力。

“我的猴儿美嘛，绝对称得上美猴王！”王清晨像看自家孩子一样，越看越满意，自信地说。

王清晨告诉我，在这个沟里，差不多有五个家族来觅食。每个家族有五六只到十多只猴子。以猴王为首，各自为政，每年为了争夺地盘，每个家族的数量和实力都有变化。把这些都一一记录下来，也是王清晨的工作之一。

正说着，突然有三只猴子打了起来，王清晨赶忙上去制止，又忙不迭地把胡萝卜和玉米撒到另一处去。

新降生的金丝猴一般情况会在 10 天左右睁开眼睛，1 个月

后就可以离开妈妈的怀抱，开始探索外面的世界。到 1 岁左右时，便具备了独立觅食的能力，不再需要母猴的照顾。刚出生的小猴看上去黑乎乎的，要长出金色的毛发需要经历漫长的过程。小雌猴到了 4 岁，才基本上跟母亲是一样的了，小公猴到 7 岁时身上才开始有金毛，但小公猴在三四岁以后，会被猴王赶出家族，自立门户。

“和人一样一样的！家族和家族之间是有争端的。有时候为地盘，有时候为食物，还有时候，为了老婆！”讲到这里，王清晨哈哈大笑起来。

猴子“方块”家，最近就发生了一件大事——两名女猴被跟随它们家已久的几个“老光棍”给拐走了。起因就是，猴王的妃子有 6 个，“宠妃”只有一两个，有什么好吃的好喝的，都是先给“宠妃”，其余的难免会受到冷落。

刚好，这几个月来，一直有一个只有公猴的“光棍群”出没，时不时尾随“方块”家，虽然猴王亲自上手教训过它们几次，却收效甚微。

也不知那几只猴子用了什么迷魂汤，就把两个平时受冷落的妃子给拐走了。

为此，猴王大发雷霆，却也是无可奈何。

“它自己爱不过来，而雌性本来就心思难猜，感觉不到被偏爱，就要离开，找爱自己的！”王清晨讲起这个故事时，笑得前仰后合。

在他眼中，这些猴子，不单单是“秦岭四宝”之一，更是自己的孩子或老朋友。

“有的和我相处十几年了，像老兄弟。有的是我喂大的，看着它的家族壮大的，看着猴王长大的，它们就像自己的娃娃。”

“有的家族有一百多只猴子，是真正的‘猴’门望族，它们要是来吃饭，别的家族都不敢抢，也不敢坐在高地。”

而为了保证弱者也吃得上食物，王清晨便变换着投食方法：分层、分批投放，把有的食物挂在树上，有的放置在石头上、草丛间，以保证食物最大面积地分散开来。

用投食的方式引金丝猴下山，原本是为了方便科研人员观测猴群，但30多年下来，王清晨也成了这群猴子眼里的“老熟人”。只要“嘞嘞嘞嘞——”的呼唤声响起，金丝猴们就知道，今天不用啃藤皮、采木耳了，有清甜的胡萝卜、玉米吃了。

“一个月给你多少钱？”我问。

“不按月，就是一年两季，一季45天左右，一天给150块钱。”王清晨轻描淡写地说，手里的投喂却未停止，眼里带着满足的笑意。我突然觉得自己的这个问题是多么俗气！

“你来的这个季节是最好的。因为秋天野外的果实多，它们需要的各种能量，在这个季节都能得到补充，所以这个季节它们的皮毛是最好看的，全是金黄色。”王清晨说，冬天为了保护自己，金丝猴的皮毛会发灰，这个季节也是猴子们最难熬的季节，他至少需要2个月时间住在站点，按时投喂。

秦岭下大雪时，气温会降到零下十几度，我很难想象王清晨是怎么在这2平方米没有暖炉的窝棚里，待上一个冬天的。

“我以前也是一个普通农民嘛，科研单位到我们村子里研究金丝猴，所以我给他们当向导。结果，一做就二三十年。除了生病外，我其余时间都在山里面待着呢，这是我的乐事。”

最辛苦的事，还是赶猴子，在山里露宿几天几夜才能将它们引诱到科研人员的观测点。虽然妻子、儿子、弟弟、侄子都经他培养被聘请为喂猴人，但目前，还是只有王清晨掌握了唤猴技术。一家人散布在方圆几千米之内，只能靠对讲机联络。

正说着话儿，一只小猴子调皮地从树上荡了过来，捡起地上的胡萝卜，捂到自己怀里，朝我瞪着圆溜溜的眼睛，一脸好奇又带有几分羞涩和怯懦的神情。

这只面庞颜色有一点发蓝的猴子，是只幼猴。“嗨！新成员呢！”王清晨看见了小家伙，十分激动，“你看它的眼睛周围是天蓝色的，上嘴唇是白色的。所以我说，金丝猴挺好看的！真的，你看看，后面还有几撮蓝毛。真是的啊，胆子挺大。猴王的料子，猴王的料子！看来它信任我们。”

只要说到猴子，王清晨就有说不完的话，停不住的惊叹句。

“对！你们吃吧，我们走了！”王清晨朝这只未来的“猴王”招招手，打算告别。而当我们回头去看时，小猴子也在树杈上朝

我们招手。

果然，像儿子说的那样，“悟空”被菩提祖师教导得很好。

鸡蛋头、黑头、八字头、方块、独蛋、一字头……

这些名字，是王清晨给每个金丝猴家族取的爱称，30 多年来，他和秦岭金丝猴群中的 12 个家族猴王成了好朋友。其中，有个叫“鸡蛋头”的猴王，是 1983 年出生的，只比我小了一点儿。

“不过‘鸡蛋头’已经老了，猴子的寿命就是 30 多岁……”王清晨说。

我翻看的一些资料中推算说，秦岭金丝猴在 2024 年有 6000 余只，主要分布在陕西境内。在人类的保护和干预下，秦岭金丝猴的种群还在不断扩大。

“唤猴”是个技术活，也是个苦差事。高贵的金丝猴从来不主动上门，即使每天都在这里吃饭，也得有人到更高的山上去请它们。猴子的叫声有十几种，每种都不一样，喊猴吃饭也需要有专门的语言。

“做吃的不难，难的是怎样把猴群从山里引出来按时寻食，让每个猴子都能吃上东西。”王清晨说，虽然现在有弟弟和儿子协助自己干活，但由于猴子们只听王清晨一人的呼唤，所以到了唤猴季，不管刮风下雨，他几乎每天都要进山。除此之外还要负责观察、记录这些金丝猴族群的变化情况，并且把这些资料提供给野生动物研究人员进行研究，以便更好地保护生活在这里的国家一级保护动物金丝猴。不过，他也乐在其中。

（二）西北猴王

李保国特别难约，我几乎是天天追着这位老教授锁定拜访时间，可他一再委婉推脱。

有人告诉我：因为李教授自谦，也因为他最近正在忙着用新科技手段做“猴脸识别”。

尽管如此，我还是坚持要拜访他，因为那是探寻秦岭金丝猴保护事业之路上，绕不过去的一位学者。他用了一大半青春年华，追着“树上的金丝猴”跑，引猴下树，并花了十余年时间，摸清了金丝猴的“社会结构”，刷新了半个世纪以来学界关于灵长类重层社会的一贯认知。

李保国和王清晨是老搭档了，这是一个专家学者和民间把式的完美组合。自 20 世纪 80 年代末开始，从西北大学研究生毕业并留校任教的李保国，就常跟着导师陈服官，到秦岭地区研究秦岭金丝猴的种群及分布状况。

那时候关于秦岭金丝猴的研究成果并不多，而要谈及保护，就必须先了解金丝猴的习性，形成基本数据，以此科学地制定保护政策。

金丝猴在哪里？陈服官带着李保国他们整日在秦岭里寻找。

当时他们只知道，金丝猴数量有 3000—4000 只，主要分布在陕西省周至县、宁陕县、太白县、洋县及佛坪县的秦岭中高海拔地区。至于其行踪如何，家族怎样分布，等等，大家一无所知。

秦岭密林遮日，草木纵深，夏天蚊虫很多，常常叮咬得大家满身是包。冬天，气温零下十几摄氏度，下雪时，积雪能到膝盖，连路都看不见，走在陡峭的坡段上一步一滑，摔跤受伤，那是家常便饭。

可，那也是寻找金丝猴的好时候。冬天吃的东西少，若是用食物逗引，或许能找到近距离观察它们的机会。

这就不得不说王清晨的“绝活儿”了，他利用自己“跑山”的丰富经验，给研究小组做向导，让找猴工作有了着落。

但，新的问题出现了。秦岭金丝猴的祖先多以树叶、果实、枝芽、树皮为生，食物基本在树上，因此，猴群世世代代都生活在树上，很少下地。尤其是意识到有外来者时，就更加警惕了。有时候，跟着向导走上五六个小时，好不容易看到了金丝猴，却连 5 分钟都观察不到，猴群便惊慌地四散而逃。大家不得不再翻上五六个小时的山，接着观察。

整个 20 世纪 90 年代，李保国基本上都是跟着陈服官，漫山遍野地“追猴子”。

有一次，他重重摔了一跤，心里积压的委屈和苦累，一下子暴发出来：“我这是做的什么研究？这么多年，就只追猴子了！”

这真的就像孙猴子历经千辛万苦才到了菩提祖师那里想要学艺，可是山门外的桃子都熟了 7 次了，孙猴子还在做洒扫工作。

可怨归怨，研究工作的苦闷在此，快乐在此，价值也在此，总要有人去做第一块垫脚石。

1999 年，导师陈服官退休，他把这个重任，交给了吃苦耐劳的李保国。

导师和团队近十年的追踪研究，李保国基本摸清了金丝猴活动的范围。于是，李保国准备做定点研究。他把研究地点选在了位于西安市周至县秦岭北坡的玉皇庙地区，以栖息地里的金丝猴族群作为研究样本，进行长期研究。

可是摆在他面前的还是老问题，怎么才能把猴子引下来？如何建立彼此间的信任？这样,才不至于把时间都花在“追猴子”上。

其实，在当时，这也是困扰学界其他研究者的大难题。

“不如试试投食？”有个同行提出这个建议。

李保国倒是立即去尝试了，可很快就受到了打击。

大家把苹果等食物放在树底下，金丝猴只是“冷冷”地看着他们,一点面子都不给,完全没有反应。那不行换个食物？把玉米、香蕉等食物试了个遍,不行！是不是猴子不会剥,要不剥开试试？还是不行！

反复尝试后，猴群依旧没反应，这个方法似乎行不通。

就在大家都喊着要放弃时，李保国和自己较上了劲儿。

再试验一个月，再给自己一个月时间。

他们继续切苹果、剥香蕉、剥玉米，把食物尽可能放到离金丝猴近的地方。一次又一次耐心等待，以行动告诉金丝猴，他们是可以信任的。

20 天过去了，金丝猴们依旧“不为所动”。谁说猴子和人类是远亲？上一个 10 年，他和这些猴子不知打了多少次照面，可它们就是不信任自己呀。

沮丧的李保国，也快绝望了。

可就在第 21 天，突然出现了奇迹！一只三四岁大的小金丝猴，终于愿意试着信任研究小组了。只见它哧溜哧溜地从树上滑下来，小心翼翼朝工作人员走来，大家激动得想要叫出来，却谁也不敢出声，屏住呼吸，假装平静地迎接着它的亲近。

小金丝猴虽然只有三四岁，却相当于十八九岁的人类，也许是因为少年意气，也许是因为在儿童时期记住了李保国他们的样子，总之，这只金丝猴的第一步，就像是人类登上月球时迈出的第一步一样，走得那么不容易，意义那么重大。

小金丝猴，终于拿起地上的苹果看了看，开始吃了。李保国拿出相机，拍下了这张珍贵的照片。

有第一只吃“苹果”的猴子，就会有第二只、第三只，也许是小猴子回去告诉了其他猴子，“两脚兽”并没有恶意，食物很好吃。

很快就接连有猴子下树来捡苹果吃，两天后，整个猴群都下来了。

“十多年了！在山里跑了十多年，那次才是我们第一次如此近距离地看到金丝猴。”李保国说。

研究动物行为关键的一步，就是准确地识别个体，进而分析社群行为。这就要求研究团队必须尽可能近距离观察、识别每只金丝猴，建立起个体的行为图谱。

李保国用苹果把猴群引下了树，这在当时引起了不小的轰动，是颇具开创性和示范性的研究成果。

又过了两年时间，到 2001 年，社群里的金丝猴见到研究人员时，终于都不跑了，彼此间的信任基础，渐渐稳固。

也许，今天的新闻报道，常常用这段话总结李保国的贡献——“李保国带领团队，建立了一套金丝猴野外个体识别和标记方法，为我国灵长类动物的行为学研究提供了范例”。

但把金丝猴引下树，仅仅是做研究的第一步，要历经十万八千里路程的“取经”事业，才刚刚开始。

接下来的工作更艰巨更烦琐，那就是“认猴”，就是要对这三四千只行踪不定，在普通人眼里长得都一样的猴子，做个体识别，牢牢记住它们的脸，进行精确化的研究。

大家又开始出点子、想办法，最后找到了一招——“扔彩蛋”。

就是在生鸡蛋上敲出一个小孔，把蛋液全倒出来，然后把颜

料水灌进去，把口封上，再找机会将鸡蛋扔到金丝猴身上，蛋壳一碎，颜料就可以给不同猴子做上不同颜色的标记。

后来，猴子下了树，大家靠记脸部特征就能识别它们。比如看脸型，是圆脸、长脸还是国字脸；看头顶有无斑纹、形状如何，脸上有无斑点、斑点大还是小；还可以看脸部有无缺损、伤疤，嘴角有没有瘤……

根据这些特征，大家为金丝猴们取了各种名字：黑头、暗香、棒棒糖、罗密欧……其中有两只的名字更酷，一只是雌性的，因为头发金黄，颜值颇高，名字就叫作香奈儿，每次看见它，大家就喊“香奈儿香奈儿”，而这只猴子似乎也知道自己的“美貌”很受欢迎，偶尔也会回应一下狂热的“粉丝”。

还有一只叫 G3，G 代表 green，即绿色，3 代表第三象限，所以 G3 这个名字是说它的第三象限有个绿点。

虽然认猴子的工作很辛苦，但大家渐渐和金丝猴成了朋友，而且一叫这些有意思的名字，有时候还会得到它们的回应——这点点滴滴的乐趣，都可以冲淡长年在秦岭密林中工作的艰辛与枯燥。

转眼间，四十载春秋轮换，李保国也从一个毛头小伙子，变成了花甲老人，岁月的脚步如此匆匆，他还想快一点再快一点，把金丝猴的数据搜集整理得更精确，为保护工作提供更多更好的依据。如今他又开始做“猴脸识别”的科技认猴尝试。

有了“猴脸识别技术就能完整记录突发事件，大大加快我们的研究进展。此外，它还有助于扩充我们的样本范围。目前，团队主要以在科研基地经过几年适应期的猴群为研究样本，猴脸识别技术成熟后，样本范围就可以扩大到很多未经适应期的野生猴群”。

对于这项技术的未来，李保国是充满信心的。

现在，李保国也带着自己年轻的学生们去秦岭“认猴子”，一如当年陈服官导师带着还年轻的他一样，生命是个轮回，而金丝猴的保护工作已经完善了很多。目前，川金丝猴秦岭亚种约有 40 个猴群生活在陕西境内的秦岭一带。李保国研究团队的三个研究基地，分别设在秦岭西段的宝鸡市太白县黄柏塬、秦岭北麓的西安市周至县玉皇庙及秦岭南麓的汉中市观音山国家级自然保护区。

从 2001 年到 2010 年，人们经常可以看到两鬓已生白发的李保国，带着学生在秦岭的高山密林中穿梭。“对每一只猴，我们至少要观察 600 个小时。只有样本够大够丰富，行为分析才有统计学上的意义。”

观察金丝猴时，往往要从早上 7 点持续到晚上 7 点，粗略估算下来，对一只金丝猴实施集中连续观察的时间至少也得 60 天。

在孩子们和村民的印象中，李教授永远是精神抖擞的，走路带风，那是 40 年的秦岭攀越练就的“轻功”。李保国的背包里，常常准备着锅盔，他喜欢面食，走得饿了累了，啃一口锅盔，就解了全身的疲乏。

最艰辛的时刻已然过去，金丝猴已经生长了好几代，而那些新生代的猴群也习惯了这么一群人，时不时带给它们酸甜可口的苹果、脆生生的胡萝卜和玉米粒，他们总是拿着笔和本儿，不断记录着，而它们也在周围嬉戏打闹，或是好奇地看看“两脚兽”们在纸上都写些什么。

与猴子相处久了，李保国就把它们当成了孩子，他说秦岭金丝猴有不一样的品德——团结和慷慨。

秦岭的冬天来得很早。一进入 10 月，中高海拔地区就开始飘雪，到了深冬，漫山银装素裹，食物所剩无几。金丝猴在狂风大雪中，总是成群结队前行，有时抱成一团，挤在一起，鲜少有因为食物匮乏而抢食的。

“冬天时，往往能吃的树叶、果实都没了，它们还要一起觅食，连一块树皮都要一起吃，能把人看哭。”

听到这里，不由得想起儿子开玩笑时说的：“孙悟空是金丝猴，不然怎么教养那样好！”

李保国说，秦岭金丝猴会让人越研究越观察越喜爱，甚至会敬佩它们的“品行”。

我对他说，现在社会上给他取了个称号，叫“西北猴王”。李保国听后哈哈大笑，虽然连连拒绝，却也十分开心。他把一生都奉献给了金丝猴，那称号，表达了对他莫大的认可和敬意。

他说，他和猴子最像的地方，也许就是——都爱吃苹果。

1978 年，李保国参加了高考，考试回来后，曾经帮村里看过苹果。“当时我挺骄傲的，农村娃嘛，只要能吃上一点苹果，啥活都愿意干。”

40 多年后，那个爱吃苹果的年轻娃，最终用苹果成功地引猴下树，建立了新的金丝猴研究范式。用了大半辈子，就为了看透这么个动物——猴儿。

我后来消失的“山里亲戚”

儿时那些“山里亲戚”把金丝猴的故事第一次带给我，从此我心里就一直有个去他们家里小住看猴的梦想。

后来，长大了，想要的太多了，就忘了年少时那无关紧要的小小心事。

自从奶奶去世后，“山里亲戚”再不怎么走动了，据说奶奶是他们的最后一代血亲。果然，有老人在的时候，兄弟姐妹们都是亲人，老人不在了，兄弟姐妹们都成了走动或不走动的亲戚。

好多年，没再听说过他们，他们就这样消失了。

就连父亲，也戒烟了，他病了，我那倔强严厉的父亲，现在成了一个连走路都要喘气的垂垂老者，便再没有了上面画着金丝猴的蓝色烟盒子——那是我儿时最想得到的东西，想把它们剪下来，贴在我的抄歌本上。

有一次，我回家探望他，事实上好些年没和他联络了。在我心里，他是不爱我的，从小到大，对我只有鄙夷和怀疑。

当我推门而入时，父亲是诧异的。为了掩饰无处安放的手足，他只好端了把小板凳，坐了上去，客客气气地对我说:“你回来了？吃了没有？”那是老家问候客人的“话术”。

我本想冷冷嗯一声，但看见父亲看我的眼神，再没有冷飕飕的严厉，而是怯生生的试探，我一瞬间心软了，岁月推倒了这个老人的“不可一世”，也许他有那么一点儿后悔当初对我的苛责和冷淡吧。

那也够了！我不过是想要父亲的一点点认可，一点点后悔，来证明我是他可以为之骄傲的孩子。

那天下午，我陪父亲聊了很久，去地里割了韭菜，去看了他种的猕猴桃，还走了走我小时候上学常走的小路，只不过那时都是奶奶牵着我的手，走在这条路上送我上学，我从未牵过父亲的大手。

“你小时候上学经常走这路。有一次，我在这条路上碰见了你们班主任，他给我说，呀！老王！你那大女儿，实在是学习太好！实在是太好！”父亲突然回忆起我的少年时代。

我很愕然，原来，他并非完全不关注我的成长，他还记得我小时候的事情。也许，缺爱的孩子，受不得稍稍的温暖，我瞬间就涌出了眼泪，那是延迟表达的一份“小女孩”的委屈。

我转过身，擦去眼泪，想去牵牵梦寐以求的父亲的大手，却终究没有勇气。过去的事情，就让它过去吧！

我对父亲投去微笑，对他说：“爸！你知道我小时候最想要你的什么东西？”

父亲笑着摇摇头。

我说：“就是你抽的那个烟的盒子！”

“为啥？”

“因为，上面画着金丝猴，漂亮极了！”我说。

“哎呀，你原来爱这小动物。早知道，应该把你送山里你婆他表弟家去，那时候他们那里有金丝猴呢！”父亲恍然大悟。

尔后又喃喃自语：“他已经没了，那个村子据说也搬走了，成了什么动物保护基地。人家后人现在都成了城里人了……”

我说：“对呀，金丝猴现在是秦岭四宝之一，可金贵着呢。”

“猴儿，可是个灵性动物呀……”父亲回应着我。

我们一前一后，行走在麦田埂上。金色的余晖，把我和父亲的影子，拉得很长很长。

影子，连接在了一起。

第三章　抱熊猫的人

有个叫何鑫的年轻人，与大熊猫有着不解情缘。这，还得从他爷爷说起。

有一张很多人见过的老照片——一只幼年大熊猫坐在一位衣衫褴褛的老大爷的腿上，老人一只手抱住它，另一只手抚摸着它的后背，旁边的老太太拿着奶瓶递到熊猫的嘴边，两位老人脸上满含期待与微笑，期待着怀中的熊猫宝宝能喝完奶瓶中的奶水。他们温情流露，像是在喂养自己的亲孙子。照片中的三位主人公分别是佛坪县岳坝镇三官庙村村民何长林和他的老伴，还有何长林怀中的“坪坪”。

“坪坪”手里拿着的奶瓶，据说是何鑫的，那时他也是个正喝奶的婴孩。故此“奶瓶情缘”成了一段保护大熊猫的佳话。

我一直想要采访何鑫，他现在已经是个大小伙儿了，还是大熊猫基地的一位管理员，可谓何家第三代大熊猫保护者了。

可是，小伙儿自从“热情”地加了我微信，听说了我的来意

后，便一直很“礼貌”地拒绝我。今天是忙着，明天是忘了，总之，不想对我这个“大姨”级的作家，吐露他们家的故事。

这并不奇怪，无论民间多么喜爱这憨态可掬的国宝，陕西官方对大熊猫三个字，总是慎之又慎的，毕竟，国宝牵动着亿万国人的心。

帮忙协调的人问我：“你一定要采访何鑫？就不能换个人？陕西有那么多为大熊猫保护做出过贡献的干部和群众！”

但我总觉得，绕过去很可惜，那可是“一家三代”的故事！至少，我认为照片中的“何爷爷”是愿意讲讲的，他的孙子没有替老人做决定的权利。

好在我总算了解到了这张照片背后的故事。

（一）“奶瓶”背后的一群人

尽管四川和陕西都有大熊猫，可在社交媒体上更引人关注的是四川大熊猫。所以，有人提出疑问，两地大熊猫有什么区别吗？

有人回答说：陕西的大熊猫脑袋更圆，更像猫。四川的大熊猫耳朵尖，更像熊。

对此我四处讨教了一番，终于得到了一些比较靠谱的解释。

先说秦岭大熊猫，它分为兴隆岭、太白山、牛尾河、天华山、锦鸡梁、平河梁和青木川 7 个区域种群，栖息地总面积 347684

公顷，涉及陕西佛坪、洋县、太白、周至、宁陕、留坝、城固、宁强、凤县 9 个县 21 个乡镇。其中洋县、佛坪、太白和周至四县交界处的兴隆岭地区为核心栖息地。秦岭是纬度最高的大熊猫分布区，种群密度居全国之首。秦岭大熊猫是大熊猫的重要种群，与四川、甘肃的大熊猫之间有着明显差异，被命名为大熊猫秦岭亚种。

佛坪是陕西的一个小县城，位于秦岭以南的汉中市。据说前些年县城连红绿灯都没有，出租车也只有 8 辆。“结庐在人境，而无车马喧。”虽然其地处秦岭腹地，山高谷深，交通相对不便，限制了经济发展和人口流入，但也正因如此，它保留了最原始、最纯净的自然风光。佛坪夏季气温要比西安低 10℃左右，凉爽！森林覆盖率更是高达 90% 以上，这里成了“大西安人民”的避暑佳地。

但让佛坪名声大噪的，绝不仅仅是那份清凉与宁静，恰是大熊猫这个超级 IP。而佛坪人与熊猫的缘分，据说得追溯到 1957 年的冬天。当时，佛坪县岳坝公社的老百姓在山里见到一个“头戴白草帽，身穿白马褂”的“熊”，因其黑白相间的外表，而称呼它为“花熊”。在接下来的 20 年里，郑光美、张纪叔等学者相继调查、走访此地，认为大熊猫种群在佛坪县内具有一定规模。1974 年，陕西省组织了一支有 475 人参加的生物资源考察队，对秦岭的珍稀动物进行全面调查，发现此地存在较大规模的大熊猫种群。这一发现很快引起国家的重视，1978 年，国务院批准建立佛坪保护区。佛坪县守护秦岭大熊猫的历史由此开始。

在佛坪县有个叫三官庙的村落，90 年代初这里并不富裕，当时大熊猫保护区已经设立了十几年，对“花熊”的保护观念，已经飞入寻常百姓家。何长林家就住在这里，1991 年，他们家迎来了一场喜事，儿媳妇生了个大胖小子，何长林当爷爷了。

但与此同时，还发生了一件事情，一只母熊猫丢失了自己的孩子。

当年 11 月 16 日下午，一场大雪落在了三官庙村。当时的佛坪国家级自然保护区管理局工作人员巫运财、汪铁军等四人正在巡山，这样的天气，对于在野外生存的小动物来说，是艰难的考验，食物匮乏就是眼下最严峻的问题。

四人在风雪中走着，当走到海拔 2200 米的草坪一带时，一阵微弱的叫声隐隐传来，绝望而凄厉，像是什么小动物在哭泣。于是大家加快脚步，循声找寻，生怕风雪掩埋着脆弱的生命，不敢迟一步。突然，一只毛茸茸的东西出现在枯草丛里。定睛一看，是大熊猫！

这只幼崽正半眯着眼睛趴在积雪的枯草上，奄奄一息，看样子有两个多月大，时不时发出低低的哀叫，像是在呼唤母亲。

一般情况下，熊猫妈妈会在附近，于是大家商量要等熊猫妈妈回来后再走。当时 33 岁的巫运财，有多年动物保护工作经验，他猜想，也许是母熊猫因为幼崽身上沾到别的气味而丢弃了自己的孩子，他们没有惊动熊猫幼崽，四人分头在不同位置和方向隐蔽起来耐心观察。

可是几人在风雪中等了 4 个多小时，依旧不见母熊猫的踪影，再这样下去，不仅熊猫幼崽扛不住饥饿，四人也扛不住这严寒。于是，汪铁军提议，大家把它带回去，并解开棉袄扣子，把熊猫幼崽抱在怀里暖着。一伙儿人摸黑赶了两个多小时的路，才赶回三官庙保护站。

“既然是在佛坪捡的，就叫它‘坪坪’吧。”

这只熊猫的名字，就这样被定了下来。

一回到保护站，大家就沸腾了。听说捡回来了一只熊猫，人人都围过来看。小家伙认生，加之又刚刚在野外受了“大委屈”，被吓得哇哇哭，直往床底下钻。

“抱起来，地上太冷了！”

大家耐心地哄劝安慰，可是小家伙就是不出来。无奈之下，只好爬进床底把它拽出来，放在了床上，谁知坪坪一头钻进被窝里，再也哄不出来了。

有人提议，不如弄点吃的，先填饱它的肚子，让小家伙知道自己安全了。

几个大男人便赶紧找了茶缸和奶粉，冲泡好，准备用勺子喂它。可是，即使把它拽出被窝，它也只舔几口，就不再进食了。

这可把大家愁坏了，也心疼坏了。为了让坪坪习惯与人相处，得到充分的安全感，当天晚上，汪铁军就搂着坪坪睡了一夜，给它取暖，渐渐地，可爱的坪坪放下戒备，在被子里滚来滚去，像个毛茸茸的皮球，玩累了，就四仰八叉地睡去，把床占了一大半。19 岁的汪铁军，那时也是个毛头小伙子，这只可爱的小生命，牢牢俘获了他的心。

“我一定要把它养活好，让它活下去！”汪铁军暗暗下决心。

坪坪喝不了奶，怎么办？不如向村民求助！

彼时的三官庙村还没有整体搬迁，离保护站只有 500 米路，位于佛坪国家级自然保护区内。可是村民的生活也不富裕，村里 50 多位村民的油盐酱醋等日常用品都要沿着羊肠小道步行出山到百十里外的县城去买，然后人背马驮运回来，物资既短缺，又不方便运送，尤其是现在天还下着大雪。

听说村民何长林有一个小孙子还在喝奶，他家肯定有奶瓶、奶粉，汪铁军便抱着坪坪来到了他家。可看着何长林老两口穿着单薄的衣服，浑身打满了补丁，汪铁军犹豫了。想必老两口养育小孙子的物资也并不充裕，还要分一杯羹给大熊猫，他们会愿意吗？

汪铁军试了几次都没张开口，可为了坪坪，他硬着头皮也要问一问。

没想到，两位善良的老人一听说“花熊”没吃的，二话不说，就拿来了小孙子的奶瓶，冲泡上来之不易的奶粉。看到坪坪弱小得爬不起来，何长林索性像抱小孙子一样把坪坪抱到了腿上，坐了下来，一手安慰着，一手将奶瓶举到坪坪嘴边。也许是不习惯人类的物品，坪坪刚开始并没什么反应，老太太情急之下，便想起了平时哄娃娃的办法，用奶嘴碰它的嘴逗它，并把奶水滴喂到它嘴里。终于，小家伙尝到了香甜，立刻叼住奶嘴大口大口地吸吮起来，不一会儿就把一瓶奶喝完了。

坪坪能喝奶了！

看到窍门找到了，大家的心也放了下来。可是，这才解决了第一个问题，大熊猫的保护与养育，可不是光有奶水就行，当时的三官庙保护站其实并不具备救护熊猫的条件。在何长林家喝足了奶水的坪坪，精神状态已经恢复很多。汪铁军赶紧又抱着坪坪，冒雪走了 8 千米的山路来到凉风垭，把它交给具备兽医知识和技术、专程前来接坪坪的赵纳勋，就这样，坪坪辗转来到了佛保局，赵纳勋从此便当了两年多的“坪坪妈妈”。

为了让坪坪健康成长，赵纳勋想尽了办法，给坪坪喂奶粉，做它最喜欢吃的窝头，外出都要把坪坪交给同事或爱人照顾，还专门在家里给坪坪做了一个小窝。白天，赵纳勋把它从小屋里放出来，让它在院子里晒太阳；天气好的时候，就把它装在笼子里用车拉到凉风垭一带训练，带它在山林里散步、活动，帮它认知野外、增强体质，提高野外生存能力。

正所谓有苗不愁长，坪坪在这份安定与舒适的环境里，找到了与人相处的那份踏实。它真的就像个小孩子一样，喜欢做赵纳勋的“跟屁虫”，有时候大家去散步，坪坪能跟着走一两千米呢！

平时，它就像小朋友一样，在院子里和孩子们玩闹，跑到办公室学大家打电话、喝水，一看到大人们要外出，就攀缠着他们的腿，用自己圆圆的脑袋，撒娇似的蹭着，要求一起出门，逗得大家哈哈大笑。

这分明就是人类的宝宝。

它这样快乐地过了两年。在它快 3 岁时，陕西省珍稀野生动物抢救饲养研究中心基本具备了饲养、救护野生动物的条件，为了让坪坪有更好的生活条件，得到更科学的呵护，佛保局决定把它送到研究中心。

接到这个消息后，赵纳勋不知哭了多少次，眼睛都肿了，这两年多来，坪坪已成了这个大院里的孩子。

1993 年 11 月，送坪坪走的那天，大家的心情是沉重的。和平时一样，坪坪以为大家要一起上山游玩，便欢快地跑进笼子，期待着今天会有什么好玩的。可是，当看到赵纳勋没有上车时，坪坪似乎明白了什么一样，怎么也不肯进笼子。赵纳勋哇哇哭起来，却不敢在坪坪面前表露太多。就这样，坪坪告别了大家，去往更好的地方生活。

离开佛坪县时，坪坪刚两岁，体重已达 70 多公斤，是从一个生命垂危的幼崽长成这样的。大家在背后付出的艰辛和爱心，旁人难以全部体会。

也就是在1993年，坪坪离开佛坪的这一年，何长林老人也离开了人世。

但这个故事，到这里并没有完。在坪坪的“熊生”里，爱是代代相传的。

2006年，何长林的小儿子何庆贵因熟知当地山林和大熊猫的情况，受邀加入研究团队，成为一名出色的大熊猫野外跟踪、监测人员。

从此，何庆贵有一大半的生活就是在森林里步行，做大熊猫身后的守护人。有时山洪突袭，猛兽夹击，有时没有道路，需要自己披荆斩棘，这样日复一日艰难地行走。而这种山路，何庆贵走过40多年。除了做大熊猫野外监测员，何庆贵还给科研人员做过近20年的向导，对于秦岭野生大熊猫的习性和活动轨迹了然于胸。

在何庆贵眼里，一辈子靠山吃山、老实巴交的父亲，给自己留下的不是物质财富，几院小屋或几亩薄田，而是和大熊猫的那份“情缘”。对“花熊”，何家人有别样的情愫。

似乎是某种基因在起作用,这“情愫”也传递给了第三代——当时和坪坪用过一个奶瓶的何鑫。

2011年12月，年轻的何鑫来到秦岭大熊猫野化培训佛坪基地工作。2012年6月8日，离开佛坪19年的坪坪，再次回到了故乡佛坪基地，与何鑫“故人重逢”。

这时的坪坪 21 岁、体重 109 公斤，已不是当年的熊猫宝宝，相当于 70 多岁的人类，而与它“同岁”的何鑫，也不再是嗷嗷待哺的婴孩，成了一个充满安全感的“熊猫卫士”。

现在的何鑫，每天早上 6 点多就要起床，主要工作就是照顾坪坪。要为它准备竹子、调配奶粉、打扫房间、开展野训，还要观察、记录它的起居时间、精神状态、粪便情况等。

对这个与自己用过一个奶瓶的坪坪，何鑫格外细心。因为 21 岁的坪坪已是老年大熊猫，牙齿不好，何鑫就亲口品尝，食物是否可以咬得动，并详细记下它喜欢吃的竹子口味、品种，他还会制作坪坪喜欢吃的熊猫窝头、蛋糕。

别看坪坪年纪大了，每天能吃 80 多公斤竹子呢！

一天工作下来，何鑫十分紧张、疲惫，也几乎没有星期天、节假日，为了照顾好坪坪，他还开始自学兽医专业课程。

而坪坪也习惯了何鑫在身边，常在园区里东游西逛，沐浴泉水，享用山果，坐在熊猫屋里休憩。尽管已经是“七旬老人”，但坪坪活泼、率真的天性并没改，它还是喜欢每次喝完奶粉就坐在或睡在地上，把奶盆顶在头上或用爪子举起来玩，有时干脆一屁股坐在奶盆上，光奶盆就给它换过好多个。坪坪也很珍惜食物，吃熊猫窝头、月饼等时还要把掉在身上、草地上的残渣都舔净……

据何鑫身边人讲，只要说起坪坪，他总是笑容满面。

听说坪坪回到了佛坪，巫运财、赵纳勋等佛保局工作人员也先后来基地看望过坪坪，看到它现在这样健硕可爱，大家为它高兴，也有人因百感交集而落泪。

当初，给它取名坪坪，不仅因为它是在佛坪被捡回来的，更是祝愿它平平安安活下去，快快乐乐过一生。看到是“故人”何鑫在精心照顾它，大家都说坪坪是最有福气的大熊猫。

备注：2003 年 8 月 2 日坪坪的女儿楼生出生，2009 年 8 月 18 日楼生又产下一对龙凤胎，坪坪可以说是“儿孙满堂”，也成了人工抚育长大具备繁殖能力的“明星熊猫”。

幸运的坪坪延续着它的生命轨迹，何长林一家也在生活中继续行进。

（二）追熊猫的人

20 世纪 80 年代，佛坪这个藏在秦岭深处的小城，因为大熊猫保护工作的开启，逐渐走进国人的视野，出生在佛坪县岳坝镇栗子坝村的雍立军的成长，几乎是和大熊猫保护工作的进程同频共振的。

80 年代初期，北京大学的大熊猫专家潘文石教授带领学生来到陕西佛坪国家级自然保护区考察研究野生大熊猫，雍立军的父亲雍严格被邀请做科考团队的向导。为人慷慨的雍严格，尽管过着紧巴巴的日子，却经常邀请教授和学生们到家里吃饭。

那时的雍立军还在上小学，他时常在放学回家后，看到父亲邀请的“北京朋友”在家里做客。每每此时，父母总会把家里积攒的好吃的拿给他们，雍立军知道，那是一群见过世面的人，他便竖着耳朵听他们讲话，有时，教授会把拍到的大熊猫的照片拿给雍立军看，大熊猫那憨态可掬的样子，深深吸引着幼小的他，他会缠着教授给他讲追踪大熊猫的见闻和山外的世界。

耳濡目染间，保护大熊猫的种子悄悄地在雍立军的心里生根了。1992 年年底，20 岁的雍立军复员回到了家乡佛坪，第一时间就选择了干保护大熊猫的工作，成为佛坪保护区的一位“追熊猫的人”。

那时的大熊猫保护工作者，可不像现在这样被人羡慕，当时，陕西佛坪国家级自然保护区下设的岳坝、大古坪、龙潭子、凉风垭、三官庙、西河 6 个保护站均与社区接壤，情况比较复杂，而且保护观念并未深入所有人心脑，尤其是当野生动物保护工作与群众生活发生矛盾时（比如动物们会毁坏老乡们辛苦种植的庄稼，把他们一年的收成化成泡影。在那个物资短缺的年代，搁谁谁都受不了），大家便会把气撒在工作人员身上。

雍立军上班的第一天，被安排在岳坝保护站工作，那里自然资源丰富，经常有人上山挖药、采笋、砍柴，甚至捕猎野生动物，

雍立军的主要职责就是每天步行巡护，及时制止违法违规行为。

他还记得第一次去巡护时，他和派出所所长清晨不到 6 点就出发，当天的目的地是大城壕站点，那时还没有通公路，全靠步行。两人走得口干舌燥，疲乏无力了，便歇在了巡护哨卡。突然，从对面小路上来了两个人，东张西望，神色慌张，背上还背着胀鼓鼓的大口袋。雍立军立刻觉察到不对劲，便悄悄对所长说："我们去看看？"

还没等他起身，那两人撒腿便跑，雍立军冲上去拦住那两人。大概是急了眼，其中一人突然从腰间掏出一把寒光闪闪的匕首，在他面前挥舞示威；另一人则捡起一块石头，猛地砸在雍立军的脚踝上。他被砸得叫出声来，当下直不起身，那两人趁机转身就跑，边跑边将肩上的口袋甩进了河边的灌木丛。

雍立军拖着受伤的右脚，强忍着疼痛紧追不舍。边追边喊："站住！往哪儿跑！"一直追出去大概 1 千米，到了马家台，两人忽然不见了踪影。

"肯定是躲起来了！"雍立军分析着，赶紧又拖着已经肿起大包的右脚，掉头往回追，他顾不得钻心的疼痛，疾速奔跑。此时，遇到了所长，他同样也负伤，被树梢划伤了眼睛。所长告诉他，两人被雍立军追得上气不接下气，只好扔了口袋。所长打开口袋给他看，发现里面装的全是野生大鲵。这是国家二级保护动物。

所长说："那两人我认识，是岳坝村上的兄弟俩，跑不了。"

事后，野生大鲵被放归山溪，而两名犯罪分子受到了应有的惩罚。

第一天就挂了彩，回到保护站，雍立军的脚已经肿得像个发面馒头，泛着紫青的光。同事在他后背拍了一巴掌："嘿！你个愣头青！"

有一股子军人的倔强劲儿，是大家初识雍立军时对他的印象。

这仅仅是保护大熊猫工作中的"小插曲"，用他的话说，顺手的事儿。

漫山遍野地找熊猫，守在它们身后，检查粪便，辛苦吃力，偶尔还会和犯罪分子近身肉搏，这当真是一份难干的工作。可当过兵的雍立军，铁了心要圆儿时的梦想，了却父亲的心愿。

在野外守护大熊猫，不仅要有一股倔劲儿、冲劲儿和猛劲儿，更要有一些"巧劲儿"，那便是要懂得大熊猫保护的基本科学知识，而雍立军除了儿时来他家吃饭的教授给他讲的零零散散的信息和父亲言传身教的知识外，其实是个"门外汉"，怎么办？

那就学！

最初的那几年，雍立军白天上山巡护，"跟踪"大熊猫，晚上就点灯熬油看书学习。

大熊猫在春季发情时，领地意识非常强，有时甚至会因恼羞成怒而伤人。它们发起怒来，可就不是平时呆萌可爱的国宝了，而是身强力壮的猛兽。有一年春天，雍立军便遇到了这样的情况。

一天，在巡山途中，突然听见草木唰唰唰疾速响动，有人大喊：

“大熊猫！”雍立军这才看见一只发怒的大熊猫从草丛中蹿了出来，恶狠狠地向他们冲来。

“快上树！”雍立军一边提醒同伴们爬上旁边的大树，一边奔跑着寻找庇护点。显然，他已经来不及躲避了，前面就是一处断崖，大家都为他捏了一把汗。

雍立军被逼到了绝境，却迸发出了人类在危难时可能迸发的最大勇气，他背靠断崖，“啊——”地大吼。

也许是大熊猫已经习惯了偶尔与人类守护者同行，又或许在它眼中，这只“两脚兽”没有什么恶意，也不是争夺新娘的同类，这才作罢，最终放过了雍立军。

说起这些危险，雍立军只是用嘿嘿嘿的笑，掩盖过其中的酸甜苦辣。

除了这些突发事件，常态化的巡护，也并非一般人能适应的工作。

齿痕、脚印、粪便……这些细微甚至让人避之不及的东西，都是非常重要的元素，隐藏着包括 DNA 在内的一系列生物密码。雍立军最常态化的工作，就是在野外行走。不同于动物园里耍宝卖萌的宝贝们，野外的大熊猫走的多是“兽道”，几乎无人走过，有时需要他们披荆斩棘，砍开一段小路。而在这一路的追寻中，食肉猛兽、大型食草动物，哪怕水蛭和马蜂，甚至一场突如其来的冰雹，都可能成为“致命因素”。

为了躲避野外毒虫，雍立军和同事们进山时会把全身遮得严严实实，但难免会有狡猾的虫子贴在衣服上，顺着缝隙钻进去，雍立军可是没少吃这样的苦头，腹部、颈部都被咬过。更可怕的是，有些虫子咬人后，还会给人注射一种麻醉素，伤口会红肿痒痛好几个月。

有一次，一个同伴被草蛇咬伤了，他们赶紧把草蛇扯掉，送人去就医，幸亏蛇没有毒，否则后果不堪设想。马蜂也是危险分子，被它们叮一口伤口周围会肿几个月，有时遇到的野蜂呼啦啦一大片，冲着人来时跑都来不及，只好脱下衣服捂住裸露部位，能躲一时是一时。

在大熊猫繁育的特殊时期，雍立军他们更得操着心，巡护工作压力会增大，有时候也会在野外扎帐篷过夜。夏天在野外扎营是最危险的，秦岭海拔较高，气候多变，时常有不测风云，随时可能出现山洪、滑坡、泥石流等情况。他们不敢在山沟里扎营，可是又要找有水源的地方。光找合适地方，就算得上一门“技术活”了。

那就多学习野外生存知识！自救的同时，还能更好地处理大熊猫在野外发生的紧急情况。

于是这几十年间，雍立军从没放弃过读书学习的习惯，不断把理论和实践结合。1995 年在世界自然基金会的资助下，他独立完成了《林区新建公路对大熊猫的影响》小型课题研究；

2005 年，他开展了对大熊猫产仔洞穴的分布及生态学研究，对秦岭大熊猫野外饮水行为特征的研究，以及对绶带鸟、红腹锦鸡的行为研究；他全程参与了全国第四次大熊猫调查中陕西佛坪国家级自然保护区的外业工作。丰富的一线工作经验和科研成果，让雍立军变成一个游刃有余的老手，据说他能嗅到几十米以外危险的味道。

近些年，周围群众对于大熊猫的保护工作认可度越来越高，从以前对他们撒气，到现在以和大熊猫做邻居而骄傲。这令雍立军颇感欣慰！

每每看到社交平台上那些出圈的国宝逗得亿万网友大笑，雍立军内心也更加笃定，自己选择了值得付出一生的事业。

群众见了他们，再没有了几十年前的白眼和冷嘲热讽，偶尔也会亲切地叫他们“追熊猫的人”。

这么多年的工作经验告诉雍立军，没有群众的支持，大熊猫的保护就形成不了合力，要和老乡们搞好关系，就得以心换心。

雍立军长得高大魁梧，木讷少言，是周围人眼里的厚道老实人。谁家有个急事儿难事儿的，也会想起请“追熊猫的人”来帮忙。

“只要能办，他一定不会拒绝。”

雍立军后来工作的地点是大古坪保护站，6 个人管辖着山高林密方圆 48.12 平方千米的保护区。一有时间，他就和同事们骑着摩托车，进村入户，走近当地群众。那时，当地年轻人大多外出打工了，在家的老人、孩子居多，为了及时帮助他们，他明白，要把“防人”的工作变成“服务人”的工作。

秦岭腹地交通不便，谁家有个急事，根本来不及出山。有一年冬天，一场鹅毛大雪后，路就封了。夜晚，“砰砰砰”的敲门声惊醒了沉睡中的雍立军，原来是村子里有一家的老人生了急病。雍立军一骨碌爬起来，赶紧穿上冲锋衣，发动自己的摩托车，让老人趴在自己的后背上，把老人送往镇医院。

风雪呼呼拍在他的脸上，积雪覆盖的山路一步三滑，雍立军愣是把人送到了，医生说多亏送得及时，不然急性肠炎发作起来，可能要命。看到老人打上了点滴，脸上渐渐有了血色，他才返程。直到第二天早上，他才回到了站点，一路上不知道摔了多少回。

“叫老雍！”

“去请老雍！”

这是大家的口头禅。山里人最大的事情就是红白事，村民们最喜欢请雍立军去料理，因为对他放心；谁家有急事要用车，就跑去站里找他做“司机”。不知不觉，“老雍”成了大家心里的公道人，邻里有矛盾了，也找他去评理。

有人挖笋了、砍竹了，村民的牛羊跑到保护区里了，哪条沟里、哪道梁上被人安夹了、下套了，村民很快就会给保护站提供信息，甚至第一时间跑来告诉他。以心换心，群众从抱怨的人，变成了“自己人”。

大熊猫的保护工作，凝聚了更坚实的群众力量。

2021 年，雍立军 49 岁了。从 20 岁到 49 岁，29 次春秋轮换，雍立军已经在秦岭行走了 3 万多千米，接近绕地球赤道一周。

要问是什么信念支撑着他把所有青春都默默献给了大熊猫，他不好意思地笑笑说："那就是父亲吧。"

雍立军有弟兄 3 个，他最美好的记忆是：放学回家，就看到教授和学生们与父亲在院子里讨论着大熊猫的科考工作，分享着今日上山巡查的收获和开心的事情，大家哈哈笑着，或干脆饮一碗母亲酿的山果水酒，望着满天的繁星，共享同一个大自然。他也曾随父亲一起巡山，那时，父亲把保护大熊猫当成了终生的事业，成了大熊猫保护管理方面的专家。靠着那种不怕苦与累的倔强，似乎任何难走的山路，父亲都可以征服。那时的父亲在他眼里不仅是"护熊使者"，更是一个大英雄。

"我会沿着他的脚步走。他在前面，我一直看着他。我的水平现在还不如他，但是我会努力，在这里继续发光发热。"雍立军默默在日记本里，写下对父亲的敬仰和对自己的誓言。

走笔

何以为“宠”？

哪种动物能受到全国甚至全球人民的喜爱？那一定是大熊猫！

大熊猫在动物界有着不可撼动的“顶流”地位，明明可以靠实力，最后却靠“萌”出圈。

如今的大熊猫中有不少明星，比如棕色的七仔，被咬掉耳朵的阿宝，还有萌兰、花花等。有人说，四川会营销，所以四川大熊猫比秦岭大熊猫出圈早。也有人说，秦岭大熊猫的样子更可爱。

无论哪边儿的大熊猫，可都是我们的心头好。

其实早在西汉时期，大熊猫就受到人们的喜爱，汉文帝的母亲薄太后喜欢养宠物，其中就有大熊猫。司马相如所著《上林赋》中还记载了这样一件事情：汉武帝时期的皇家园林上林苑中，奔跑着大熊猫等数十种野兽，当时还叫“貘”。

《资治通鉴》中也有关于熊猫的记载，只不过它当时的名字叫“驺虞”。南宋史学家胡三省写道：“晋制，有白虎幡、驺虞幡。白虎威猛主杀，故以督战；驺虞仁兽，故以解兵。”意思是说，在晋代，两军交战，一方举起“驺虞”旗，就表示可以和解、和谈了。

看来，大熊猫在那个时候就已经可以表示“友好和平”了。

在一些文献中，还能找到武则天向日本天武天皇赠送“驺虞”的记述。公元685年，武则天向日本赠送了两只“白熊”和70张毛皮，而白熊就是大熊猫。当时，长安的宫廷卫队和驯兽师簇拥着两只宽敞高大、披红戴花的兽笼，乘车由长安向东疾驰。到了扬州，大熊猫登上海船，随同日本遣唐使前往日本。

1869年，法国传教士、生物学家阿尔芒·戴维，在中国的一户人家中，看到一张他从未见过的黑白颜色动物毛皮，随后他从当地猎人手里购得大熊猫遗体，制成标本，把标本和骨骼寄到巴黎自然历史博物馆。博物馆里的博物学家爱德华兹仔细鉴定后，确信这是一个新的物种，它不是熊，其嘴圆，有着猫的特点，最终将它命名为“大猫熊”。自此引发了一股热潮，并迅速蔓延到欧洲大地，乃至全世界。1869年至1946年间，数百名西方人千里迢迢来到中国寻找大熊猫。

1936年11月，纽约时装设计师露丝·哈克纳斯把刚满月的熊猫幼崽“苏琳”装进竹筐，以“随身携带哈巴狗一只”的名义带到美国。

当“苏琳”出现在芝加哥的动物园时，观众纷至沓来，其中之一是美国前总统西奥多·罗斯福之子小西奥多·罗斯福。他在几年前曾和弟弟到中国捕杀大熊猫。当看到可爱的“苏琳”时，

他忏悔说："如果把这个小家伙当作我枪下的纪念品，那我宁愿拿自己的儿子来代替。"

全世界因对大熊猫的喜爱，达到共情。

中国对大熊猫的保护最早开始于20世纪50年代末60年代初。通过就地保护和迁地保护两种模式展开，历经60多年，经过许多人的努力，今天，大熊猫已经成功从动物保护等级中的"濒危"降为"易危"。而大熊猫也不再神秘，以迁地保护模式开展人工繁育圈养的大熊猫满足了人们近距离观看中国国宝的愿望。

陕西佛坪是世界上第一只棕色大熊猫发现地，被称为"中国熊猫第一县"；其野生大熊猫的数量和分布密度居全国之首，素有"大熊猫家园"的美称。但佛坪并没有过度利用"大熊猫"的热度去比拼什么，也许是因为在陕西人的骨子里有那种"只干不说"的"生冷"劲儿吧。

不知道各位读者有没有听说过"三官庙"的故事？那是当地群众为保护野生动物做出的巨大贡献，他们与自然"交谈"后，放弃了原本属于自己的家园。佛坪县岳坝镇三官庙村属秦岭大熊猫分布核心区，因野生大熊猫自然分布密度高而闻名遐迩，也是科研工作者开展大熊猫及与其同域分布的其他野生动物研究的理想的野外实验室。2006年，为了给大熊猫"腾地"，这个静谧优美的小山村实施了整村搬迁。

三官庙村原有50多位村民，1978年经国务院批准，成立佛坪国家级自然保护区后，小山村被划入保护区内。村民们积极响应号召，改变原来狩猎、采药、耕种等生活生产方式，上缴猎枪，不使用农药，逢年过节不燃放鞭炮，不搞大型生产，为的是将周围环境维持在自然状态。

虽然，人们搬走了，却断不了“熊猫情缘”。至今，在三官庙人的口中，还能听到当年和“花熊”（当地人对大熊猫的称呼）的各种趣事——把锅碗瓢盆、家具当玩具，咬成蜂窝状或拍扁、坐坏；吃光盖在锅里的饼子、稀饭；赶走正在孵蛋的母鸡大吃鸡蛋；还时不时拿村民栽种的香菇、木耳“打牙祭”；赶走黄牛强占牛圈来小住……

只不过，那已然成了一种回忆。也许梦回时，有人还想念母亲的炊烟和父亲在炕头的叹息，也有人带着一种特殊的“家风”重新回归——后代当起了大熊猫保护区的工作人员，有巡护员，有管理员，等等。

人与自然，仿佛因大熊猫，完美无缝地衔接了起来，那是中国人最推崇的一种理念，叫天人合一。

第四章 汉江明月照归人

那年我与友人同游石门栈道，观两岸危崖诡谲，天堑绝壁。峡破之处，清江东流，时而飞跳险涧，时而平流似镜。

这就是汉水，和它流经的路。

我们沿江而上，讲秦皇汉祖，讲飞涛衮雪。

汉江，装了满满一江的历史。乘兴，我们连了一首词，大约如下：

纵横翠仞，锁不住，岭南岭北风华。古道西边，都说是：秦时明月关卡。摩崖握风，飞涛衮雪，竟星河银泻。天门如是，飞鸟奔猿踌煞。

遥想当年热血，敢向天借道，排云作渡。千里割鹿，叫六国，只剩离骚堪赋！秦川八百，痴人应笑我，恨不男儿。幸有春回，还争我辈风云。

到了汉江，你禁不住就起了侠情与诗骚，毕竟古往今来，太多诗词为汉江而作。

汉江，古称汉水，发源于陕西省的秦岭山脉，蜿蜒曲折奔流在秦岭巴山之间，流经陕西、湖北两省。它总长1500多千米，是长江最长的一条支流，最终在武汉市汉口龙王庙汇入长江。

“南有乔木，不可休思；汉有游女，不可求思。”《诗经·汉广》早就对汉江有惊鸿一瞥的描述。《孟子·滕文公》有云：“水由地中行，江、淮、河、汉是也。”

在这个南北文化交融、转换的轴心之江两畔，淳朴厚重的《诗经》与浪漫飘逸的《楚辞》神奇地拥抱了。它注定是一条流着诗歌的河。唐朝诗人王维在诗中就这样写过汉江：“江流天地外，山色有无中。”

2003 年 12 月 30 日，南水北调中线工程正式启动。这意味着哺育汉江沿岸世代百姓的一江清水，将要送至北京和天津，造福更多的人。据说，目前南水北调中线一期工程，已累计输水近 650 亿立方米。

足见，对汉江水源的保护，举足轻重。与浪漫的诗歌相比，现实的保护工作，是艰辛的。

但汉水人家，总是能把这种艰辛，过成诗一样的生活。

老张是，老李也是。

（一）护水家风传四世

汉江三千里，经过的第一城是汉中市宁强县，经过的第一个村子是宁强县汉江源村，经过的第一户人家，是张邦贵家。

宁强，古称宁羌，自古就是陕川交通要道上的重要节点。李白《蜀道难》中“难于上青天”的古道就包括今日的陕西宁强到四川广元的道路，如今，古时的天堑已变通途，我们也不需要像太白当年那样“噫吁嚱”了。

7 月的西安已经被 40℃的高温烤成火盆，而宁强汉江源村的老张却让我们来的时候多带外套：“这里的温度还是比西安低五六度，晚上就更明显了！”

汉江源村，也就成了大都市燥热不安的人们神往的避暑地。

西安到宁强是通高铁的，全程需 110 分钟。只是上高铁前，气温还是 42℃，下高铁时已经是 31℃，凉爽，却又袭来一阵小雨。

“没关系，雨中探访汉江源，岂不更有意境？”我执意不用停留，其实早就迫不及待想去看看张邦贵老人的家，那是写了一江诗歌和历史的汉水源头的第一户人家。

来之前，做媒体的朋友就给我讲过，张老先生从 2003 年开始，就自发承担起保护汉江源头的责任。

十多年间，每天都可以在河边看见张老先生手持夹子和垃圾袋，沿河步行 5 千米，一路将村民和游客遗留的各种垃圾捡拾干净。

村民们说，早些年通往汉江源头的路还不是这样平坦，都是原生态的羊肠小道，密林之下，仅有 100 多个人的汉江源村还是一片秘境。后来不断有人外出打工，好几年不归家，孤独的村庄掩映在浓翠浅白间，像一个垂垂老者，只有一河的石头还记得它的历史。

祖祖辈辈生活在这里的张邦贵是个爱干净的人，经常把家里的地打扫得“连石头缝缝都一尘不染”，但十多年前群众的环保意识并不像现在这样强，汉江源村的河道上，会时不时留下易拉罐、塑料袋等垃圾。

张邦贵便仔细清理自家附近的河道，从“扫一屋”逐渐变成了“扫天下”，垃圾越捡越远，直至踏遍 5 千米的河道。

有一次，张邦贵正在河边捡拾垃圾时，突然天降大雨，一块落石从山上滚下，幸亏他躲闪及时，才没被砸中。得知这惊险的一幕，孩子们说什么也不让老人去了，但倔强的他并不为所动，反而热情更盛，在捡垃圾的途中他见人就提醒：“这水不光我们吃，北京、西安的人也在吃，千万不要乱扔垃圾。”

以上，是我从媒体朋友那里听到的故事，遗憾的是，老人已经在 2018 年去世了。

这一切，让我不由得对这位老人肃然起敬，便生了探访汉江源的念头。

可是，它又在哪里呢？

从宁强县城出发，沿 108 国道朝黄坝驿方向行驶 10 千米，道路右侧出现了一个小广场，广场石壁上写着醒目的四个字：“汉江源头”。路过石桥，顺着沿河修建的公路前行，就到了汉江源村，它被大家称为汉江流过的第一个村庄。

当地村民更喜欢把面前的河，叫作“玉带河”，它是汉江的南源。

眼前的涓流，并不及我家门前的渭水石头河宽敞，甚至可以说是一湾不到 2 米宽的小溪，沿着峡谷流淌而下。

我们沿着窄窄浅浅的小溪而上，两边的树木郁郁葱葱。

“好像是杏树呢！”这时节，有些杏子已经成熟，金黄金黄的，风吹来，把一阵果香送进心脾。

看见杏树，我倍感亲切，在我的印象中，有杏树的地方，总会民风淳朴一些。

据《神仙传》卷十记载：“君异居山间，为人治病，不取钱物，使人重病愈者，栽杏五株，轻者一株，如此数年，计得十万余株，郁然成林……”

相传三国时代，东吴庐山有位名医叫董奉，与当时的张仲景、华佗齐名，并称“建安三神医”。他看病有一个特点，就是从不收取病人的报酬，但是有个要求：凡是重病被治好的人，要在他的园子里栽 5 株杏树；轻病被治好的人则栽种 1 株。光阴似箭，日月如梭。经他治愈的病人不计其数，长年累月竟栽下 10 余万株杏树，他园子里的杏树也已聚棵成林，人称“董林杏仙”。

后来，董奉又告诉人们，凡是到他的杏林来买杏的人，不要付钱，只需拿一些粮谷放在仓中，就可以去林中取杏子。于是，每年董奉用杏子换来的粮食堆满了仓库，他又拿这些粮食救济了无数穷苦的百姓。

“杏林佳话”的故事就这样一直流传了下来……

我预感，在杏林小道，一定会遇到不错的人。

这条小道，被修得很齐整，一段平路，一段台阶，秦巴山区的村道，多是如此。拾级而上，五步一景，十步一品。不同的路段和弯道处，精心打造有不同的乡间小品，蔷薇、月季、大丽和格桑花，间错而生。四围的山在蓝天映衬下，莽莽苍苍，却比秦岭北麓的群山更多了几分秀气，像江南的女子，温婉明媚。

“老张，老张！”向导对着河道上的一位男子喊着。一位 50 多岁的男子，抬头看向了我们，他腋下夹了个蛇皮袋子，戴着一顶草帽。

他叫张继荣，是张邦贵老人的孙子，也是村里的义务巡河员，一做就是 17 年，以前跟着爷爷做，现在带着父亲、妻子和儿子做。

大家打趣他，别人继承爷爷的祖产，他继承爷爷的义务劳动。

是的，没有钱。

但张邦贵平日里经常给张继荣说：“这里就是我们的家，你不爱护它，谁护它？这本来就是咱们自己的工作。只有河干净了，环境好了，人们才能来，你在家里才有好营生。”

“从我记事起，爷爷就很爱干净。我小时候经常去他院子里玩，虽然房屋那时候还是土坯的，却被打扫得一尘不染，衣服都叠得整整齐齐，院子里没有一根杂草。”

我们席地而坐，听着玉带河的潺潺水声。他讲起了爷爷的故事。

“他老人家一生都很勤快，常说福不入脏门，一勤无难事。我是孙子辈里比较爱干净的人，爱打扫屋子，他就最爱我，到哪里都喜欢带着我。”

在他的记忆里，爷爷似乎就没有闲下来的时候。早年间就开始做农家乐了，那时候也不挂什么牌子，客人来了，热情招待，腊肉、菜豆腐端上桌，再简朴的碗筷，都被刷洗得干干净净，码得齐齐整整。

“干净、勤快，爱护环境卫生”，是爷爷留给张继荣的“家风”，从小便刻在了他的骨子里。

十几年前，张继荣随打工潮去了外面的世界，在工地上辛苦一个月，赚两三千块钱。虽然大都市的繁华迷人眼，但他还是想念家乡的绿水青山。

2000 年年初，他成了返乡发展的第一人，可是做什么营生呢？

张继荣有一门粉刷的技艺，便去十里八乡打零工，虽然奔波辛苦，却每天都能回家来。

爷爷有次把他叫到跟前，语重心长地说："你既然不出去发展了，就要把河护好。我预感，很快，咱们这里要发展起来，现在来家里的客人越来越多，都是冲着咱们这里的好山水好风光来的，但如果没人爱护环境，没人把水看好，名声很快就臭了，没有人来了。咱们还是要把水源地保护好！"

诚如张老先生所料，随后一切都在迅速变化。

2003 年 12 月 30 日，南水北调中线工程正式启动。

"咱这汉江源头如果污染了，还能把清水送出去吗？"村民们吃饭时，聚在一起总讨论。

以前，靠山吃山，靠水吃水。为了生计，乡亲们可以养猪放牛，种植椴木香菇，导致树木生长的速度往往赶不上被伐的速度，原本遮天蔽日的树林日渐稀疏，水土存不住，汉江源头的水量通常只有碗口大。河里常年堆积着枯枝烂叶，一下雨，河水就变得非常浑浊。

要不要，忍痛丢掉这些"脏饭碗"？

大家可能不全知道，宁强虽然矿产资源丰富，曾与勉县、略阳县一同被李四光誉为"中国的乌拉尔"，但为了保护水源地生态环境，当地政府采取措施限制矿产开发和冶炼企业的发展。

最终，经过多次协商，村里开始下狠功夫保护水源，禁止砍树、关闭养殖场、改造厕所、叫停污水直排，村"两委"还和村民签订协议，要求各家各户保持好卫生。为了涵养河道，对附近的耕地也限制耕种，退耕还林。荒山秃岭逐渐被林草植被所覆盖，林草覆盖率由治理前的55.8%提升到84.7%。为了保证水源不被污染，宁强还关闭了水源地保护区内的造纸厂、油漆厂、果酒厂、电器厂等数十家企业。

环境好起来了，可日子怎么才能好？

种茶！发展旅游！

村里通过“公司+农户”的模式，把河道两岸千余亩可耕地进行流转，用于种植茶树、果树和中药材。

张继荣指着远处层层叠叠的茶园梯田，只见满目滴翠，和远处的青山绿水融为一体，让人心旷神怡。

近几年，县上还实施了“文旅兴县”战略，以汉水源森林公园为森林旅游产业发展的亮点，在主要景点沿线开发建设了一批以度假休闲、森林体验、森林康养为主题的森林旅游项目，打造各类森林旅游景点10处、全国农业旅游示范点1家，兴办农家乐20余家。

目前，宁强县已完成造林任务33万亩，全县森林覆盖率达79.4%，2021年被生态环境部命名为国家生态文明建设示范区。

“这些年村里一直在探索一条既能保护水质，又能让村民获得收益的道路。”

张继荣因此还多了条营生——开办农家乐。

汉江水源的清澈见底，很快走红网络，越来越多的游客来寻这一江清水的传奇。张继荣和妻子一商量，拿出这几年的积蓄加上亲友的赞助，凑了 20 万，整修了老屋院子，开办了个汉江源民宿。

朝着张继荣指给我们的方向看，远远地，就见几座两层小楼散落在山脚下。橙黄墙壁、暗红门窗、黑色屋瓦。此时，已经临近中午，屋顶升腾着些许炊烟，好一幅现代版的小桥流水人家的图画。

“夏季是旺季，一个暑期能赚 3 万多元，过年过节也有月利 7000 元的情况，加上平时我打打零工，生活还是比较滋润的。”张继荣说。

生态环境好了，村民们的收入也水涨船高，往日清一色的土坯房变身为漂亮的小洋楼，与小桥流水、亭台楼阁相映成趣。

但正因如此，张继荣深知，清澈见底的水、满目苍翠的山、干净清新的空气，才是拥有这一切营生的基础，更要把环境保护好。

还记得 20 世纪 90 年代，村民们虽然拥有这里的好山好水，同时也与贫穷和闭塞为伴。村里连条像样的路都没有。“我去探水源，腰上别一把镰刀，边走边开路。”张继荣回忆。

从山顶到河谷，是人工开发出来的陡峭贫瘠的坡地。到了夏天，山洪和泥石流经常将土“剥掉”，也会卷走庄稼人一年的希望。

现在环境好了，生计也有了，得珍惜这来之不易的好日子。

张继荣始终铭记爷爷的教诲，不仅自己坚持数十年如一日地去河道捡垃圾，还发展了一支“张家军”。

张继荣先是瞅上了和自己一起长大的伙计们，每天给他们讲捡垃圾的好处，既能锻炼身体，还转了好地方，见到了河边很多新奇的事情。

果然，从小就是“孩子王”的张继荣说动了五六个老伙计。他们有时三三两两，有时全部出动，清晨五六点就出发，沿河道走上五千米，来回 3 小时，行走四五万步，清理河道垃圾。

慢慢地，大家习惯了这样结伴而行。碰见游客时，游客经常给他们拍照，为他们点赞。

“人在鼓励下，就会更加坚信自己所做的事情是有意义的，尤其是最近几年，大家环保意识普遍提高了，游客们不但很少乱扔垃圾，一旦碰见我们巡河，还会主动把垃圾给我们。”张继荣说。

我们一行 5 人，随着张继荣一路溯源而上，索性也体验了一下捡垃圾的工作。

置身于清水河畔，层林之间，工作也显得没那么枯燥了，反而更像是在休闲。

耳旁流水潺潺。有的地方水势高，溪水便顺高处跌落下来，飞溅起雪白的水沫，潺潺声变成哗哗声。有的地势落差大，就飞成一条瀑布，水花飞溅起来，打湿我们的衣衫，丝丝凉意送走了种种烦恼。

倘或遇到岩石阻隔，河水便分成两道，洁白平坦的大石头，成了天然的白玉床，我伸开双臂，躺在山水的怀抱中，使劲儿呼吸着大自然的味道。

这样就石而卧的感觉，阔别已久，那还是我儿时在家乡的石头河上拥有过的惬意与满足感。

“歇会儿，看看风景！”张继荣早就习惯了这样的步行，却怕我们撑不住，便建议就地休息。

“鱼！”助手小娜喊了起来。我赶忙翻身查看，果然见鱼儿悠然自得，甚至连人都不怕。谁说水至清则无鱼？这青鱼在清澈的水里游着，阳光把它的影子映在河床上，就像是在空中游动。

河床上散布着各色小石头，乳白的、橙黄的、有绿条纹的等等，像碎在水底的彩虹。我在它们中寻找着让自己满意的形状和色彩。

“嗨！雄鸡报晓！”小娜捡了一个形状颇像金鸡的石头，拿给我看，那是我的属相。

今天，果真是个好日子，运气就起于那片杏林。

我强烈要求，待会儿走的时候，要拿矿泉水瓶装一瓶汉江源头的水回去，这可是长江支流汉江的源头呵！这隐秘之地竟被生活在这里的人们看护得这样好，这样温柔地对待。

大家被我的幼稚逗得哈哈大笑。

可如今的蔚然成风，却是在最开始的“不被理解”下慢慢转变而形成的。

“首先就是妻子不理解，她觉得又不给我们发一分钱，家里杂事也多，尤其是开办农家乐以后，工作更多，为啥子还要出去捡垃圾，做那 3 小时的义务劳动呢！？”张继荣说。

“那你怎么说服她的？”

“没啥子特殊办法，用爱情！”张继荣笑了起来。

妻子不支持，他偏就拉着妻子一起，去河道“过二人世界”，两人沿河散步，遇见漂亮的野花，张继荣会十分有“眼力见儿”地折给妻子一束,没有哪个女人不爱花,终于在这样的“义务劳动”式的浪漫中，妻子理解他了。

父亲张仕义后来也加入了队伍。

“刚开始，我太忙的时候，他主动提出要替我去，后来发现每天走路，好像对自己的健康也有帮助。老人家现在 80 了，身体依旧很硬朗，很难说不是这十几年跟着我走河道捡垃圾锻炼的。”

张继荣其实对家人隐藏了一个秘密：

那年他去巡河，突然下暴雨了。眼看着山洪就要暴发，他赶忙躲进凉亭里，平时温顺的河水好似发怒的狮群，咆哮着袭来，差点吞噬了他。所幸，雨停得快，自己才得以脱离危险。

如今，在汉江源的巡河队伍里，总能见到衣着朴素却精神抖擞的“张家军”，张继荣把自己 13 岁的小儿子也带了进来，“这是对他最好的教育，我能传给他的最好的家风，就是爱护这里的一山一水，一草一木”。

让他欣慰的是，儿子并不觉得劳累，还成了游客相机里的环保小网红。

有时候游客看见他们，会问：“给你们一个月发多少钱？”

“没得钱！”

“那你们为啥干？”

“不为啥，这里是我们的家呀！”

“张家军”如是回答。

也许，他们不是很能领会生态文明的价值，也说不出来高大上的答案，面对采访甚至面红耳赤，害羞且紧张，但他们心里有一本账——有青山绿水，才有好营生。

亦有一个坚定的信念：这是要代代传下去的家风。

请记住他们的名字，很普通的名字：张邦贵、张仕华、张仕科、张继友、张仕光、张仕义、张继荣。

（二）汉江边上渭水人

90 后李鹏博，并不是喝汉江水长大的，他的老家在周至县，秦岭北麓的小村庄里。

童年的小河，流淌着无尽的快乐，放学去河里摸鱼，抓螃蟹，用玻璃瓶子装回小青虾和田螺。倘若大人们顾不上他们，小伙伴儿们便自己在河边架起石头，点上火，烤了来吃。

那水，是清甜的，可以喝。那河边的湿地里，埋着脆甜的慈姑（马蹄莲）。

可也不知从何时起，纺织厂便从稚嫩的孩子手中，夺取了那条河，河水渐渐发黑，渐渐干涸，似乎随着无忌的童年，一同消失了。

那是李鹏博的河殇，可是小孩子又能做些什么呢？那时节，只要能吃饱肚子，谁还顾得上环境问题？即便老人们面对发臭的河床，叹息不止。

李鹏博，终是考上大学，离开了村子，那段河殇被掩埋在无涯的学海苦旅中。

周至，在十几年前是贫困的，有很多爱心人士将各种资助金播撒到那里，李鹏博是个优秀的孩子，他在求学之路上，一直接受着社会爱心资金的补贴。

他时常写信给资助他的人说，自己以后要报答他们。

他们却回信：不要报答我，要回报社会。

可什么是“社会”？

2014 年，还在上大学的李鹏博偶然被一个社会组织吸引，这个社会组织在网上发布了招募志愿者的信息，一共招募 20 多个，去安康开展为期半年的志愿活动。

李鹏博报名了，可是第二天他就发现，年轻的志愿者们，只有他一个留下了。

那个救助项目，太苦了。长年住在村里，主要给留守的老人、妇女教编织技术，帮助他们提高收入。可李鹏博坚持下来了。

“因为我喜欢安康，这里有很多小河，就像我童年时的家乡一样。”

2016 年，项目结束了，李鹏博也找到了一份好工作，在西安，月工资近 2 万元。

父母高兴地说，苦日子算是熬过去了！

要知道，对一个并不富裕的农村家庭来说，要供一个大学生出来，是不容易的，就熬着、盼着娃能找到好工作，赚到钱，在城里安家。

但李鹏博，做出了一个令大家都不能理解的决定——他放弃了这份工作，要留在安康的农村里做环保志愿者，即使这是一份没有工资的义务工作。

同学们替他惋惜，父母则更是很久不能理解他这“任性”的决定。

“其实，时间证明了，我的选择是对的。我理解了资助我的那位好心人对我说的话——回报社会，并且做到了。”如今，已经 32 岁的李鹏博，早已习惯了在陕南村里的工作和生活，即使秦岭南北的人们操着不一样的方言、吃着不一样的饭菜、住着不一样的房子、享受着不一样的气候，但心是一样的——充满爱和真诚，有着中国人那传承千年的朴素自然观，天人合一的终极追求。

这个叫“文化村”的陕南小村，坐落在石岭沟小流域，距离安康城区四五千米，这里并没有什么有文化的人，多是些留守在家的老人。

李鹏博把自己的第一份环保志愿，就投给了这个村。

“虽然村子穷，也只有百十号人，还大多都是爷爷奶奶辈儿的，可直觉告诉我，我应该在这里扎根。

“毫不夸张地说，当时村里垃圾满天飞，河流里也全是垃圾，河上游还有养鸡场，整天在那排污水，哎呀，那个味道你想想吧。”

当时的文化村污染严重。但李鹏博还是看到了它不一样的地方——许多村民的房前屋后，种着各种观赏性的花儿。他敏锐地捕捉到，大家是有爱护环境的意识与追求的。只不过没人带头去保护这条河，也没有人告诉这些老人，该怎样去保护它。

李鹏博很快便开始对村子的环境进行勘测，发现文化村多为坡耕地，污染物主要来自农村生活和农业生产活动。如土壤中的化肥和农药残留、禽畜粪便与生活垃圾等，在降水和径流冲刷的作用下，通过农田地表径流、农田排水和地下渗漏，进入水体（河流、湖泊等）。

专家经过综合研判，给出的结论是：最大的问题是总氮超标；解决方案是：采用前端减源 + 中端消减 + 末端治理的综合治理措施。

短短十几个字的治理方针，实施起来可不是什么容易事儿。

总不能给大爷大妈们讲政策讲情怀吧？

“最大的问题就是，虽然那时候环保督察一轮接一轮，但对于生活在农村的人们来说，法不责众，大家喜欢超标的氮肥，家家都那样用，难不成要把全村人都罚了吗？”

从小在农村长大的李鹏博，迅速抓住了问题的关键，可是从哪里入手呢？

李鹏博想到了四个字：打入内部。

李鹏博知道，要和村里人搞好关系，就不能端着，更不能一上去就和人家讲方案、说道理，俗话说：“嘴上没毛，办事不牢。”大爷大妈们可不认乳臭未干的小子。

他便摆好姿态，以一个有教养的“晚辈”身份，没事儿就在村子转，看见大爷大妈在村口聊天，就加入，东家长西家短地谝闲传（拉闲话），扶大爷起身，给大妈端凳子，给婶子递水，给伯伯发烟，夸李爷爷象棋下得好，赞张奶奶腊肠熏得妙。

一来二去的，大家开始喜欢上这个有眼力见的小伙子。

熟络以后，李鹏博才慢慢开始给村民讲环保。

第一次，大家只是听听而已，第二次再提起，村民们开始觉得环保工作挺有意义，讲到第三次、第四次……村民们的态度开始发生变化。

“后来，他们甚至会主动说能不能一起搞环保。就是经过了这样的过程，我们越来越熟，现在村里人基本上都认识我。”

李鹏博深知，农村的人际关系，说复杂也复杂，说简单也简单，每个门子总有一个“话事人”，但凡遇到红白事，都一准儿要请“话事人”来安排活儿。

其实，那就是“乡贤”。“我这个年轻人说话分量轻，话事人说出来，话的分量就重多了。”

文化村有李、汪、陈、潘四个大姓，每个“门子”都有几位有威望、有经验的老贤达，都是老党员、老教师或者老军人、老干部，李鹏博知道，跟他们聊明白了，能影响到村里的一大批人。

70 多岁的李辉智，就是其中一位，不仅德高望重，而且精神矍铄，是个退休干部，懂政策、讲人情，会做群众工作。

农村的人情社会里虽然有很多“弯弯绕绕”，但村民们又着实淳朴实在。

有了这些“乡贤”的加入，环保理念就被迅速推开了。

“在文化村前后工作的四五年时间里，我跟当地的村支书、乡贤等，相互之间从来没有送过礼或者请吃一顿饭，因为人家不图我什么，就是聊熟了之后人家觉得这个事对当地好，就很支持，这也是我选择在文化村开展工作的原因。”李鹏博这样总结。

“你空了，一定要来我们这里看看。”李鹏博盛情邀请。

9 月初的一天，我终于驱车来到了这个“文化村”，当然，眼前的景象早已不是 2019 年李鹏博他们刚入村时那样了。

眼前一大片郁郁葱葱，文化村掩映其中。村外的河水汩汩流着，清澈见底，这就是汉江的支流之一，就是这里的水，15 天左右，便可到达北京。

我特意把车子停在村外，想踩着这里的泥土，慢慢欣赏河岸的风景。三三两两的村民，走在开着繁花的村道上，或荷锄，或挽笼，看见我来，也送上友好的微笑。

不一会儿，来到了由竹篱笆围起的大约 800 平方米的地方，这就是文化村用于净化水质的“S 弯人工湿地”。

只见湿地里生长着多种水生植物，白色的水鸟扑棱棱飞了起来，扇着芦苇摇曳起水面金色的阳光。凉风扑面，偶尔送来不知名的花瓣，直入我怀。

对于这诗画般的田园，李鹏博却称之为“试验田”。

“这是第一块人工湿地，当时我们都经验不足，做了很多不够环保的、高成本的尝试。比如一开始挖的湿地深度是 30—60 厘米，后来才发现 60—70 厘米最合适，所以湿地的坡度、深浅都不太一样，每个 S 弯也挖得有大有小。”

李鹏博指着已经生锈的绑篱笆的铁丝，直率地说，这是他们踩过的“坑”，但他不打算更新，而且每次有人来采访时，还会专门领他们看看“坑”。

我不由得敬佩地看向眼前这个“关中大高个儿”，他高挺的鼻子上架着一副眼镜儿，书生的气质仍在，但多了几分挥斥方遒的意气。

“后来我们建的湿地就不再使用铁丝绑的竹篱笆了，而是通过种树形成天然的篱笆，一般直接插柳作围栏。柳树易活，不用我们管，这样各方面成本就都降低了。”李鹏博说。

说到“湿地管理”，李鹏博更是从《红楼梦》中探春管理大观园的章节中，学到了法子。

与其花钱种芦苇，不如把地交给有意愿的村民打理，种上茭白、慈姑等水生食材，到了季节，还可以销售。“现在这种东西少，卖起来可快了。”

让村民根据湿地特性种经济作物，谁管理，谁卖钱。这样，既保护了湿地，又获得了收益，加入湿地养护的村民越来越多了。大家也都知道，把湿地建好，也能增加一份收入，干劲儿就更大了。

几年前，村民们还把这个年轻小伙儿叫娃娃，如今却认他为带领大家治理小河的“老把式”。

李鹏博说，其实大家都向往美好的生活环境，谁都清楚，氮肥农药养的瓜果蔬菜并不好，有些婆婆总是在儿孙回来时，去不打药不使用化肥的菜地里摘菜做饭。

只是，对农村人来说，提高产量也很重要，不可能不用化肥，怎么办？

李鹏博又想到了一个好办法：土坑堆肥。记得小时候，爷爷奶奶不就是这样做的吗？施这样的肥农作物一样可以长得很好。

说干就干，李鹏博和村委、专家研讨后，决定在各户的田间

地头挖一个大约长 1.2 米、宽 1 米、深 0.8 米的坑作为堆肥点，村民们把树叶、果皮、菜叶等埋进坑里，每隔一段时间翻堆、通气，在经过几个月的发酵、腐熟后，原本的废物就变成了环保的有机肥，以此代替化肥，减少流域化肥输入总量。

因为技术难度小、效果好，这个土坑还“惊动”了外省的人。村民们也更有干劲了。

正说话间，路过了“土坑”，村民们正在翻肥，看见李鹏博过来，远远就打起了招呼。

“最主要是人的思维变了，这是我最骄傲的地方。现在大家知道环境好了，水清了，住着舒服。环保这个高大上的词语，在这些老人眼里，并不遥远和陌生。”李鹏博感慨地说。

对于小流域保护来说，技术能解决的问题都不是问题，最重要的是人的观念，因为每一个环节都少不了人的参与。

据说，村上还成立了一个 200 余人的环保队，分成 12 支小队，现在，每个小队都在队长的带领下，定期开展日常巡护和各类环保活动。

李鹏博说，老人们其实非常在乎子孙后代的未来，知道保护环境保护水，是造福子孙后代的好事儿。“很多老人养鸡不用饲料，都是辛辛苦苦从山上割草剁碎了喂鸡，再把这些‘天然’的鸡蛋留着给家里的孙子孙女吃。”

作为长江第一大支流，汉江是南水北调中线水源地，自

2014 年正式开闸调水以来，已惠及北京、天津、河北、河南等地 1.4 亿人口，其中北京城区约七成人在饮用汉江水。而这些小流域的水就是通过汉江汇入长江，再到丹江口，一路北上，抵达北京的。

也许，群众还不能充分地了解“南水北调”的重大意义，也说不出保护汉江是什么样的社会担当，但懂得后代子孙的分量。只是，这种意识和使命感，需要一个穿针引线的人才能帮助达成，李鹏博说，他庆幸自己成为这样的人。

眼下，他还想把这套经验用到家乡的一些小河治理上。这几年来，李鹏博每周要在安康和西安之间奔波两三次，秦岭分割了南北，却和合着岭南岭北的风华，连接着汉渭之人的共识。

李鹏博说自己了解农村人的思维，更懂得他们淳朴的“水之情”，那是每个人的“乡愁”。

（三）女子护河队

朱先萍的声音很特别，干净利索，清亮有力。她还有着乌黑的头发，以及汉江女子特有的白净与岁月未曾带走的秀气。

“你有 40 多岁吧？”我问。

朱先萍大笑：“我 60 岁了！”一下子打开了话匣。

我和女人聊天，要么不谈年龄，要么狠狠往小了说。虽然我故意把她说小了十岁（我原本目测她50多岁），但当听到她已年过六旬时，我震惊了。

汉江的水，养人！

朱先萍是爱美的，白色短袖，黑色裤子，被熨烫得平平整整，微曲的头发扎成低低的马尾，脸上薄薄地搽了一点粉，淡淡画了唇。

我一直坚信，爱美的女人，大概率是爱生活的，爱生活的女人，大概率会收拾家，深谙收拾居住环境之道。

朱先萍的家，在安康市旬阳县双河镇，这个名字很准确，西岔河、潘家河两条河流就在这个镇子交汇，注入汉江，再上北京。

2016年的朱先萍，还并不清楚电视新闻上总说的“南水北调”所调的水里，还有“双河”的水。只是酷爱晨练的她，有一天早上在河边散步，一不小心被垃圾绊倒了，刚换的白外套，瞬间就沾满了泥浆，还有垃圾汁水。

朱先萍忍痛站起来，一脚踢开垃圾袋，愤愤说道：“又乱扔垃圾，又乱扔垃圾！”

垃圾，垃圾，双河镇从2000年年初起，怎么就被垃圾包围了呢？她还记得八九十年代时，河水多干净的！可如今，抬眼望去，河上漂浮的不知是谁家的烂衣服、臭袜子，塑料袋子、水果皮，等等，发出阵阵恶臭。

虽说镇上雇了人打扫卫生，可是一些死角的垃圾都已经“发酵”了，也收拾不过来，人力不足，根本无暇顾及那两条河。

站起身的朱先萍，擦拭着被弄脏的衣服，忽然瞥见一队姐妹正穿戴齐整，准备去跳舞。镇上要组织一个妇女节的活动，大约她们是为此排练节目去。

对啊！镇上的家庭主妇那么多，光自己的社区就有近千人，她们平时就看看孩子和老人，打打麻将跳跳舞，为啥不把大家组织起来，把环境打扫干净？

3 月 8 日那天,社区组织庆祝活动,姐妹们聚在一起唱歌跳舞，唠嗑，好不热闹。轮到朱先萍讲话的时候，她提出组建一支由女性组成的垃圾清扫队，每个月抽几天时间一起打扫社区死角的垃圾，包括清理河道。

此话一出，刚才还热烈的气氛，瞬间冷却了下来。

“钱从哪里来？”

“是不是吃饱了没事干？”

“萍娃子就是爱出风头！”

立刻，质疑和嘲讽一声接一声砸来。一时间，朱先萍也不知所措了。

“萍娃子，我加入！”“我也加入！”“你就说怎么干！”

有人反对，就有人赞同。经常和她一起跳舞的 8 个姐妹站了出来。

其实，朱先萍刚开始也不知道怎么干，只是粗略有个想法，便说：“这个月 15 日，咱们先扫一次社区死角！”

由 9 个姐妹组成的第一支队伍，就这样定了下来。

等真的到了 3 月 15 日，朱先萍才知道这件事做起来有多难。

凌晨 5 点多她就起来了，一直很要强的她心想：不是有人觉得我只是想出风头吗？那我就动个真格！

姐妹们夹着扫帚，还有人不知道从哪里借来了农用车，6 点就集合在了她家楼下。

就在她们出发时，还有街坊邻居在悄悄议论："看她们能坚持多久！"

那一天，她们一直打扫到了下午 2 点多，各种各样的垃圾，一共装了六车农用车！大家毕竟都是上了年纪的人，一天下来，累得腰酸背痛。

朱先萍看着自愿响应的姐妹们的疲惫样，既心疼又感动。下一次，什么时候开始？怎么开始？这毕竟是一份没有报酬的义务劳动。

朱先萍将下一次劳动的时间，定在了几天后。"那时候觉得垃圾真的是很多，心急，想赶快把它们清理完。"

可没想到，第一次劳动过后，依然有人不理解她们，觉得她们平时就爱跳舞出风头，这次，也一定是做做样子，吸引大家的目光罢了。

其中，还有更让人伤心的事，有人早早拎着自家垃圾在门口等候，见她们一来，就甩给朱先萍，讥讽道："你不是爱捡垃圾么？

以后就负责捡垃圾么？这是我家的，给！你的工作。”

朱先萍默默忍住了气，把垃圾收拾了起来。看着那人扬长而去的样子，朱先萍更来劲儿了：“总有一天，我一定让你改变态度！”

第三次、第四次、第五次……一个多月后，9 个姐妹将社区死角的垃圾清理得差不多了，周围人也渐渐意识到：她们动真格的了。她们那汗流浃背、灰头土脸的样子，哪还有以前打扮得漂漂亮亮去跳舞时的影子？

所幸，这样的艰辛，被街坊邻居看到了，有的也就不好意思再随手丢弃垃圾了。

2 个月、3 个月、4 个月……终于，社区的环境，变样了。村道上随手丢的垃圾少了，也很少有人偷偷给死角塞垃圾了，见到她们的人，脸上的表情，从质疑、嘲讽，变成了真诚的敬佩。1 个、2 个、3 个……越来越多的姐妹加入了她们的队伍。队伍中的人数从最初的“9 朵金花”，增加到了 20 多个。

人多力量大，垃圾数量在逐渐变少。朱先萍还和大家摸索出了规律与制度：她们把每个月的 1 号和 15 号定为“清扫日”，如果遇到突发情况，再临时增加清扫次数。

有了“人马”，朱先萍终于把目光放在了两条河上。她带领大家，下了河道。

可清理河道要比打扫马路难度大，首先得有专业的打捞工具和夹石缝垃圾的钳子。大家第一次下河道时，由于“兵器”不称手，可是费了老大的劲儿。从早上 6 点一直干到了下午 3 点多。大中午毒辣的太阳晒在胳膊和脸上，火辣辣地疼，因为长时间弯腰躬背，很多人骨头疼。

但令人欣慰的是，有人送来了热水和吃的。

“你们都辛苦了！”

当大家把炒菜米饭送到自己手里时，朱先萍听到了熟悉的声音，只不过以前是冷冷的嘲讽，现在是温柔的问候。

她抬头一看，原来正是给自己“扔垃圾”的女人。

两人笑着，手握在了一起。

要说这世间什么距离最远，可能是人与人的心；要说什么距离最近，也可能是人与人的心。

朱先萍的坚持,得到了朋友的支持、老乡的认可,更得到了“不对付”的人的尊重。

那一刻，她觉得值了。

社区不大，且大家都是熟人，互相闲谝时一传十、十传百，朱先萍组队捡拾垃圾的事很快引起了轰动。

群众的夸赞声也传到了双河镇党委、政府的院子里。得知此事后，镇上不仅表扬了朱先萍等人，还积极推广她们的行为，并向全镇发出倡议。

一石激起千层浪。以朱先萍等人组成的女子义务护河队为样板，与高坪社区临近的金盆、望月等村迅速响应学习，成立了由党员、人大代表、群众代表组成的义务清扫队，开始不定期在村组道路、河道河畔开展捡拾垃圾、清除杂草、清扫路面等行动。朱先萍的队伍影响力在不断扩大，全镇 19 个村（社区）陆续组建起此类志愿者队伍，从党员、人大代表带头转变为群众自发参与，目前全镇有稳定队员 2000 余人。

我去双河镇采风的时候，正是汛期。虽然不是 1 日或 15 日，但“女子护河队”的身影仍随处可见。她们现在得到了社会更多支持，穿着统一的红马甲，只见一片翠绿间，红色的马甲宛如盛开的花朵。

“常常河边转，勤把垃圾捡。确保河水清，一江送北京！”

许是累了，有人带头，大家一起说起了这段快板，边笑边忙碌着。

这段快板是朱先萍写的，她到底是个爱唱爱跳的人。

“我们在汛期的时候忙碌些，因为从上游漂过来的垃圾会变多。临时加活儿，谁也不会有什么怨言。”朱先萍说。

值得欣慰的是，现在获得了一些社会资助，让她们终于有了一身“行头”，每到“护河日”，她们就套上胶鞋、穿上红马甲，拿上火钳、铁铲等工具，接二连三地从家中出发，再会聚到当天的活动地点。

为了保障好大家的安全，镇政府还出资 10 万块钱给她们购买了一个团体保险。同时，把这群“护水巾帼”组织起来，在平时不忙时，学习好家风，传播睦邻友好的故事，给大家教教婆媳相处的窍门。

“有一天，我们一个姐妹的婆婆拉着我说，萍娃子，我儿媳妇以前对我说话的嗓门非常大，凶得很！跟着你去河里捡垃圾，怎么捡着捡着，还把脾气捡温柔了，现在说话都不紧不慢，态度变了呢！”朱先萍讲着这个故事，情不自禁大笑起来，那是欣慰与自豪的笑声。

左手编织袋，右手火钳，一遍遍重复着弯腰、夹垃圾、放入袋中的动作，日复一日，不知不觉 8 年过去了。让朱先萍感到欣慰的是，如今河里的垃圾数量少了许多。

“有时候我们出去，几千米下来，都是空手而归。完全不像第一次那样，一哈儿干了 8 个小时都没捡完几米！”

现在河水干净了，河岸的环境更好了，朱先萍和姐妹们没事儿的时候就在河边跳舞，拍视频，她们还编了一段《扫帚舞》，纪念这 8 年多的无悔经历。

60 岁生日那天，朱先萍在朋友圈发了一段长长的文字，是这样写的：

> 60 年，说长也长，说短也短，但在一个人的人生中，却足以经历无数风雨，见证岁月的痕迹。我用坚强、执着、善良，走过了一个甲子，所有亲朋好友的关心、厚爱以及支持，是

我人生道路上最宝贵的财富。

亲人和朋友的陪伴让我在人生旅途中不孤单，让我在困难时有了勇气，在快乐时有了分享喜悦的动力。你们在我的生活中扮演着各种各样的角色：有亲人的陪伴和深爱，有朋友的关心，有队友的帮助和鼓励，有邻居的关爱和照顾，你们的每一句话、每一个行动，都让我感受到了温暖和关怀，今天在这里我说一声感谢。

感谢你们在我人生道路上留下了美好的印迹，让我懂得了人生的真谛和意义。60岁，也是一个新的开始，把它当成第二春，在以后的日子里，我要好好地品味生活，慢慢地享受美好！

在这个特殊的日子里，感谢已逝的父母给予了我生命，愿你们在天堂无病无灾。

祝我的家人朋友，快乐健康！平安喜乐！同时也祝我的同龄人在变老的路上善待自己！珍惜余生的时光！让我们的晚年更加美好！

——致自己

走笔

若水若水

我们都知道，陕西汉中、安康、商洛三市，是南水北调中线工程的主要水源地，供水量占中线总调水量的70%。也就是说，受水地群众喝的10杯水中，有7杯来自陕西。

所以，媒体上不断说着这样一句话：“在功劳簿上，有一个大写的陕西。”

但就我多次深入汉江流域的村子来看，勤劳淳朴的村民们，从来不因这样的贡献而“居功”，他们也许了解这样一个宏大的工程，也许不了解，但只要提起保护汉江，心是往一处想的，劲儿也是往一处使的。

我碰见了“上阵父子兵”“张家护水队”“杨家志愿者队”等，似乎“护水”成了一种家风，只要家里有一个人有这样的想法，很快，全家都会支持和加入。

那些鸿篇巨制里都在写“人类文明因河而生”，好比娘胎里的“脐带”，所以我们的发展史，浓缩起来，就像是一部治河史。

但对于那些身体力行的平凡百姓，“家国情怀”是这样朴素地被表达出来的：从小就是喝着这条河的水长大的，游泳、嬉戏，捡漂亮的石头、折湿地上不知名的小花儿——那是刻在心里永恒的乡愁。

《道德经》说：“上善若水，水善利万物而不争，处众人之所恶，故几于道。居善地，心善渊，与善仁，言善信，政善治，事善能，动善时。夫唯不争，故无尤。”

果真如此。往往善良的人，不知道自己是善良人，只是遵照内心去行事。护水，成了汉水人家眼里，最自然而然的事情，就像饿了要吃饭，渴了要喝水。

最伟大的善举，就隐含在平凡的小事里。

第五章　咖啡遇上土鸡蛋

我不爱喝咖啡。

农村长大的孩子，童年最好的饮料就是灌一瓶子井水，加点过年蒸花馍用的色素，若有一把糖精更好，通通扔到瓶子里摇一摇，咕咚咚一饮而尽。那时候，井水是甘甜的，不需要经过任何澄清工序。

考上西安的大学后，认识了一个城里的男朋友，还是他带我喝过一杯咖啡——那苦不拉几的味道，涩得我直皱眉头，恨不得把舌头从嘴里拔出来搓洗。男友见我这般“没见识”，没好气地甩了一句：“至于么？土妞！来，我教你喝咖啡的礼仪。”我从他那有点调笑又或许无心的脸上，解读了些许微妙的表情。

那时，城乡差距还是很大的，包括吃穿用度的习惯，乃至价值观。

显然，我人生第一次喝咖啡的经历，是苦涩的。

在西安生活得久了，我也就难免随了大流，也许言行举止已经“城市化”，但内心依旧有着“等有了足够的钱，就回农村种地”的念想。我一有时间就去南山，这是西安人，尤其是南郊人度假的常规方式。“南山”指的就是终南山，它大约是秦岭离繁华的国际化大都市最近的一个地方。

也许是心里的乡愁使然，总之我一走进山呀、村儿呀的，身上的每个细胞都是兴奋的。

前些年，还只能去个别地方——上王村、沣峪口。上王村的浆水搅团做得好，沣峪口的石锅鱼是一绝。

一到周六，从市区奔涌而来的车辆，将两个地方塞得实实的。店家站在门口，吆喝着：“来来来！这儿来！”

大家热闹地比拼着“揽客技能”，在游客看来别有乐趣。

过去自是不能和现在比的，如今除了上王村、沣峪口，翠华山底下还有民宿餐饮、露营地。往远了去，还有鄠邑蔡家坡的108号网红公路。去村里的活动，早就不只是吃搅团、吃鱼那么单一了。音乐、绘画、文学创作，发呆、读书、种菜，各种活动也从满足大家的口腹之欲，变成了满足大家的精神需求。

在被青翠环绕的山村里，随处可见一处一品的文艺气息，那是年轻人的心头好。

当然还得配点“咖啡”——我们管这叫“村咖”。有个漂亮的设计师就在鄠邑区的栗峪口村利用废弃厂房，开了一家咖啡馆，直接取名“土锤”，这是陕西方言中形容一个人“村里村气”的词——可是你别说，这还真形成了一股潮流，并且，越“土”越好。

（一）咖啡，还得“土”着喝

在文友秦川的带领下，我走进了早就火得一塌糊涂的“土锤”咖啡店，它位于西安市鄠邑区栗峪口村。

秦岭有 72 峪，栗峪，位于西安市鄠邑区西南约 8 千米处的秦岭北麓，距西安市区约 52 千米。峪口就在鄠邑区石井街道栗峪口村，距离环山路不足 1 千米。峪谷南北走向，深约 3.5 千米。从峪中流出的河名为栗峪河，峪口以上流域面积 10.36 平方千米，河流长度 7.05 千米，多年平均径流量 350 万立方米，出峪后流经栗峪口村，于石西堡村西南汇入涝河。

在 20 世纪八九十年代，峪内曾进行过矿石开采。随着时代发展和环保力度加大，开矿作业被禁止。如今，栗峪已基本禁止游人进入，狭长的峪谷再次彻底安静下来，群山环绕，植被茂密，遮天蔽日，巨石横卧，溪水绕石奔流，水击石上白浪翻滚，回声悠悠，空气清新，湿度宜人，颇有一番醉人乐趣。

栗峪封了山，反倒让它脚下的栗峪口村热闹了起来。

栗峪口村由原栗峪口、涝峪口、土门和白云 4 个自然村合并而成。现有 13 个村民小组，744 户 2865 人。

关中环线从栗峪口村飘然而过，得天独厚的地理位置让它成

为西安市民周末度假清单里的香饽饽。

听文友秦川讲过，这里有个老牛坡，苍翠欲滴，和银光闪闪的老虎岩并称双绝——他是个爱逛的人。“秦有甘泉宫，唐有孙思邈……”去栗峪口村的路上，秦川向我们展示着他丰富的见闻和历史知识储备。

“嗨！大文豪，我们今天是去土锤咖啡的！就是去做村民的，别显摆！这环山路上的风景看得我们都来不及眨眼睛，还要用耳朵听你的！”闺蜜小桃朝秦川砸了一瓶饮料，他们向来习惯互相“拆台”。

确实，从市区出发，一上环山路，秦岭终南山就像要马上跳到你怀里来一样。尤其是五月初夏时，雨过天晴后，云雾一团两团，散落在远处的山谷上。黛色的柏油路，偕着赤枣色的跑道，和这大开大合的绿，融在了一幅画里。

此时的秦岭是绿的，近看颜色却又不尽相同——嫩黄的、青翠的、果绿的、湖蓝的、浓墨的……随着车子的移动，一排排白色的村屋映入眼帘，整齐划一，又分布得错落有致。我们不禁拿出手机拍摄起来。“现在的农村，到底不是我们那个时候的样子了，现在谁再说自己是从村里来的，那就是真的有品位的人！我以后就想嫁到农村，种地、开茶馆！”小桃还没结婚，说起话来总是离不开“要嫁人”。

大约用了 45 分钟车程，我们就到了今天的目的地栗峪口村。

刚拐进村口，淡淡的焦香从一旁的咖啡店飘来，大喇叭里传来“陕普”：“喂，喂，村民朋友喝不喝咖啡？好喝得很，好喝得很！”逗得我们一车人忍俊不禁。

“剪鸭村”是年轻人给栗峪口村取的别称，意思是逃离了都市的快节奏生活，来这里打卡——骑着机车，或是坐在葡萄架下读书，在院子的角落品着咖啡，抑或仰望青山画一幅水墨画，可以减轻压力。

“哇！都是帅哥！哇！美女！村里好潮呀！”小桃的“哇哇叫”逗笑了背着吉他的小伙、骑着单车的美女。“希望一会儿嫂子的咖啡能把你的嘴堵上！”秦川“回敬”了小桃一句。

一下车，就看见了喷绘在墙上的宣传语“让全村人喝上咖啡”，白墙土瓦的咖啡厅就开在村里的小路边，稻草屋顶、藤编座椅和点缀其间的绿植，散发着清新自然的乡土气息。

我们到的时候，院子里已经坐满了游客。“土锤”两个字挂在点餐的吧台上方，十分显眼。操作间忙碌着三四个四十开外的女性。健硕的身材，古铜色的皮肤，穿着统一的服装，你磨咖啡、我配简餐、他管收银，各司其职，一个比一个麻利。

“嫂子”咖啡师

今年46岁的宋迺红，就是这些“嫂子”咖啡师之一，栗峪口村地地道道的村民。前半辈子一直务农的她，在“土锤”咖啡馆当起了咖啡师，来这里喝咖啡的人们喜欢叫她 Emily（艾米丽）。

“光我一个人，一天有时要做 50 多杯咖啡。”见到宋迺红时，她正娴熟地为顾客冲泡一杯葡萄拿铁。那双常年干农活的粗糙大手拉起咖啡花来，竟有一种可爱的“反差萌”。

“嫂子，再来一份绿辣子夹馍！”正说着，食客开始呼喊自己的“咖啡点心”——不是什么草莓慕斯、蓝莓芝士，而是烙得金黄酥软的陕西农家锅盔，家门口摘的绿辣椒，呀，那香辣能让每一根神经感到惬意！

宋迺红现在过的是“双栖”生活，农忙时务庄稼，农闲时做咖啡。在“土锤”咖啡馆，还有 10 多位村民和宋迺红一样，会冲咖啡、做西点，会擀面，会烙饼子、蒸凉皮。

“我家还种着葡萄，果园子一年挣个十几万包住底儿。在咖啡馆上班，一个月还有 4000 多块钱，关键是我家就在旁边，走几步路就到了，照看老人娃子，方便！”宋迺红憨笑着，干练的短发梳得齐齐整整，好不精神！

“嘿！那你可是在内卷中稳赢了！”小桃听着，不由得羡慕起来。

“哪有！农民还是比不得你们城里人，你们坐在办公室就把钱挣了，见识也多。”宋迺红对“城市”的认知还停留在十年前。

那会儿她随老公在贵州、重庆、西安各处的工地干活，一年到头回不了几次家。尤其在贵州大山里修桥时，潮湿的环境让并不适应水汽的夫妻俩十分痛苦，好几次宋迺红都提出要回老家。

“尤其是娃娃打电话过来，舍不得挂电话。但是又没有办法，不出来打工，谁给他们交学费？哪有钱给老人看病？在西安工地干活的话，一个月能回来一次，但工价不如外地高。总还是想趁着年轻多赚点钱。”宋迺红说。

但即使回来，在村里又能做什么工作呢？一没产业，二没路子。一大家子守着几亩葡萄园，也不是个办法。

20 世纪 80 年代，他们村还有个大家认为的“好营生”，去矿场上班,零零散散赚些钱。宋迺红和几个兄弟姐妹,就是父亲“挖矿”养大的。村民那时见识短，只知道靠山吃山。后来，政府严禁去栗峪采矿，关了好些场子。

那会儿，要保护还是要发展，要吃的还是要绿的，成了村民犯嘀咕的事情。“绿色”能生出钱来吗？一个山脚下的村落，又能靠什么营生致富？

2000 年年初，村里人陆陆续续出去打工了。宋迺红也加入了这样的大军。

背着彩条布缝制的大背包，挎着铺盖和衣物，赶着南来北往的火车，是这群“迁徙大军”的常态。要是在大山里修路修桥还好点，毕竟大家是一个群体，挤在一样的彩钢房里，穿着一样的衣服，有着差不多的审美标准，无非就是生活采买不方便。

但工程结束后，青黄不接时，她还随丈夫去城市里做些零工。为了起居方便，他们便住在城中村里。不足 10 平方米的房间，要塞下两人所有的生活用品。回到城中村，好似和这里的人没有太大区别，无非就是我的村子在山里，你的村子在城里。况且，这里还没自己的老屋宽展。但出了城中村，就像来到一个不属于自己的世界。

她总是觉得“低人一等”，和人家的穿着打扮都不一样，总觉得别人在指点自己的“土味儿”搭配——花衬衫配的确良裤子。有一次她特意染了个头发，夹了小卷，认为这下总该时髦了吧，谁知又被调笑是“中年非主流”。

宋迺红渴了，自己烧杯水。可城里人，还有个“下午茶”。那时的星巴克可是都市白领的圣地。“我在那里打过一段时间短工，专门扫地。有一次领班请我喝了一杯，我就纳闷得很，这苦不拉几的东西，还能那么贵！三十好几，能买多少白馒头！”

那时，城乡差距不仅在于收入，更在于生活方式和价值观标准。“土气”，是一个极具色彩的词语，似乎蕴含着贫穷、匮乏、狭隘等意义。

但生活就是这样峰回路转，在不经意间让人惊叹。宋迺红可能想不到自己最后会成为一位乡村“咖啡师”，而“土气”竟成了年轻人追求的潮流。

栗峪口村地处秦岭北麓中段，村里有许多斜坡，远远望去，高低错落的房子“叠”在一起，与秦岭间翻涌的云海融成了一幅美丽乡村的生态画卷。这几年当地并非“封山躺平”，而是一直在“景”上做文章，寻找适合村子发展的产业和支点。

随着这两年陕西开展的高标准乡村建设，村路修得越来越畅通，房前屋后有了花草树木，还有一批年轻人来这里“创业”，做起了“新村民”，西安建筑科技大学博士研究生王绘婷就是其中之一，她就是“土锤”咖啡馆的创办人，“就是看中了秦岭的绿色生态和乡村的田园环境”。

乡村与城市的边界，变得模糊，“乡创客”和村民们的思路，却清晰起来。

留洋女博士与乡村“土味”

走进土锤咖啡，硕大的降落伞被制成了遮阳的天幕，舒适的躺椅、吊床摆放在植物之间，各种从村里淘来的精致小玩意都“改头换面”，经过二次加工，成为店里不可或缺的装饰品，还有“不要生气要争气”“尾灯消失的地方就是远方”等与乡村“格格不入”的标语，触动了久居城市的人们的心灵，让一个在城市里随处可见的咖啡馆，变身为每月接待客人 10000 余人次的乡村热门网红打卡点，不仅为栗峪口村提供了乡村振兴新业态，也让“咖啡下乡”成了一种新时尚。

让我这个满怀“乡愁”的人最为动容的地方是，这里虽然卖的是“咖啡”，但致敬的却是中国人骨子里崇拜的“农耕文明”。在院落中处处都可以见到农耕文化的元素——照片中，老农民们伸出的一张张粗糙有力的手，拼成照片墙。一幅幅巨大的纱布海报，印的是一个个农民们的笑脸。沟壑纵横的脸上，写着关于岁月变迁的无言书，但一双双炯炯有神的眼睛，却透露着对美好生活的自信和向往。

很难想象，这样“土气”的致敬，来自一位女海归。创办人王绘婷的身上，有这样的“标签”——英国留学生，西安建筑科技大学的城市规划学博士，充满艺术气息的“乡创客”，不喝咖啡“会死”，当过设计师，开过民宿。

“标签只是挂在身上的一个包袱，重要的是放下包袱，从心出发。秦岭是每个中国人的精神家园，无论他身在何处，做什么高大上的工作，有什么样的时髦标签。中国人的骨子里，其实是致敬土地的。往上翻三代，我们都是从泥土里出来的。秦岭的美，就是原生态的美，它只要站在那里，就是风口。我们只需要保护好它，就能发展好。”

诚如王绘婷所表达的，走进土锤咖啡馆就会发现，从设计到菜单都充满着一股浓郁的“土洋结合”的气息：油泼意面、咖啡汤圆、韭菜鸡蛋比萨……

王绘婷说自己始终有一种进山的情结，回到西安后，便喜欢在秦岭山脚下转悠，这边的村民非常淳朴善良，邻居大妈时不时地端一碗搅团鱼鱼跟自己分享，这种简单淳朴的人际关系深深打动了她。一次偶然的机会，蔡家坡村办起了关中忙罢艺术节，许多艺术家、乡创客纷纷会聚于此，加上当地政府也为返乡创业者提供了诸多利好政策，天时地利人和一应俱全，王绘婷和小伙伴们一拍即合，从此便有了土锤咖啡的故事。

自从有了土锤咖啡，栗峪口村也开始变得不一样了，王绘婷聘请了十余名当地的村民来制作咖啡，并亲切地称呼她们为“嫂子”，还邀请了专业的拉花师来店里搞培训，不仅让嫂子们学会了做咖啡，还让她们学会了锦上添花。

村里有了新岗位,越来越多的“村二代”才有了家门口的工作。

“至少不总想着往外面的花花世界跑了。”宋迺红对孩子的表现很满意。娃娃们趁着假期在店里做做兼职，打打暑假工，说着家乡话，他们其乐融融，还自豪地说：“我们村子和别的村子不一样。”

当你潜入当地文化的时候，你一定会对他们产生影响，会激发他们的创造性。其实，我觉得乡村振兴的本质是改变人的思想，通过点点滴滴影响人们的意识。

当地的村民们坦言，自从来土锤咖啡干过活后，都变得“不会干活”了，以前刮墙讲究一个平整光滑，现在却知道了“自然的肌理”。一见到各种各样的小物件都会情不自禁地思考，能够再次用它做成个什么东西，思路开阔了，出路也多了，生活也过得更有趣了。

“到底是年轻人会玩！我们喂猪的毛毛草，他们会插在陶罐里，嘿！还真不赖！老婆子早就不用的砧板，人家买去，放茶碗哩！”村民老胡听说我们是来采风写书的，不禁打开了话匣子。

（二）喜鹊

在《过秦岭》入选陕西省重大文化精品项目后，我的实地采访就比之前容易多了，因为大家愿意站出来说话了。之前提起秦岭，大家是敬畏的，也是小心翼翼的。而且陕西人干事有个挺显著的特征——少说话，多干事。这几年关于秦岭是怎么在保护中发展，这里的居民是怎么在发展中保护秦岭的，都是需要智慧来解答的一道道综合题。

保护不是“封”，生活在于“创”。

这里年轻的80后村干部倒是有不一样的思维方式，元野就是其中之一。他对我说：“我们走这些文艺路线，不光是让城里的人到村里来游玩，那样结束了就结束了，而是想让村里的年轻人回来。他们读过很多书，见识过外面的世界，也对时代变化有着敏锐的感知力，比我们的父辈更具创新精神和干事气魄。”李宏波就是被他“说服”回来的一位“乡创客”。

为了采访到李宏波的故事，我们特意去了周至县一趟，这是西安最远的一个县。而一说起周至的峪口就是“九口十八峪”，辛口峪可是赫赫有名的大峪口，是傥骆古道北线进入关中的要道之一，也是关中通往汉中、四川最近的道路。

我去采访之前，特意翻看了有关资料。辛口峪在唐宋时称陈仓谷，清时称新口谷，民国时称辛口谷，今为辛口峪。当然，民间还有一个叫法：东骆峪，因为这里还是进入骆峪的重要山口。辛口峪中有村，分据东、西二山，名为苍峪村（原名小陈仓），从西山可穿越到骆峪，从东坡可到达熨斗峪，从光头山可穿越黑河峪，向西南沿河道上青岗砭，可进入骆峪古道。

一路上，竹林夹道。据说这些竹子都是20世纪80年代搞“南竹北移”时种的。如今已经碗口粗了，与普通毛竹相比，它更加壮硕挺拔。向导老陈向我们讲述着这些竹子背后的故事。

20世纪80年代初期，为求发展，周至当地一些能人跟着省上的队伍去南方学习“南竹北移”技术，最后成功将广西地区的这种粗口、坚韧的竹子品种培植到了村里。90年代，村里利用这片竹林发展竹制品经济，篾匠们编织的竹制厨具、家具广受周边市民喜爱，富了一批手艺人。但随着时代变迁，手工竹制品业逐渐没落，竹子成了“无用之材”。

但短暂的荒废，正好给竹林带来了安静生长的一段蛰伏期，如今在周至县张龙村就有一大片竹林。600亩的竹子，接连成海，遮天蔽日的。一些喜欢自驾的人逐渐发现了这沉默许久的竹海，分享在社交平台，不承想让这里迅速“翻红”。2022 年，村上利用一部分政策资金，在竹林中修了 1.2 千米的栈道，吸引周边市民纷沓而至。

我们也不禁停下车，拍起照来。恰好那天到达周至时已是傍晚，斜阳倾倒在竹林里，翠玉一样的竹叶交叠，承载着一层一层的清风晚照，丝丝缕缕，让人感觉不那么真实。

回来后，我便查阅资料，得知近几年，陕西省重启了“南竹北移”计划，并取得了阶段性成效，还在楼观台林场设立“竹子研究中心”，加强了对竹子良种选育扩繁和“南竹北移”科研工作的支持力度。2021 年，“竹子研究中心”在北方地区首次试验了大规模竹种育苗，目前出苗率 30% ~ 40%，达到国内先进水平。

当然，这些都是后话。

总之，与秦岭北麓的其他几个县区相比，周至有着不同的气质。作家叶广芩在《老县城》那本书里就给世人展现过不一样的周至，历史遗迹、远古草木……

同行的向导老陈，开始给我们普及辛口峪的知识：“1932 年 11 月 26 日，红四方面军就是从辛口峪南行，途经佛坪，转战陕南，挺进四川的。1935 年 7 月 18 日，红二十五军沿秦岭北麓西进至辛口峪，南行古山道，翻越秦岭，向甘肃挺进，与中央红军会师北上……”

我不由感叹，我们今天走的路，可都是先辈们走过的，只不过换了时空，一代人有一代人要干的事业。

车子行驶了约 3 个小时，我们才到了李宏波的“喜鹊咖啡”。这个 85 后的年轻小伙，早就在门口迎接了，老远就看见了整整齐齐放在吧台上的 5 份水果。咖啡馆坐落在通向辛口峪的弯道边，视野较为开阔。不足 100 平方米的小空间被收拾得精致有序，吧台正对着青山。我们点了几款招牌咖啡，准备一品为快。

突然，一对喜鹊落在了吧台上，竟然一点都不怕人。

“哎呀！这是不是你训好的，想让我们写在书里吧？”小桃的一句打趣，逗得大家笑起来。喜鹊冷不丁叼了一颗葡萄，飞走了。“嗨！这无法无天了！”秦川责怪着，却难掩惊喜之情。

李宏波说：“岂敢岂敢！这喜鹊是我看着长大的！”他说，当时改造这个旧房子时，门前的梧桐树上有喜鹊在做窝，等咖啡馆建起来时，大喜鹊已经孵出了小喜鹊，所以，他们就把咖啡馆名字定为“喜鹊咖啡”。

李宏波是本地村民，2022 年 9 月回到村里打理这家咖啡馆，与他一起回来的还有两个 85 后店员。“喜鹊咖啡”的前身是一家旧商店，2022 年，辛口峪村集体流转农户 4 座 11 间闲置危房，李宏波将这个旧商店改造为咖啡馆，把原来旧商店旁的荒坡地打造成了休闲娱乐的咖啡馆广场。

与他一起回乡的店员小何正忙着给客人调制一款特色猕猴桃味儿的咖啡。这个瘦弱的女子，已经是两个孩子的母亲，此前一直在山西一家公司工作。丈夫是本地村民，这场恋爱本来不被妈妈看好。用老太太的话说，一是远嫁，二是周至“太穷了”。好在丈夫憨厚老实，品德优秀，小何也坚定不移，老太太这才松了口。经过几轮谈判后，这位老母亲提了一个要求——要把女儿的工作解决一下，不能让她随丈夫回村里种地。若不然，就继续在山西的原单位上班，毕竟那是个薪水不错的正儿八经的工作。

但当时的周至可不比现在，一没产业，二没年轻人喜欢的工作。村民不是在农家乐做饭，就是去猕猴桃园打零工。婚后几年小何的工作都没有落实到位，夫妻俩一直两地分居。

前些年，还可以把孩子交给公公和婆婆带，近两年孩子需要上学，老人年龄也大了，家里实在需要小何的回归。

正在犯难时，李宏波开起了咖啡馆，一个月付 4000 元工资。吃住都在自家，在村里花不了几个钱，工作也洋气。怎么算都是利大于弊。小何终于回到了辛口峪村。

“如果写部戏，就叫《咖啡情缘》吧！甜剧！”小桃是个舞台剧编剧，总是对爱情元素更敏感一些。

“那还能写个乡村变迁史，如果没有产业，没有环境的改善，可怎么做这无米之炊？”我故意“杠”了她一句。

几人一边聊着闲话儿，一边举目望着满眼青翠。感叹，这才是生活。

此时日落西山，晚风拍肩，正是“乡村下午茶”时间。只片刻工夫，“喜鹊咖啡”的门口便聚集起来此打卡的游客，还有附近的村民。村民李西波来得最勤！60 岁的他这大半年来也跟着年轻人，练了一口流利的“陕普”。他说：“我在这个村子长大，60 年的变化我都见证了！因为离秦岭只有 10 分钟路，以前俺们被叫山里人，是贫穷落后的代表，这条路是烂泥路，一下雨，泥水能到脚踝！但这日子一天天好起来，前两年路变了，成了干干净净的柏油路，村子里的房都盖起来了！以前人提起山，就发愁，现在提起山，就是挣钱的地方，是看景、喝咖啡、享受生活的好地方！我好像活成 18 岁了！”

“嘿！有点新闻腔了！”毒嘴小桃总是插科打诨。

其实，这也是我最担心的，害怕别人一听我们要写书，就拣着好听的话给我们说。

“那不是！他说的倒是真的。”小何笑说。她掏出手机，给我们看自己刚嫁过来时村里的旧貌，我才不得不信服了。

李西波见状笑了，喝了一口咖啡：“今年家里猕猴桃卖了 4 万多元，我可不是为了上啥新闻。我现在闲了没事，就喜欢坐在这个咖啡馆门口，看看年轻人，和他们待在一起！以前，村里过来过去都是老人，娃娃们在外面读书的读书，工作的工作，谁会到村里来？”

更值得一提的是，李西波已经被来咖啡馆打卡的人们拍成了小有名气的“网红”村民，还在社交媒体上有不少粉丝，他自己也学着运营账号，为村里的旅游业和猕猴桃做宣传。

在这里，“咖啡”已经不是一种饮品，而是一个交流的纽带，把城市、乡村的情感距离，拉得更近了。

（三）父亲的“土鸡蛋”

“你一定是拿了咖啡馆的提成！怎么一说保护与发展的主题，就总是推荐各种咖啡馆。”小桃调侃着我们的向导老陈。几天的集中采访，已经让我们这个“草台班子”建立起了友谊基础。

老陈只憨憨地笑：“这不是我们这里新兴起来的东西么！我觉得稀奇！”

在鄠邑区胡家庄村，我们走进了一个叫“三耕”的咖啡馆。

白色的墙体外，蔷薇盛开，午后的阳光透过落地窗，将婆娑的花影投射在咖啡杯里。屋内的墙壁和柜台上，摆满了村民的手工作品以及农副产品，有手工香皂、香水，还有一盒盒干净整洁的土鸡蛋。村民赵会媚到了一天中最忙的时候，制作手冲咖啡、介绍农副产品、销售文创用品等。

展架上钩织的毛线饰品引起了我们女士的极大兴趣。也不知是什么样的巧手，用各色毛线织成了荔枝、枇杷、葡萄等果子，还有冰墩墩、全运会吉祥物等可爱物件儿。

我挪不开眼睛。这些工艺品，很多是我童年记忆里的东西。

那时，我们班有个女孩总有穿不完的花毛衣。荷叶边、泡泡袖，就连兜兜上都钩着各色花果。我羡慕极了。我母亲是个大忙人，家里地又多，她没日没夜地在捯饬一年两料的庄稼。打我三四岁起，她就不再抱我了。更别说给我织个花毛衣穿穿。

缺什么就爱什么，我意外地被这些织物“治愈”了一把，便一口气买了展架上的所有织物。有的可以做胸针，有的可以缝在毛衣上做点缀，也可以别在帆布包上做装饰。

赵会媚看我如此“豪掷千金”，赶忙介绍说：“这都是村里的嫂子、媳妇儿们农闲时织的。你要是喜欢，还可以定制，保证三两天就织好。”说罢，便又领着我们去看另外一个货架。上面展示的是村民自酿的葡萄酒、药草花香皂、挂面、土鸡蛋等特产。

“我们不只卖咖啡，其实咖啡店是村里的一个展示窗口。”赵会媚正说着，店里走进来一位中等身材的年轻人，戴着一副黑边眼镜，口中叫着：“嫂子，鸡蛋卖得咋样？”

他叫贾康乐，这方圆几个村子的人都知道的 85 后中的佼佼者，在鄠邑区涝店街道谭贾滩村养了十几万只鸡！有人给他取了个外号叫“鸡司令”。

我请他喝了杯咖啡，换了他一个故事。

从中国农业大学动物科学专业毕业后，拿上鸡饲料就进了鸡舍，贾康乐主意很正——他接了父亲的养鸡场。

一开始，村民们也质疑。“喝了那么多墨水回来养鸡？”“这不是‘高射炮打蚊子’嘛。”“养鸡有什么好，自己养了一辈子鸡也没因此脱贫致富,养鸡怎么就让这个‘高才生’‘五迷三道’了？”

早前父亲养鸡的那个年代，贾康乐可是记得很清楚。那时候也不讲究什么污水处理、新风系统、智能监控。他们家总是被村民用“异样”的眼光去打量的。只要一经过他们家，总是能闻到鸡粪的臭味。

父亲虽然知道村民们背后议论，却也不争辩，但会在逢年过节时，给左邻右舍一家一筐鸡蛋。看在鸡蛋的分儿上，被熏了一年的邻居们也就没那么大怨气了。

但日子久了，还是有人会上门来，以这样那样的语气暗示或明示他们家，希望他们找个妥善的办法，不要污染村里的空气。每到此时父亲便瞬间矮了一分，腰也直不起来了，一边给人递鸡蛋，一边不住赔着笑："在想办法了。"

“臭”这个形容气味儿的词语，给了年少的贾康乐一种深深的痛觉。

他和弟弟在学校，日子过得更不舒心。大家都知道他们家养鸡，即使他和弟弟已经被妈妈捯饬得相当干净了，还是被取了大小“鸡屎强”的外号。

有一次，弟弟被一群起哄的孩子气哭了，回家埋怨父亲为什么要养鸡，而不是像其他人一样外出打工，开小卖部或者做卡车司机？

听到这席话，贾康乐也委屈地哭了起来。

父亲一言不发，只是坐在炕边抽了几口烟，然后将烟头扔在地上，踩了几脚。母亲倒是狠狠给了弟弟一顿鸡毛掸子。

不久后，贾康乐就听见父亲在厨房对母亲嘀咕着，说要把他们留在家里,把鸡都卖了,去外地打工。母亲坐在灶火边拉着风箱，暗暗抹着泪。

贾康乐哇一声哭了出来，冲进厨房抱着父亲说："你不要去！我们就养鸡吧。我和弟弟帮爸爸担鸡粪！"

他第一次主动拥抱父亲，也第一次真切感受到了父亲的颤抖。

父亲最终留了下来，下蛋鸡也留下了。只是考虑到村民的多次投诉，父亲和门子里的大伯商量，要买块远离村庄的地方，办个养鸡场。

一年后，新鸡场建起来了。虽然简陋，但父亲去农校学习了新式鸡舍的建造和排污处理方法，还把自己的手扶拖拉机卖了，做了一套他看不懂的净化系统。

这一养，就养到了贾康乐大学毕业。父亲又萌生了退意。"把你弟兄俩供出来了，用一个一个鸡蛋供出来的，现在我养不动了，鸡也该退休了。"父亲虽然幽默地说着，却难掩落寞。他知道父亲的心病是什么——最新的秦岭保护政策下发后，对养鸡场的排污处理会要求得更严格，需要一套精密的净化系统，开展绿色养殖。

于是，顶住质疑和压力，贾康乐结合自身所学的专业知识和家乡的农业资源，接下了父亲的养鸡场。

“哥，你接了，我也接，替你分担！”弟弟也在毕业后选择了回乡。

当时这件事在村里引起了不小的轰动，多少双眼睛盯着曾经的“鸡屎强”兄弟。起初，听到儿子要带着“新理念、新技术”返乡养鸡，贾康乐的母亲说什么也不同意。“第一，培养你读书不是为了让你回来养鸡；第二，就算养，你也比不过我。养鸡的经验本事我们还能没你多吗？”养了半辈子鸡的母亲不想让贾康乐走他们的老路，执意让他找个“正经工作”。

“一方面，为了不让父亲打拼半生得来的心血结晶就此荒废；另一方面，养鸡和我的专业对口，经过几年在学校的理论学习，我觉得我们家的鸡舍可以更新换代。”

为了说服父母，贾康乐借着旅游的名义，将父亲“骗”到了山东，专门去看几家规模化经营的现代养鸡场。看着眼前一排排全自动化的鸡舍，明亮洁净、规模可观，养了几十年鸡的父亲沉默了。

贾康乐学的是动物科学专业，弟弟的专业是计算机。兄弟俩不断摸索，自主“研发”了一套智能化养殖及净污系统，对养鸡场的设备进行了全方位的改造——给鸡舍换上了自动的喂料、喂水系统和自动取蛋设备。改造后第一年，鸡场的营业收入就比上一年翻了几番。他俩也成了远近闻名的大学生“鸡司令”。

在改造鸡舍的过程中，贾康乐心中也在慢慢规划着一幅蓝图。眼下，贾康乐已经成立了西安市渭河家禽育种有限公司，经过他的多年经营，当年只有 300 只鸡的“小作坊”已经发展成为拥有全智能控制鸡舍 6 栋，面积约 1 万平方米，年存栏肉种鸡 6 万羽、商品蛋鸡 10 万羽的现代化养鸡场。

“去年，我们还新建了一栋应用了最前沿物联网技术的高层智能蛋鸡舍，占地 1200 平方米，存栏蛋鸡 7 万羽。鸡舍内布置的各种传感器与专业软件平台对接，能够对鸡舍进行智能化管理，提高了养殖场的生产效率和生物安全水平，以及集约化程度和智能化水平。”贾康乐说。

成功的果实是甜蜜的，但他总想起父亲当年给乡亲们送鸡蛋的情景。怎么才能让乡亲们也尝到这科学养鸡的“甜头”呢？

贾康乐通过调查村里的养鸡市场发现，现在农户都是各家养各家的鸡，技术有局限，销路也不畅。“一般农村家庭养的鸡都是几只几只拉到集市上去卖，这样就存在一个问题，消费者会质疑这些鸡是不是散养的土鸡，而农户也无法去证明自家鸡的优势，导致好鸡也卖不上好价钱。”于是，他便召集乡亲们，通过帮忙、加盟、分销合作、联产统销等方式把大家手中的鸡集中起来养殖，统一售卖。

现在，贾康乐的公司已有上百名员工，他们月工资 3600 元至 6000 元不等。村里人明白了，贾康乐养鸡不是“高射炮打蚊子”，大学生在外头读的书确实派上了大用场，“养鸡也养得精细嘞”！

一些早年在外务工的青年也回来了，兴致勃勃地跟着贾康乐学养鸡。

“那时候叫我们‘鸡屎强’的人，现在给我们起的外号是‘鸡司令’。”

那年父亲过生日，村里人来了很多，有人感叹：“老贾为养鸡，一辈子和鸡粪打交道，老了，享了儿子的福，鸡也跟着享了福，现在的鸡舍，干净卫生，连温度都是调节好的！”

父亲不住地给老乡们敬着酒，不禁红了眼眶。

（四）说说山和月的事情

我在上一本书《余生很好》里面讲了这样一个故事，和秦岭有关。

为了前期的采访，我时常去秦岭各个峪口采风，时间晚了，下不了山，便会就近找个民宿歇了。一来二去，和一个叫喜儿的姑娘熟络了起来。她已经在秦岭的两个村子开过民宿，熟知这里的人情往来。闲暇时，写几首诗，我认为她写得很好，她还称自己为“新村民”。在她的院子里住了一对 40 多岁的夫妻，两人平时都忙于工作，觉得一个不理解一个，牙膏用什么牌子、袜子丢在哪里这样的小事都有可能引发大战，实在无法调和，准备离婚。

但离婚前一周，丈夫提出到秦岭小住几天，因为两人曾经无数次说过要去旅行，却因为工作、孩子上学等没有实现。妻子答应了，并彼此约定一概不接单位电话，处于完全休假状态。原定小住三天，最后变成一周，到最后退房时，他们已经决定不离婚了。

是林间的鸟鸣，松下的溪流，还有农家饭中的烟火气，让两人重新专注于生活本身，又回到了年少绮梦里，治愈了彼此疲惫而千疮百孔的心。汹涌的生活之潮退去，爱的沙滩细软起来，还有美好回忆的贝壳，可以一起拾捡。

与其说是秦岭劝住了即将分道扬镳的夫妻，不如说是生活本来的美好安慰了自己，这才能发现对方的美好。

陕西现在将秦岭保护提到了有史以来最高的高度。但对于普通百姓而言，最直观的还是生活感受。

以前，没有那么容易“接近”秦岭——比如，民宿没有发展起来，满足不了那么多人的住宿需求；没有充分体现文化，人们吃喝完了就走。而现在，进入秦岭，就好比开启了中式田园生活。

诗情画意的院落，随处可见的文艺气息，让我们学会了从秦岭里汲取应对世俗生活的精神能量。

那位“扶着树的男子”

我喜欢带“湾”的地名，十有八九，这个地方有水，便选了这样一个点儿，希望能挖掘出什么故事来。

沿着 210 国道，顺沣峪口丰德寺南行，从超限检测站拱桥左拐后顺红草河直上，沿途经枣儿岭村、耿家滩、王家沟、大门村，即进入佘家湾村。

据传大约在清朝末年，佘姓祖先从鄂（湖北）来到秦岭深沟谋生。从佘姓家谱推算，时间大约是 1908 年。从此红草河上端就叫佘家湾，延续至今。

带队的向导是从森林公安的岗位上退休的老何。他告诉我："2000 年前村民吃粮靠返销，用钱凭救济，看病徒步走 30 里山路，住的土坯房，2003 年后，村容村貌逐年改变。"老何讲述着，捡起地上的毛栗，剥了壳，递给了我。

这里的地势并不陡峭，缓坡上长着不少野生的毛栗树。

"小时候，奶奶经常带我去太白山捡毛栗呢！我就爱生毛栗的味道，脆脆甜甜的。那是一年中最幸福的时刻。"我对老何说着，扒出了奶白色的毛栗果仁。

"早说嘛！你看，前面有一棵！"老何快步向前，一个冲刺，就上了缓坡，扒住了碗口粗的毛栗树，噌噌几下就爬上了树弯。

我被吓得不轻，毕竟是年过花甲的人了！老何不以为意，摇下来几颗栗子，冲我笑："闺女，别担心！我和树打了一辈子交道，什么树什么脾气，我摸得透！"

时值初秋，一路上的红叶、黄叶、绿叶交错，细细的秋雨碰到山体，腾起薄薄的雾。根据管控要求，我们是不能开车上去的，这反倒拉长了这次采风的“景深”。

老何告诉我，佘家湾村还住着自己的老伙计，一位做了一辈子刑侦工作的破案专家。我十分期待和他见面，于是加快了脚步。

“拐过这个弯儿，前面有片花海，有人在那里养蜂，可小心着点儿！”老何在后面叮嘱。

雾气越来越重，能见度急速下降。正当我们摸索着前进时，前面不远处出现了一个穿着黑衣的男子，就站在山路边，似乎扶着一棵树，背对着我们，一动不动，也不知遇到了什么事情。

“何师傅，前面有人。他是不是有点不舒服？”我对老何说。

“哪里？”

我用手指了指前方。老何顺着我指的方向，仔细瞅了一会儿。

“我赶快去看看。”我说。

“闺女！别去！”老何一把拉住了我。

“怎么了？”

“待我仔细瞅瞅。你别慌。”

过了好大一会儿，那位扶着树的男子，似乎动了动，然后就消失在了大雾中，看起来是向老何说的养蜂人那里去了。

“哦，那可能是养蜂人吧。”我说。

老何没有搭我这句话，只是将手里的棍子握得更紧了，压低了声音对我说：“咱们走快一点，再走不远就到村子了。”

我感受到老何表现的异样，却也没敢再问什么。只是紧跟他的脚步，一路上几乎是在小跑。约莫过了 20 多分钟，我们就到了“老刑侦”的住所。

那是个没有围墙的院子，两间红砖青瓦的平房，只用三根树杈搭了个 2 米不到的简易门楼子，院子里长满了三叶草——我们那儿管这叫“酸乖乖”，小时候嘴馋，摘几片叶子洗干净，嚼着吃，酸爽的味道直刺味蕾，也是童年乐趣之一。

看得出来，“老刑侦”是尽量保持着院落的原生态。

老伙计相见，总是亲切自然，有聊不完的话。我是生人，不知该插什么话进去才好，只是腼腆笑笑，脑子里却一直在想刚才那个奇怪的男人。

忍不住好奇，我还是向两位抛出了问题。“刚才，我们在上来的路上遇到一个扶着树的男子……”我假装不经意地描述着当时的情景，试图从“老刑侦”那里得到答案。

“闺女，我说了，你可别害怕。但也不一定就是。”

他如此说，我反倒紧张起来。

“那有可能是头熊，不是什么男子。”“老刑侦”说完笑着扶了扶眼镜。

我不禁啊了一声，开始后怕。

老何却大笑起来，说：“只是有可能。好多年在这一带都看不见熊了。这里是人居地，按理它也不会跑过来。除非，来偷点蜂蜜，囤膘冬眠。”

老何说，近些年来，随着野生动物保护力度加大，他小时候经常见的动物，又逐渐回来了。有一次他接到村民报案，“嫌疑人”就是一只麂子。村民家以磨豆腐为营生，凌晨 4 点多做好的豆腐，上了个洗手间的工夫，就被不速之客给毁了。村民认了好久，才回忆起来那不速之客是他青年时期见过的动物——麂子。一时间又好气又好笑。不敢惊动人家，只好悄悄退出门去，任那麂子饱餐了一顿。

老伴儿提醒他赶紧报案，万一麂子吃太多豆腐有个好歹，会不会“惹上官司”？

这里就不得不提近两年的普法活动，经过多种形式的走村入户普法，保护野生动物成了所有村民的共识，但凡遇到点儿平时不常见的动物，大家都会报警处理。

而关于那个“扶着树的男子”，老何也给野生动物保护部门打去电话，提供了相关线索。

过了一两周，我看见有人发朋友圈，说一位司机在鸡窝子附近迷路，看见了一位“穿着皮夹克的男士”，于是上前询问，“男士”并不理会他，兀自走了。他追上去打算再问时，定睛一看，才发现那是一只熊！于是在惊恐中报了警。

而我和老何那天见到的“扶着树的男子”到底是不是熊，就不得而知了。

喜儿

喜儿是一位河南姑娘。前文说过，她在秦岭开过两次民宿，而且都成功了。一个在佘家湾村，一个在太乙村。

这位 1989 年出生的姑娘，有着一头微卷的乌发，时常在头顶盘成丸子状，露出饱满的额头，一笑，还有两个极浅的酒窝，就像年画里走出来的成年版“福娃”。

怪不得她叫“喜儿”，因为长得喜气！

2020 年,那时新版《秦岭保护条例》已经发布了,被称作“史上最严”条例。随后，西安长安区迅速拆除或勒令整改了部分之前不合要求的民宿。据说，有的是超过规定高度，有的是改建过于严重。

总之政策开始变得明朗细致起来，喜儿和她的海归朋友便在佘家湾村开了第一家民宿。

“早在 10 年前就想开民宿了，只不过当时是想开在大理。后来谈了西安的男朋友，是他把我拐到秦岭里来的。第一次看见秦岭，我就不想走了。这是和大理气质完全不同的好地方。”围着炉火，我们借一壶老白茶打开了话题。屋外的大雪在悄悄融化，偶或听见细竹噼里啪啦断裂的声音，那是为迎接春天而鼓掌。

前些年，由于政策不明朗，加之长安已有成形的上王村农家乐模式，而民宿还未形成气候，所以喜儿迟迟不敢下手。

看到 2020 年以前做民宿院子的有赚有赔，喜儿感叹“水大鱼大”。“有的在野蛮生长期，赚了一笔，最后因为不合规而撤出。有的刚投进去，便因违规而被取缔。做生意就是这样，得跟着政策走。尤其是对于秦岭而言，现在保护是第一位的，但保护不等于不发展，而是要做得更规范。”喜儿说。

第一家民宿火了以后，喜儿便将它卖给了某个集团公司做私人庭院了。

“佘家湾村在峪口里面，被保护得更加严格。比如雨水多发季、冰雪天时，都会封山。一年中没有几个月能开门做生意。但就是只靠那几个月，其实也够了。

“但民宿具有周期短这个特点，得有圈子！秦岭那么多美景，而且政策隔段时间会制定得更详细，我要不断想出新花样才行。”

喜儿说，长安与鄠邑相比，不可控的因素较多，但因为距离市区最近，游人更多，就可以获得更可观的利润；鄠邑区相对稳定，文化气息浓，却因为民宿产业起步晚，离市区较远，得去赚“耐心的利润”。

2023 年下半年，喜儿在太乙村租了兄弟俩的连着的院落，打造了如今这个新庭院。

她管自己叫“新村民”。“住得久了，你就爱上了乡村生活。”喜儿笑着，给我展示了几双老窝窝鞋（千层底、填充着棉花的手工棉鞋），自豪地说：“一针一线做的哦！一位客人的妈妈给

LOVE

我做的。”

在原来的照片里，喜儿还是一个时尚的小姑娘。这两年，她自认为“开始姨化”——穿的衣服以手工缝制的为主，宽松舒适。

然而，要融入村民的生活，并非只体现在衣着上，还在于要适应村里的习俗与人情，“就是要让每个人发挥自己的作用”。

参加老人寿宴、孩子满月宴，过年给村民孩子发压岁钱，去邻居家拉话，成了喜儿经常做的事情。

“城里人喜欢简单的社交关系，邻里关系不那么密切。但你到了村里，这样子可使不得，会被认为缺乏教养，不明事理。”喜儿说，刚开始自己也觉得村民之间关系复杂，和他们难打交道。但慢慢地遵照乡村风俗和他们相处久了，才发现他们的可爱之处。

“只要你尊重别人，让别人有了价值感，院子里水管、电路有什么事情，邻里都会来帮忙。”

她说，在秦岭待久了，能和月亮沟通，能和松鼠、鸦雀甚至蚂蚁沟通，大山给予的能量是出乎人意料的。闲暇时间，喜儿便会在房顶看月亮星星，兴致到时，还写几首小诗。

这是个有意思的姑娘，爱当“村民”的姑娘。

不如归去

连日出入秦岭各处的村庄，我有一个很明显的感触——文艺气息重、年轻人多，来村里创业的年轻人更多。

想想十几年前，我还常常因为“从农村出来的”身份吃过不少闭门羹，毕竟在城市的人际关系网里，我只是一颗孤独的钉子。

我还是不习惯喝咖啡，但我享受这段时间里喝过的每一杯“村咖”，这是从泥土里长出来的东西，尽管秦岭里并不生长咖啡豆。

这一章的内容，就是想要献给在这里生活、工作的年轻人。与父辈所处的时代相比，秦岭的意义是不同的，又是相同的。

不同的是，那时候可能还没有明确且完善的保护机制与意识，“靠山吃山”是“祖训”，“吃”不下去了，就去做“北漂”“西漂”，各种“漂”，似乎“住在秦岭”里就是“贫穷”“无出路”的另一种说法。而现在，是“金山银山”的时代，在保护与发展这道命题里，年轻人用一个个鲜活的案例给上一代人示范，“绿色”真的能“生金”。

他们也许不是坚持在一线的“保护者”,却是示范在一线的“号召者”。当年轻人回来的时候，那些父辈童年时熟悉的野生动物也逐渐回来了。他们用奋斗着的青春，带回了父辈记忆里的青春。

采访完了这一章节里的人，我对闺蜜说，一定要在秦岭里找个院子，简单收拾干净，我要在这里长久地扎根、写作。大山的温厚、草木的灵性、日月的精华，都会滋养着文字源源不断，从笔尖流淌。

闺蜜笑我 :“你是从农村打拼出来的，现在又要回到农村呀？”

我说 :“是！”

尔后，缓缓喝了一杯咖啡，举目向月亮回家的方向看去。

这一杯咖啡，是甜的。

第六章　蓝色和绿色

了解到我在写《过秦岭》，在西安市公安局长安分局工作过的哥哥十分高兴，好几次请我吃饭，关切地询问我的创作进度、采访难点，也推荐了好多个他所了解的和秦岭保护有关的基层群众、工作者。长安区，原来是长安县，是离西安市区与秦岭终南山都近的风水宝地。哥哥十分期待我能把基层真实的故事呈现出来，千挑万选之后，向我推荐了彭涛。

这位出生于 1988 年的民警，恰好跟我是老乡。哥哥说他是这 200 多平方千米山区的“片儿警”。常年定时进山巡访，对辖区 2 个峪口、22 个自然村的基本情况，他不用翻笔记本都能讲得明明白白。几月开什么花、出什么草，哪里结什么果、飞什么鸟，哪座山头哪条沟有几处人家、几条道，一点也不含糊。

哥哥热情地介绍着，完全没注意到我的脸上显出微微的尴尬——因为，我和彭涛此前就认识，并且我们第一次见面就是因为一场争吵。那是几年前的事情了，就发生在佘家湾。

小闺蜜六六当时组织了一个饭局，她在山里租的民宅快到期了，便想着邀请几人吃一顿饭，算是对住了两年的院子做一个告别。她早上6点就起来开始在院里杀鸡，那是村民养的走地鸡，还特意在院子里生了柴火，做了一锅柴火炖鸡。

谁知，有进山的游客带着孩子误闯了进来，我们也没在意。等到我们准备开饭，兴冲冲打开铁锅时，才发现里面不知被谁铲进去了好几疙瘩锅底灰。一锅炖了3小时的土鸡,就这样毁于一旦。

我突然想起那群游客，赶忙追了出去，好在那带孩子的女人没有走远。我便上前询问是否是孩子搞了破坏。

女人有些心虚，我还没问几句，她就承认了，但却不以为意地说了一句:“孩子嘛，哪有不淘气的！谁叫你们在院子里炖鸡?为啥不去厨房炖？”

我顿时火冒三丈，和她理论起来。朋友们闻声赶来，一边了解情况，一边劝我不可过于急躁。正在此时，巡山的民警彭涛过来了。没想到那女人先告起了状，说我“撒泼”不放他们走。

我这暴脾气哪受得了这样的冤枉，真想和她比画比画。彭涛瞥了我一眼，倒先劝我莫高声指责。

在一波一折后，事情总算讲明白了，我却气得够呛，好不心疼六六的一场空劳作。最后那女人道歉了事儿，还说要赔一只土鸡。我们集体拒绝，本就不是钱的事儿，就在个理儿。

六六似乎认识彭涛,邀请他进院子喝水。脱下警服,换上T恤,他才露出了职业以外的微笑。揭开锅，看见被毁了的土鸡，笑得咧开了嘴。

“嗨！我小时候烧玉米，就往灶火里一扔，那陈年的锅底灰烀出来的玉米棒子，好得很！吹吹，照样吃。”他说着，用勺子打去了鸡肉上的灰，“锅底灰可是中医里的一味药！别生那么大气！不干不净，吃了没病！”憨厚的笑容，把他那本来就只有一条缝的眼睛，挤得彻底没有了，也让我彻底消了气。

我原以为不会再跟他相遇，不承想哥哥好几次打电话要我去了解他的故事。

听闻我要跟访他，彭涛起初没有答应。“我不想向人卖辛苦，没必要到处讲。”

这句话倒让我对他另眼相看起来。在我的坚持劝说下，他最终还是答应了。

但我很快就懊悔起来！他选择了辖区内最难爬的一座山……来回要走 8 个小时，汽车不能到达，只能步行。

（一）青山知我心

从沣峪口上来，沿着 210 国道驱车 1 小时左右，就到了山下。眼前矗立的是一座高耸的山峰——九龙潭，它是第四纪冰川遗迹，因流水冲击山石而形成的九个不同风格的水潭得名。

跟访的时间定在8月5日，那是一个周六。彭涛说，他一个月要巡九龙潭两次，因为周末游人较多，他周末便把工作场所定在这里，一来一回，8个小时。

我特意叫上了六六做伴，好歹有个照应。我们到时他已经在山下的小停车场等我们了，手里拄着一根棍子，肩上背着一个黑色帆布包，鼓鼓囊囊的。

“彭警官，我们带吃的了，您要不把您的背包放车里吧，不然太累了。”六六说。

“不了。这个包一定得背着。”彭涛只这样说着，也没做过多解释，“上去需要4个小时，越往上，山路越陡峭，还有可能遇到大雾，我们走慢点儿，按5小时爬吧。”

老远就听见水声轰鸣，想必里面有瀑布。山口流淌出的清澈溪流，汇入主河道，水击石鸣带来凉意，让这里的溽暑清爽了些许。

我们开始爬山了。

前20分钟的路程是轻松愉悦的。溪流在山石上随着地形跳跃，坡度也并没有我想象的那样陡峭。彭涛在前面带路，健步如飞，偶尔停下来等等我们。六六爱拍照，花花草草什么都拍。

“这是什么？”

“玉簪花，就是野生百合。”

“这是什么草？”

“这就是文人案头喜欢摆的呀，叫菖蒲。”

六六不断地询问着，似乎没有什么花草是彭涛不认识的。

在交谈中我了解到，彭涛是公安大学毕业的，从二十出头开始就在秦岭里巡逻了。“保护秦岭，说起来责任很大。但有个重要工作，很小，做好了才有效。那就是管人。要说破坏，除了自然灾害，动物又能破坏多少？人的破坏力才大。管住人，就成功了一大半。”彭涛说着，指了指前面开阔处的一潭清水，“走到那里，咱们歇歇。你们没有爬过这么高的山吧？得缓着点走。”

“人防、物防、技防”三位一体，是陕西总结出来的秦岭保护工作的诀窍，而公安民警、护林员、网格员就是这些环节里的铆钉。

“一潭”，巨大的青石上标记着我们所在的位置。

“一潭这就到了！很轻松嘛！还有八个。”六六走上前去，想要用潭水洗去脸上的汗珠。

“你可得小心，这潭水看着浅，其实深着呢！”彭涛提醒着。

我们打开了一袋面包，补充能量。彭涛拒绝了六六递过去的一片面包，将背包从肩上取下来，抱在了怀里。

“哟！看不上我们带的吃食？你这包里装着山珍海味？”六六追问，他依旧不答。

休整完毕，我们继续赶路，却渐渐觉得坡开始变陡了。每抬一步，能很明显地感到比之前沉重。奇形怪状的树木匍匐在道路上方，我们得低腰通过。

此时，下来了一位游客，手里提溜着一大袋空矿泉水瓶子。看见了彭涛就喊：“涛哥！你今儿个上来了？”

“你又去捡垃圾了？”彭涛问那位游客，他叫小伟。

两人寒暄了几句，彼此告别。彭涛告诉我们，他是这座山上的环保志愿者。

“看来你经常爬，我看刚才好几个人都和你打招呼。”我说。

“是嘞。”彭涛说，“你是大作家，写的都是惊心动魄的故事。可是我的故事很简单，工作也很平凡，不知道你能不能找到想要的东西？”彭涛说，关于秦岭保护，政府其实已经把大部分工作做到顶层设计、中间监管环节了，对于基层的执行者来说，只要每天把流程走到位，眼里有活儿就能防止破坏。日复一日，这些工作已经成了他自己眼里的正常事务，不知是否够得上文学创作的“高度”。

其实展现“平凡”二字，正是我要写这本书的“初衷”。我写过几部长篇小说，那是把每一个不平凡的日子浓缩到一本书里，每个人物都有不同寻常的经历。可是，那不是最真实的生活。

我想过，也许《过秦岭》中没有跌宕起伏的爱情和恩怨，能真正体现出真实、平实和朴实，就是我的愿望。

我表达了自己的写作初衷后，彭涛的“心理负担”似乎减轻了很多。

彭涛管的这片山区，沟深、路险、信号差，很多地方只能靠一双脚才能到达。他说，这些年算下来，自己的“装备”里最费的就数鞋子和裤子了。“往往巡一趟山下来，不是裤筒磨破了，就是鞋底开裂了。”有一年冬天，在一次救援任务中，由于山路结冰，他不小心从一块石头上滑了下去，队员们眼看着他的裤子直接从裤脚裂开到大腿处。

我们说着话儿，竟也不觉得时间溜过。只见前面的花草逐渐变得更加陌生。“九龙潭海拔高，在不同海拔你会看见不同物种植株的分布，感受到的气候、温度、湿度都会不一样。”彭涛给我们提前“剧透”着。

很快就到了二潭。这里有一大块空地，一群年轻人聚在此处，主持人正介绍着一个个年轻人：“她 25 岁，南航的空姐哟！”

我们在二潭未做停留，快速通过。

“这好像是一个户外相亲会。”我说。

“在这种天气里爬山爬得汗流浃背，美女们化的妆也糊了，先生们也是满身臭汗。这主办方是让大家初见时都因为狼狈而给对方留下深刻印象吗？”六六说着哈哈大笑起来。

说到了恋爱，我们起哄，让彭涛讲讲自己的恋爱经历。他说：“这些年我一天到晚地爬山，哪个姑娘愿意跟我谈对象？最后找了个傻姑娘，把我收留了。她是一名教师。”

彭涛一个月的工资 5000 元左右，孩子上了村上的幼儿园，开销能低一些。他时常觉得对不起妻子，没能给她较好的生活条件。妻子却安慰他，有份工作和平淡的三餐，已经很好。

“那这么说，我的要求实在太高，所以剩下了吗？”六六自嘲。

现在的年轻人找对象，确实不同于我们那个年代。彩礼、婚房、珠宝饰品，哪一笔能省下来？世人慌慌张张，为碎银几两，岂不知幸福安宁，始于心，跟钱有关，却没有直接关系。

不知不觉2小时过去了，彭涛的蓝衬衫已经湿了一大片，六六的体力似乎也到了极限。“再坚持1分钟，前面都是瀑布！三、四、五、六潭瀑布是连在一起的，又叫连珠潭。七潭四壁合围，瀑布有百米。八潭更了不得，是沿山飞瀑！”彭涛如数家珍。

“你这是让我望梅止渴！”六六说着，一屁股坐在石头上。

于是，我们不得不延后了登顶的时间，坐在三潭下面的石凳上，继续“补给”。彭涛终于打开了那鼓鼓囊囊的黑色背包，从里面摸出一个馒头，啃了起来！

“呀！还以为你装的啥山珍海味，一路上不让我们替你背，也不打开！馒头呀！就点辣条吧！”六六说着扔过去一袋辣条。彭涛婉拒了：“上山带这些袋装食品，其实不好收拾，我平常和志愿者捡的垃圾，全是塑料的袋子、瓶子等。”

此时，爬上来一位50岁左右的村民，老远就喊：“涛娃，你可上来了！赶快走，屋里喝口水去！”

来人是居住在九龙潭的最后一批居民中的老李。他今天下山去采买蔬菜、粮食。

因为老李的盛情邀请，六六也得收起她的娇憨，咬咬牙，跟着队伍往上爬去。

老李的家在三潭四潭之间，一个小小的坝子上，那里被扫得干干净净的。两间矮矮的瓦房，只有他一个人居住，平时能看到的就是来巡山的彭涛和周末时三三两两的游客。在坝子的一个不起眼的拐角，收纳着叠放得整整齐齐的矿泉水瓶子和塑料袋子。老李说他一个月下去一次，就顺便带下山，到垃圾站里换点钱。上来的时候再买点日用品。“这都是游客不小心丢的。山上是有环卫工的，定期清扫、淘垃圾桶。我也就帮衬着。”

老李出生在这里，几十年间，左邻右舍都陆陆续续搬下了山。他习惯了这里的生活，成了最后一个“守山人”。“除了野兽野鸟，就是彭涛上来和我说说话了。”老李说。

“您有 50 多岁吧？”我问。

“哈哈，我 60 多岁了！”老李笑答。

我无法相信这健步如飞的步伐、红润的脸庞属于一个 67 岁的老人。“山里安静，水好，烦心事少，想要的少，精神就好。”老李说。

在老李的话里，满是对彭涛的信任和体贴，他们就像是一对经常往来的亲戚。我们逗留了大概 20 分钟，便继续前行。临走时，彭涛从背包里掏出两袋食盐，一捆挂面，交给了老李。

我和六六面面相觑，原来他一路上不离手的，是这些物资，那得多重！

彭涛告诉我们，这些年，他没少在乡党家里打尖歇脚，遇到饭点儿，他们总是要给自己下碗面条。“进一趟山不容易，乡党们置办生活物资更不容易。要不是碰上山雨没办法，我不会去打搅（乡党们）。所以给他们背上点挂面、食盐，让他们能少下山一趟。”彭涛边走边说。

他说，起初，山里的乡党们并不认识他这个愣头愣脑穿着警服的家伙，以为他也就是走走程序，做做样子。可几趟下来，看着彭涛一家家走访完，在本子上工工整整、有条有理地记下好多信息，乡党们这才开始跟彭涛打起交道来。和乡亲们熟络了，碰上雨雪天，彭涛避风躲雨就有了落脚处。

山里人淳朴又好客，彭涛来了，锅里下的是平时不舍得吃的白面条，碗里盛的是现摘的野菜，山民自己则端碗清粥配些咸菜凑合着吃。这些朴素的感情，深深触动了他，于是养成了背着挂面等进山的习惯，从老乡家走的时候就把挂面、食盐和常用药一股脑放在门口。

群众的眼睛是雪亮的。谁替他们操心、谁给他们办事，乡亲们心里明白着呢。哪天山里来了陌生人，哪个人看着比较可疑，这些情况和线索，都成了乡党们给彭涛的回馈。彭涛说，秦岭里野生动植物资源丰富。早些年，一些不法之徒打着进山旅游的幌子，盯上了山里的“宝贝”。为了最大范围地掌握情况，彭涛又想到了他山里的“亲戚”。他主动找到林业和秦保部门，印制了一沓秦岭中常见的国家及省市级保护动植物名录和图示，背着宣传材料到山里当起了宣讲员。靠着和山民们以情感织成的纽带，他把保护秦岭的前哨建在了山坳沟岔里。

过了四五六连珠潭，身上的疲惫感反而逐渐消失了。彭涛说，这是因为身体适应了节奏，肾上腺素在起作用，但我们脚下的路却变得不那么简单了。

首先是石阶已然消失，山路变成了羊肠小道。因为海拔升高，我们与大雾相遇了。一般游客到不了六潭之后的地方，因此刚才还热热闹闹的山路，此时变得异常寂静。横七竖八的树杈在白色的雾气里，犹如鬼魅。我们谁也没有说话，只是将彭涛的脚步跟得更紧了。

不一会儿就听到湍急的流水声，横在眼前的，是一条小河，大概因为涨水，之前搭的简易木桥塌了。彭涛让我们在旁边等着，自己脱了鞋袜跳进河去，摸了几块较大的石头，放在了塌陷处，让行人可以暂时踩着过去。随后，他便用手机进行拍照，做好了相关笔记。

我们拉着他递过来的棍子，小心翼翼踩着石头过河，好在河宽不足 1.5 米，没有太大难度。“等会儿回去，我要上报这一情况，这是个危险点。”彭涛嘀咕了一句。

突然间，一个几乎 60 度的陡坡竖在我们面前。“这就是寸梯，快到八潭了！小心，抓着旁边的铁链，我怎么过，你们就怎么过。”

果然是寸梯，石阶宽度不足以容纳我的半个脚掌，几乎无法踩实，只能踮着脚，牢牢用前脚掌扣住石阶。我双手握紧了旁边的铁链。

彭涛的脚更大些，这样的宽度于他自然更难一点。他突然脚下一滑，溜了下来，我和六六赶紧抓住了他的手，脚底的青苔让他几乎借不上力，我们一手抓着铁链，一手紧紧抓住他，狠命儿往上提了一把，他才勉强站了起来。

三个人惊呼不已，继而又哈哈大笑起来。“呀！今天可是过命的交情了！”彭涛感叹说。

过了寸梯，气温逐渐下降，风刮了过来，大雾散去，一转弯就来到了晴空万里的阳坡上。这里的坡度比较平缓，弯度却增大了。路边的野草早就换了风格，树木的叶子从硕大宽阔，开始变得窄小狭长，我知道，植被更换，意味着海拔应该过了 2000 米了。

坐在弯道的小观景台上，凉风将我们的汗吹去。远处高高矮矮的山脉相连，层峦涌成了秦岭的褶皱，云海翻滚，阳光给秦岭镶上了金边。

彭涛给我们讲起了这样的传说：在远古时代，盘古开天辟地后，身化日、月、山、河等万物时，化有巨龙，居于沧海中的龙窝，并生有九子。后来由于沧海变桑田，大海东移，龙王在随海东行前不愿自己的子女一路劳顿，并且九子在未修成真龙之前也不能全部随行，就在龙窝外开辟了九道龙潭为儿子居住，并以自身之鳞化出鳖、羚、鹰、鱼、虾、蛇等动物守卫在龙潭左右，一直守卫至今，所以这里叫“九龙潭”。

又过了大概 40 分钟，眼前忽然出现一个大平潭，直径十几米，水质清澈见底，潭口的巨石上面写着“九潭”两个大红字。我和六六欢呼起来，爬了近 5 个小时，我们终于要登顶了。

在峰顶，我才辨认得出方向。九龙潭背靠佛教圣地观音山，面对道教圣地万华山，位于两教融合的夹峙处，别有一番灵气。山顶有一地名鹤场，传说“鹤”是观音菩萨乘坐的神鸟，观音在空中观望到九龙潭美丽的山水风景，便驾鹤停下，“鹤场”由此得名。鹤场有感悟寺、万峰寺、法华寺三座寺庙。

此时，已经下午 1 点了，我们的肚子饿得咕咕叫，跟着彭涛来到了一处人家。柴门半掩着，门前一大片菜地。彭涛敲着柴门上的木桩，喊着：“有人吗？师傅在吗？”

在一阵狗吠声中，一位身着宽大袍服的中年女子开了门：“彭涛来了呀！我们就算着你该上山来了。”

曲径之边，花木茂密，一转弯却是一处茅草屋，虽然破旧，却干净整齐，几个“居士”迎了出来，看起来和他非常熟悉。院子里，挂着一块治安报警点的牌子，上面写有滦镇派出所的报警电话，彭涛擦了擦那块牌子，询问着近期来访人员的情况，有无异常以及防火护林学习情况，等等。

“吃饭啦！专门给你做的片片面！”正说着，一位中年居士端着一大盆面出来了。六六的肚子又咕地叫了一声，大家笑了起来。说实在的，我也早就饿了。此时，在这个山梁梁上，钱好像真的没有用，唯求一碗面！

我们风卷残云。修行人的饭菜没有油水，不过一把豆角茄子，加上炒的白菜胡萝卜，但我毫不客气地吃了三大碗！

居士们收拾出来一间土房子，里面有一张大通铺的炕，让我们睡一会儿午觉再下山。彭涛在离我们老远的炕角躺了下来。“王作家，不要嫌弃，也别介意，条件有限，我们只能在通铺上休息。你俩抓紧时间睡一觉，解解乏。半小时后我们就下山。”

那一觉，我睡得太香甜了！也不知什么时候，自己醒了。转身就看见彭涛正给炕席里塞 200 块钱，又把包里装的五六捆挂面、三四袋食盐整整齐齐放在了炕沿上。看见我“发现了”，他不好意思地笑了笑。

而我，也给炕席里塞了一沓钱。我们相视一笑。

下山的路走得欢快，只用了 3 个小时。到达山门时，已是傍晚 5 点左右。

回来后不久，六六说她给彭涛买了一双登山鞋。我笑而不语，因为，我也悄悄买了。

这是为写《过秦岭》进行的第一个采访，那时我甚至还不知道要把它写成怎样的风格，但深深觉得最真实最具灵性的故事，就在这里。

这已是三年前的事情了。

（二）原来我不是英雄

我到鄠邑开始做集中采访时，恰逢紫荆花开。

花在沟沟壑壑、山山岭岭，四处漫溢，像倾泻在满山谷的云霞。在海拔600至1500米的深山里，花成群结队，簇拥在树干上、枝条上，像仙子的轻纱。

秦岭野生紫荆花与香港市花紫荆花虽属一科，但花形不同，在全国绝无仅有。盛放期的紫荆花在秦岭绵延2100公顷，娇艳夺目，其中有一棵紫荆花树直径180厘米、高30余米，实为罕见。翠浓花深处，石径斜入云端，游人如织，三三两两行走在这粉紫色花海里，流连忘返。

从鄠邑城区出发，经过40多分钟的车程，从纸坊收费站下高速后，便抵达了公安鄠邑分局涝峪派出所。这是第一站。群山环绕，涝河紧邻，这个缀在狭长的山沟里的派出所干净朴素，别有一番风景。

来之前我就做了功课，知道现在所里共有民警6人、辅警5人，54岁的所长温军文已经在这里工作16年了。

温军文是个典型的关中汉子，大个子，脸庞圆润，性子却像他的姓氏，温吞吞的，初见，你看不出他有什么个性。也许大山早已将他磨得一身静气——说话不紧不慢，做事不焦不躁。

“开车要慢一点，小心落石，什么时候都不要慌，检查装备，做事情前要多思考……”温军文不厌其烦地嘱咐民警任天敏、李航，辅警李凯。

没有过多的寒暄，这是在人民网工作的朋友给我提供的采访点。她说，这大概是大山最深处的派出所了。我们到时恰逢民警们要出去，刚才有人报警说在河边发现了一只似乎是因为顽皮而受伤的金丝猴。

一听能见到秦岭四宝之一，我顿时来了兴致，顾不得温所长招呼吃饭，就挤进警车里了。

山！还是山！

从派出所出发，已经走了近 1 小时了，还未到达西河村，这是西安鄠邑区涝峪派出所辖区最远的一个村落。警车颠簸着，人几乎在车里坐不住，东倒西歪。我顾不上什么作家形象，这些年轻的民警们也放下了刚开始的严肃表情，大家看到彼此的窘态，相视着笑起来。

秦保局的人在前面的车上带路，这是一次“联合执法”。

4 月正是金丝猴产子的高峰期。周至县是秦岭金丝猴种群数量最多、分布最集中的地区之一。周至国家级自然保护区总面积 50000 多公顷，最高海拔 2996 米。在海拔 1500 米以上的混交林中，分布着约1500只的金丝猴。但近两年随着数量的增多，不断有人在鄠邑区涝峪、太平峪等地发现金丝猴“集体遛娃”的情景。

2022年，鄠邑区涝峪国有生态林场工作人员就在更换辖区红外相机电池及存储卡时，意外发现布设在辖区庙沟的红外相机拍摄到的一群川金丝猴的影像。据说，这也是涝峪林场首次拍到川金丝猴家庭。

此时正是金丝猴活跃的季节，保不准有猴群进行了“踏春”活动，远行到了涝峪，总有几个调皮的，或跌或摔，需要人类的帮助。

“这样的路程，你们一个月能走多少回？”我问。

“无数回！没算过。我们辖区90%的面积都是山，算是在秦岭里面了！有时候走上一整天才到村里，也很正常。”答话的小伙儿叫李凯，24岁了，有着瘦削的脸庞，清浅的微笑。2020年生日那天，他送给自己一个礼物——穿上了梦寐以求的警服，虽然只是个辅警，但李凯非常知足。

虽然是所里年龄最小的，有点腼腆，但李凯做起事来可不含糊。从海拔最高的冰晶顶上救援登山者，在所辖景区顶着烈日连轴转地巡逻……

只要谈到工作，李凯就打开了话匣子。他说，在这个所里工作，要克服的最大困难就是“山”。因为山路，有时出警要走一天，可能半年都去不了一次繁华市区。因为采买困难，想吃的零食送不过来，只能吃食堂阿姨下的白菜面条。但也因为在山区工作，能体会到不一样的经历。

李凯给我们讲了一个“黑狗报警”的故事。有一天夜里，一位货车司机不小心跌落下高架桥。因为离村落还有一段距离，群众并没有听见司机喊救命，但村子里的黑狗听到了，便冲向河边，发现有人需要援助，就来到派出所通过狂吠“报了警”，在黑狗的带领下，民警最终找到了受伤的司机。

“不瞒姐说，这里的生灵，你守护它们，它们会对你表现出不一样的灵性，就像金丝猴会向人类求救一样。”

我始终相信，秦岭是一座神山，自然对“黑狗报警”的故事深信不疑。

过了 40 多分钟，总算到了。河边站着一位老乡，50 开外的年纪，他是这里的网格员——秦岭保护已经精确到平均几平方千米就有一个微缩“联动因子”——公安、护林员、文保员、巡河员等共同建立的响应机制。

人们管他叫老曹。老曹老远就喊：“这儿！它在这儿！”

我们迅速下了车，民警们戴上了口罩和手套，因为没有多余的分给我，很遗憾，我只能站在河道边的山坡远远瞅着他们。

只见一只金色的家伙趴在河边东张西望，看见人来，身体稍稍翻滚。有医护人员提着药箱上前查看，那一身金色的如丝般的长长毛发，在阳光照耀下金光闪闪，格外夺目。

十几分钟后，金丝猴就被医护人员装进事先备好的笼子里，带上了车。听说，可能是下山溜达，自己调皮，炫技失败，从树上掉下后把腿摔伤了。

救助野生动物以及过路行人，调解村民琐事儿，走访沟沟坎坎，是他们的工作常态。用温所长的话说，他们不仅要管人，还要管山，管水，管生灵。几个月前，因为连日大雪，花豹饿得下了山。他们一边要保护村民的安全，一边要帮助豹子度过“难关”。温军文联系了当地的秦岭保护工作人员，才将花豹安排至安全地带。

沿着鄠菜路南行，大约一个小时后抵达了目的地。鄠菜路，由鄠邑通往宁陕菜子坪，贯穿派出所辖区。一路上几次遭逢滚石，民警们时不时下车去清理道路。

“就当下车看风景了！”

时值暮春，秦岭腹地的每一个山头都抱着红颜绿雾，一会儿是黄色的花团锦簇，一会儿又是紫色的烟花缭绕。每一棵草木，在春风的爱抚里，都显得格外精神。

到西河村时已经是下午 6 点多了，不少村民端着饭碗，圪蹴在家门口吃饭，这是关中农村常见的情景。陕西有“八大怪”，除了房屋半边盖、面条像裤带等之外，还有一“怪”就是“板凳不坐蹲起来”，尤其是大老爷们儿，唯有这样吃面，好像浑身才能舒坦一点儿。

村支书老辛已经迎了过来，招呼小伙子们去家里吃饭。带队的任天敏说，先干完今天的工作再说。

今天，要走访的，是小梦。

老辛告诉我，小梦是被父亲抱养的。几年前他父亲因病去世，只留下 70 多岁的奶奶和她相依为命。近年来推行移民搬迁政策，西河村很多人搬到了山外，但有些人不愿意离开，特别是老年人，小梦的奶奶就是其中的一位。

见来了“老熟人”，小梦奶奶张罗着让孙女给大家端茶搬凳，自己则打开了话匣子，说个不停。因为靠近陕南，村里很多老人的口音与那里的人非常接近，不过几位民警大概能听得懂。

小梦这两年在西安工作，民警们也询问了她现在的工作情况。此时，我看见老人家指了指小梦，又说了什么，一屋子人当时都笑了起来。老辛说，老人家意思是让大伙帮忙给孙女瞅个对象。

村民们听说民警来了，纷纷过来打招呼。

“我家做了搅团，去我家吃！”

“我熬的苞谷糁糁，摊的煎饼，去我家咥！”

大伙争着要拉民警到自己家里吃个便饭，最终我们还是决定在老辛家吃旗花面。

返回时，已经是晚上 8 点了。我们要经过沙坪管护站，也就是护林站，在那里，温所长正在等着我们。他在这里对接森林防火、野生动植物保护等工作。近年来，随着对野生动植物的保护力度越来越大，案发率也越来越低了。但是，难免有野生动物下山觅食而受伤的情况。

路过大山岔，温所长指着一处山隙，那里有水汩汩流淌着。“你们看，那是村民的地，这条路两边还有一些蜂箱。”温军文指着一块空地说道。因为这里还有人居住，而且还有村民的“生产工具”，所以他们会经常来巡查。

温所长告诉我，有一年冬天下雪，辖区一名群众报警说自家的蜂箱被盗。结果他们调查之后发现，并不像是被人盗窃。最终在护林员的协助下，经过深入追查，发现附近有熊出没的痕迹。最终判断，应该是熊下山觅食时，吃了蜂蜜。

听到嫌犯是个“熊”，大家又笑得前仰后合。我问 :“所长，刚才我们吃了旗花面，你在保护站吃过晚饭了么？”

“呀！旗花面，那可是我最爱吃的！我还没吃，还是回去吃吧，灶上肯定做旗花面了。”温所长念叨着，说我们好口福。

旗花面？旗花面可是民警杨旭博最不爱吃的东西。

今年 26 岁的民警杨旭博，已经到涝峪派出所工作了两年，他向记者讲起了让他“最抑郁”的前两个月。

杨旭博从小就爱看金庸武侠剧，梦想着自己能成为一个惩奸除恶的大侠。

“那时我以为当警察就是拯救世界，结果考上以后，才发现一直在这个山沟里打转转。

“这里没有歹徒需要我去与之搏斗，更没有怪兽需要我去打，只是处理过路行人车没油了、没电了的小事，村里群众间谁在谁地里种了一行辣椒的‘磕牙’事，确实有点失落。”

更要命的，就是吃饭不习惯。在家他是小儿子，父母把什么好的都给他吃。来到涝峪派出所后，离市区有近2小时车程，平时工作又忙，生活并不丰富。就连吃饭，也成了“大难题”——最爱吃米饭的他，却遇到了一个只爱做面条的“食堂阿姨”秋嫂。

“不吃就只能饿着。尤其是遇到出警很远的时候，来回走一趟，不到下午3点就饿得前胸贴后背了，但食堂是5点以后才开饭。因为在深山，也没有办法购买零食、简餐。那时候，才发现自己连自己的肚子都拯救不了。”杨旭博一边说着，一边在碗里搅来搅去，今晚又是旗花面。

“崽娃子，不吃，端过来喂猫！”秋嫂冲杨旭博喊了一声，端了一大碗汤汤水水出来，倒在了猫食盆里。三四只猫应声蹿了进来，抢起食来。

因为在山沟里，老鼠、松鼠都会来找食儿，所里便收留了一只狸花野猫，不知怎么的，可能消息传开了，现在沟里的流浪猫都来所里混饭。

但，没有一只猫是白养的，食堂里再没出现过老鼠。

“猫儿馋，人也馋！得了！明天周五，我回家呀。星期天来的时候，给你们多买点零食吃。”陈秋焕听着杨旭博的唠叨，笑着许了个承诺。这位女警留着齐耳短发，一说话眼睛就弯成了月牙，显得格外亲切。她在长安分局工作了一辈子，今年已经退休，组织临聘她来所里帮忙，她也成了这里唯一的“大姐”。她知道，这里00后民警比较多，在家谁不是被大人宠着的？只是，穿上警服，无论多么稚嫩的身板，都得是铁一般的秦岭“守山人”。

在温所长看来,要干这份工作,得先“磨性子”。“说教”不管用，那就带着小伙子们去做。

有一天深夜，一个在山上某工地打工的外地人报了警，说工头拖欠了他400元的工资。温所长点名杨旭博和他搭班，一起前往处理。

激动的当事人还操着一口四川话，情急之下语速就更快，沟通起来很困难。但他的最后一句话,温所长是听懂了的,“炸工地”。

温所长轻声安慰了情绪激动的当事人，并立即对此事展开调查，恰好工头去了外地，没有在村里，所里无法当面调解。他便在接下来的一周时间里，不厌其烦地给工头打电话，一遍一遍讲政策、讲道理。最终，400元工钱到了工人账上。

“我当时不是很能理解，这不是什么大案，为什么所长花那么大的力气去解决400块钱的事情？”杨旭博说，“但后来所长和我说，对一般人来说，400块钱也许没什么。但对那个务工人员来说，400块钱就是他孩子一年的文具费，全家都指望他打工赚钱呢！再者，他已经为了这400块钱找工头要了好多次，现在不是钱的问题，是在争一口气、一个理儿。很多时候，就是因为一口气不顺、一个理儿不明，老百姓就想不开了，就酿成大问题。”

这件事，对杨旭博的触动很大。

生活不是金庸老先生笔下的江湖，“大侠”也不一定需要每天都在刀口上舔血。但凡能让群众闹到派出所的事，无论在别人看来多么小，对当事人来说，一定是让他受了天大的委屈，希望有人去主持公道，让他们相信公理、法律和人伦道德。

有一次，两位村民因为三分不到的菜地发生矛盾，都说对方侵占了自己一行菜的空间。两人争得面红耳赤，指名要找温所长调解。最终在其劝说下，各让一分。诸如此类的事件，数不胜数。尤其是一到旅游旺季，辖区内的森林公园游客增多，人流量大，人员构成复杂，时不时就会出现纠纷。

有一年酷夏，一位游客发现自己停在景区停车场的车窗被人打碎了，要求景区赔偿，景区叫起了委屈，一时间闹得不可开交，报了警。温军文根据多年的办案经验，提出有可能是游客在来景区路上石子儿飞溅，打破了车窗，也许游客没有注意到，便成了说不清的“迷案”。为了找到证据，印证推测，温军文带着几名民警，耐心地查找沿途和景区的多个监控，整整查找了 5 个多小时，终于证明事实如他所料。

游客和景区的“误会”解开了，民警们的警服却早已湿透。

"已识乾坤大，犹怜草木青。"秦岭无言，却识"警"心。

（三）老何

我认识老何的时候，他还没有退休。

老何干了 35 年森林公安，临退休时，还有一个心愿没有了却——自己的孩子从小就想当警察，品学兼优，但在最后一个关口，测量身高时未过关，主考官说差了 1 厘米。

孩子哭着给老何打电话，可老何一直和花草鸟兽打交道，鲜有什么"人脉"，最终孩子还是落榜了，无缘警徽。

为此，妻子一直埋怨老何。说他在森林里待久了，也变成了木头人。当了一辈子警察，却没本事让儿子穿上警服，这辈子等于白干。

对啊，那是孩子一直以来的梦想。

听不惯妻子的唠叨，其实也是不习惯回市里住，毕竟退休之前一年 365 天，他住山就 300 天。

他说，在山里待久了，尤其是和草木鸟兽待久了，就好像与世俗社会"脱节"了。

总结起前半生，老何只愿意说这么多。他说："我知道你在写书，我没有什么特别的。那时候的森林公安，都是这么个工作状态。"

我多番打听之下，从他妻子的口述里，得知了这么几个时间节点：

1988 年，市属国有林区设立了森林公安派出所，身为林场职工的老何报了名，自此成为森林警察。建所之初，适逢林区开展禁割生漆专项行动，他带领所里唯一的一名民警，带着馒头，背上水壶，起早贪黑，连续两个月徒步爬遍了林区的大小沟壑和周边村落，积极宣传、摸排线索，严打采割生漆行为，积极保护了经济林资源安全。在走访中，他详细了解辖区山情、林情和社情，绘制“三情图”，记录相关数据，建立起一整套详尽的“三情”档案。

1990 年，林区盗猎活动猖獗，个别非法分子甚至持枪盗猎，给野生动物和执法带来巨大风险。面对危险，老何没有退缩，他一方面深入周边村组广泛宣传野生动物保护法规，联合村组干部耐心劝导村民主动上交枪支弹药和粘网、猎夹、猎套等捕猎工具；一方面带领民警在林区要道加大盘查力度，在重点区域加强巡查，冒着严寒在林间蹲守，使非法猎捕得到有效整治。

20 世纪 90 年代，林场周边的村组经济落后，村民习惯于靠山吃山，时常潜入林区盗伐林木、非法狩猎。为了构建平安林区，他自费印制“警民联系卡”，遍访周边村组农户，资助生活困难群众，深夜护送病重群众就医，查证调处村民林权纠纷，解救过往受困车辆……

35 年，于宇宙苍穹，只是一瞬间；于一人，却是漫长的时光。

我难以想象在茂密的原始山林中，老何是如何打发掉艰难、凶险又单调的每一天的。

也许真如他的妻子所说，日子久了，他只愿意跟“树”说话，对人说的话，总是少之又少。

老何退休前两年，森林公安与派出所合并了，他做了警务区的驻扎民警。秦岭北麓号称有72峪，这个数字并非具体峪道数量，而是代表峪道众多，老何工作的区域离峪口不远，临近西汉高速，那是一条把秦巴山脉打通了的路。诗仙李白在诗作中发出了“蜀道难，难于上青天”的感叹，现今的西汉高速也并不那么好走。这一片地区风光秀丽，山道蜿蜒崎岖，犹如灵蛇九曲，盘山而上。

警务区地处秦岭深处，冬季野猪、猪獾、野羊等时常出没，夜晚鸣叫不停。夏季蚊虫扑面，不敢开灯。

为了方便吃饭，老何在警务区的空地上开垦了两三分菜地。辣子一行，豇豆一行，白菜、韭菜种两畦，足够他下挂面了。

有一年冬天，我去给老何送菜。当时刚好落了一夜的雪，整个秦岭都银装素裹，还形成了雾凇奇观。一下车，我就被冻得打哆嗦，老何把冰块敲了些，煮成水递给我取暖。

这里距最近的村庄也有15千米左右，信号也不好，要想打电话什么的，就得走出警务区大门，拿起手机朝山口“晃晃”，兴许能嘀嘀几声，好歹能回几条短信。

我瞥见他挂在墙上的辖区示意图，地形环境复杂，有大中桥

5 座，大小隧道 4 个，周边几乎都是原始山林。

这个季节，吃水是困难的。平时靠的是山泉，但眼下山泉冻住了，老何就只能弄些冰块回来，放在室内的缸里化开。就是在这种恶劣的工作环境下，老何逐渐摸索出了一套宣传秦岭山区线路安全的独特模式，在 16.5 千米的施工区段没有发生过一起交通事件，警务区的工作也因此受到当地综治部门的肯定。

每次去看望老何，告别时，他都会把我们送出警务区，久久不离去，直到我们走出很远，还看见老何在招手。

在这里，他是孤独的。

“等春暖了，咱们再来，我看附近有几个村子，可以给联系一下蔬菜的供给，再想想办法引水过去。”我向同行的文友秦川说着自己的决心。

只是，待春暖花开时，听说组织已经解决了老何的吃菜和吃水的问题。

他一直在朋友圈分享着喜悦：大家对我实在太好了。

他的妻子在底下评论了一句：娃还是没当上警察。

第七章　蜂的故事

对于蜜蜂，我是畏惧的。小时候被它蜇过舌头。

老家的街巷边种了两行泡桐，开着一串一串紫的粉的喇叭似的花儿。花落时，我们总喜欢捡着干净的，对着花屁股用嘴一吸，里面有一丁点儿土蜂蜜，丝丝甜意沁人心脾。倒霉的是，倘或有进去采蜜的蜜蜂，那吸出来的可不是什么甜蜜，而是火辣辣的疼痛。

我尖叫着吐出被吸到嘴里的蜜蜂，舌尖迅疾传来钻心的疼。没过一会儿，嘴就肿了。哭爹喊娘地跑回家，奶奶从厨房的腌菜瓮里捞一筷子腌蒜薹，掰开我的嘴，在我吐出的舌头上一通抹，平日里就糊汤时最爱吃的腌蒜薹，此时成了伤口上的一把盐，我疼得跺着脚。谁说在被蜜蜂蜇过的伤口抹上蒜薹就杀菌了？

所以，我怕蜜蜂。尤其是十几年前，总有新闻报道说秦岭里有一种可怕的马蜂，时常将行人和村民蜇得住进医院，更有甚者会失去生命，我就更怕了。

西府人并不擅长养蜂，却拥有开不尽的野花，正月的迎春，二月的桃杏，三月的李花，四五月的洋槐，一直到八月飘香的桂花，九月漫山灿黄的野菊。每到四五月间，总会遇见“放蜂”的人。他们衣着简朴，多操着陌生的方言，在野地上放三四十个蜂箱，这儿一堆那儿一堆。他们的帐篷就支在离蜂箱不远处的平地上，到午饭时间，从袅袅炊烟里能闻到一股子熏肉味儿。胆儿大的孩子，会去讨几片咸肉吃。在秦岭以北的平原地区，腊肉算是稀罕玩意儿了，这里的人以吃鲜肉臊子为主，这也是保存猪肉的好方式；以南地区，则喜欢烟熏风干肉。

上学路上，看见放蜂人弯腰劳作，放学归来，看见他们依旧在重复同样的动作。似乎这小小的蜜蜂，经管起来比孩子都难。

一遇到这样的路段，我们就呼啦啦一溜烟跑开，怕被蜇呗。我那时坚信，蜜蜂是认主的，要么就是那些口音不同，体质也不一样的养蜂人和它们有某种默契，不然怎么密密麻麻的蜜蜂爬了他们一身，也不蜇他们呢？

也有胆大的男孩，趁放蜂人不注意，会去扒蜂箱。曹臭娃是我们班出了名儿的豁皮，他总能搞到新鲜吃的，桑葚、核桃、软枣什么的，季季不一样。但他好几次也是栽到了蜜蜂手里，有一天来上课，他的两只眼睛肿得像灯泡，手也似醒发了的馒头一样。课间，看见我在踢毽子，他龇笑着冲我走来，肿胀得只剩一条缝的眼睛，笑咧开的嘴，像极了《西游记》里的大嘴鱼怪奔波儿灞。我撒丫子就要跑，他拦住我的去路，从裤兜里掏出一块黄蜡色的东西，上面布满了窝眼儿，金黄色的胶状体就粘在里面。

“尝尝！我掏的！”臭娃把这玩意儿塞到我手里。

甜丝丝的芳香立马冲人我的鼻腔：“蜂蜜？”

他只憨笑着：“我妈说你学习好，让你多给我讲题，我给你掏蜂蜜吃。”

从此我们还真成了好朋友。多年以后，我再次回到家乡，臭娃已经成了沉稳的中年男人，不惑之年才有了唯一的儿子，胖乎乎的，活脱脱小时候的他。臭娃见到我，有些不好意思，喝令爬上门前大树摘洋槐花的儿子下来打招呼。

许是我很多年不回老家，这恍如隔世的友谊，竟被各自的光阴侵蚀，陌生又熟悉的儿时玩伴，曾经恣意地拦住我的去路，此刻却尬笑着怯生生站在我面前。

我还是想念那个豁皮一样的少年，从不屑于生活给他的框架，掏蜂箱，打核桃，用柳梢做口哨吹一路的歌儿。

也是现在，我才对得上当年的答案，那些搭帐篷吃咸肉的放蜂人，大多是安康、汉中、商洛人，他们养的是意蜂，每年春季就开着车，带着蜜蜂们出门，追赶着不同地域的花期，在秦岭的南南北北来回翻越。

秦岭花草资源丰富，相传远古时期，中华养蜂始祖“炎帝之母”姜岐在秦岭一带始创养蜂技术，并传之于后世。所产土蜂蜜色泽金黄、品质地道、口味独特，且纯净无杂，属营养保健、药食之珍品。

土蜂居于石洞、草窠、木桶之中，采集秦岭山中多种零星小花的蜜。经过超长时间酿造，才能产出数量很少的土蜂蜜。曾经有一段时间，量大价廉的意蜂产品迅速占领市场。近几年，人们逐渐意识到中华土蜂的药用价值和品质，秦岭里养土蜂的人又多了起来。

听闻我要写《过秦岭》，朋友老昱一直给我介绍这个古老的产业，他十几年前就深入秦岭腹地采访过养蜂人，并掌握了一些一手资料。起初我并不情愿，担心有商业宣传之嫌。老昱便拉着我在北麓几个村子转了转，看到采用这种古老的养蜂法，虽然取不了多少蜜，但顺应大自然和蜜蜂的自然习性，收获的土蜂蜜真是醇厚香甜，回味无穷。回来后我便改了想法，必须列一章，且叫“蜂的故事”，因为确实有那么一些人，深深打动了我。

（一）老闫

老闫不老，只有 40 多岁，只是养蜂已 20 多年了。老早地，一个警察朋友就给我讲过他养蜂的故事，只是约了好几次，他也不愿谈，总推脱说太忙。

“嘿！那是和你不熟悉！他忙着张罗农家乐，多赚几个钱呢。我给说！”朋友道明了老闫的心思。

果然，很快老闫便应允了下来。车子从沣峪口驶入，沿着蜿蜒崎岖的 107 省道，走了一个半小时，才到了老闫的村子——青岗树村，这里是秦岭冬景打卡地，离鸡窝子不远。

老闫的个子不高，行动却比常人灵活，一见到我们来，不好意思地笑着，腾一下跳下藤椅，迎了上来。“哎呀，我以为是记者找事儿来了！我最近正为这事情发愁，所以，拒绝了王作家。”

“自己人，你别疑神疑鬼，有什么就说什么。”警察朋友拍拍老闫的肩膀。看起来，他俩的关系相当不错，是嘛，在民居散落的山里开展工作，不和群众做朋友，没有坚实可靠的群众基础，是行不通的。

“走，我带你去看蜂场！”老闫夹了两个纱帽，给了我一个。

陡峭的山路因为雨水的冲刷，变得更加光滑，老闫在前面走着，如履平地。我揪着小草吃力地爬着，他把手擦了又擦，还是没有伸出手来拉我，只是目不转睛地指导我应该踩在哪个石头上，是个有点害羞的中年男人。

“养蜂不那么赚钱，一年能贴补个三四万元家用，但山里人过日子，就是这样东一把西一把地刨么。”老闫说。

“但我看你盖的房子真好！花砖贴那么漂亮。你还说养蜂不赚钱，莫不是怕我学了去？”我故意逗他。

“嘿！房子是养蜂加上办农家乐和平时打小零工，攒的。就是今天告诉你咋养蜂，你怕也受不了这苦！首先，得挨七八百下

蜇！”他哈哈大笑起来。

因为害怕蜜蜂蜇到客人，老闫才将蜂场安在了他家后面的山地上，那里有块约莫一亩的平台地。老闫把这块平地分成了三块，其中一块打理出了2分菜地，种了一行茄子一行葱，种了一片青菜。葱已经抽了花儿，白毛团儿一样。山里人将任何一点儿可耕作或生钱的土地都不会浪费。“葱开花了，明儿得赶紧挖了，种上过冬芫荽，下面条吃。”老闫指导我穿过菜地的小径。

一片空地映入眼帘，一排排蜂箱整齐地排列开来，像扎在战场上的营帐。

耳边瞬间嗡嗡嗡，几只蜜蜂爬在了我的纱帽上，好像在仔细巡查我的身份。我紧张得一动不敢动，小时候吸花蜜被蜇舌头的痛感，再一次被唤醒了。

“没事，别用手扒拉它就好，它不蜇人的！”老闫说。

“它们认识你，又不认识我！”我还是害怕。

“它真的不会主动蜇你。因为我今年只取了一半的蜜来卖，剩了一半给它们过冬，它们不会恼怒人靠近的！”老闫笑得直不起腰。我想，我这哆哆嗦嗦的样子，肯定很滑稽。

后来我才知道，蜜蜂的习性，慷慨而有原则。

每年开春收蜂时，能收回万只野蜂；然后找个开满野花的空地安营扎寨，给它们安置蜂箱；20天左右蜜蜂会分家，新的蜂王产生后，老蜂王会带一部分蜜蜂寻找新家。这期间老闫最忙，不断做蜂箱，扎“营地”，一箱又一箱；8 月就开始割蜜。这两年秦岭生态环境好，花开得繁茂，每只勤劳的蜜蜂只要飞出去采集，都是满载而归，所以今年土蜂蜜的产量很高。老闫那 20 多箱蜂的产量是 700 多斤。

“一斤 80 块，按 700 斤算，今年能卖 5 万多元！这还是给每个蜂箱都留了一半！全部产量应该是 1400 多斤,能卖 10 万元！”老闫妻子彩丽絮絮叨叨在一旁算账。

“你就知道钱钱钱！你不给蜜蜂留足，明年还吃个啥子！”老闫对妻子的絮叨有点不耐烦。冬天能吃饱的蜂群，来年更容易分群或高产，所以，养蜂人首先要保证蜂群冬天有蜜吃，多余的才会取出来卖，这是一种厚道的智慧。

“那留三分之一总可以吧，你给蜜蜂留了足足一半！咱们少赚两三万元呢！多取点，欢欢的学费、生活费不就够了？”妻子也直愣愣回怼了一句。

“你懂个啥子！赶紧回去做饭去！”老闫支开了妻子，又不放心地嘱咐了一句，“下去的时候小心滑，刚才我看见有一截路长了绿苔。”

“你皮痒了！忙你的忙。”彩丽的嘴和人一样干练。听到这句粗鲁的话，老闫笑了，他知道那是妻子体谅自己。这句话或许该翻译给外地朋友，即：我会照顾好自己，勿念，你忙你的工作，我永远支持你。

老闫揭开一个蜂箱，嘴里念念有词：“客人来了，我只取一疙瘩，招呼人，大方点，大方点。”

隔板爬满了密密麻麻的蜂，嗡嗡声比刚才更胜，似乎在和老闫讨价还价。老闫从隔板上取了巴掌大的一块黄色物体，笑盈盈走了过来，塞到我手里。“给，一口塞进去，这是蜂蜡，能吃！上面还有一疙瘩蜂蜜。”

这一幕，令我想起当年的臭娃，不禁百感交集。不待蜂蜡嚼尽，蜂蜜的汁液便随着我的咀嚼，沁入舌尖和心脾，那熟悉的香甜味儿，对，就是那个味道，我有 30 多年，不曾尝过。这 30 多年来，虽不乏好友馈赠的来自澳洲、俄罗斯的各种礼品蜂蜜，但都不似这般滋味，这种土蜂蜜的营养和口感是独一无二的，那丝甜蜜里带了花儿的香气。

老闫查看着手边的几个蜂箱，嘴里还在念：“不敢再取了，不然蜂冬天就不够吃了。”

在半山腰取蜂蜜时，老闫置身于花草丛中，落山的太阳，洒给人间当天最后的金黄，从我站立的较低的地势看去，身披金色晚霞的老闫竟也似花丛中一只勤劳的蜜蜂了。

千百年来，这座大山养育了数十代勤劳的山民，还有无数代的中华土蜂。他们生于斯、长于斯、逝于斯，几乎从未迈出过大山。秦岭养育了他们，他们也滋养了秦岭，这才是真正的天人合一，万物循道。

转过了三块菜地，眼前又是一个蜂场，大概摆了 30 多个蜂箱。

“这还是你的？”我问。

还没等老闫答话，一只黑足白毛的大狗汪汪汪叫着，向我发出警示。它站起来，能到我肩膀。

“忠诚，坐下！”一声呵斥从屋里传来，走出来一个大高个儿，大大的招风耳，尖尖的脑袋，古铜色的皮肤，短袖衬衫只扣了两颗扣子。

“赵师傅，我来看看你的蜂。”老闫赶忙说。

见大白狗没有吓到我，大高个儿才放下心来。老闫说，他是赵师傅，20 多年前就到秦岭了，在观音洞修行，赵师傅平时不去观音洞，就在这个蜂场废弃的两间土房里临时居住，让老闫教他养蜂。“这才养了 30 多箱，要时时看着，难经管得很！”老闫说着。

这两间土房，虽然不至于是危房，却也有些年份了。泥墙是用秦岭黄土夯的胡墼垒起来的，外墙皮已经脱落了许多，依稀可见墙体里一页一页的胡墼，也不知是哪个已经搬迁走的村民的先辈，辛苦打下来的。可能是为防止下雨漏水，屋顶上铺着些细木棍、塑料布、干草，还压了几根大木杠子。房檐下摆了几蛇皮袋子煤，大约是赵师傅烧火做饭用的，也难怪院子里的石磨上晒了些豇豆。

“我养的也是土蜂，学名叫中华蜂，你们外面人也叫它中蜂，它个头虽然小，性子却很硬，心情不好的时候，会一瞬间蜇我十几下，前两天我的手指上还全都是黑点，被蜇了！”赵师傅笑着，伸出手给我们看。

“它为啥心情不好？”

“有几个蜂箱生虫了，虫子把它们积攒的蜜吃得差不多了，它着急呀！现在已经过了花期，上哪里去采？秋天过了就是冬天了，吃什么呢？”赵师傅说。

中蜂不是很小气，只要它觉得蜂蜜够过冬时吃，你拿出去一些,它也友好赠予。但如果它自己都不够吃了,可讲不得往日情面，上来就蜇你！

坐在石磨旁边，我们闲聊着，蜜蜂嗡嗡叫着，赵师傅说，大概是忙碌了一天的蜜蜂回来了。说着他就怜爱地查看着每一箱蜜蜂回巢的情况，就像在照顾晚归的小孩子。

山里人更懂土蜂，土蜂不那么娇气，一般周边有什么零星小花就采什么蜜，它们和山民一样质朴，辛勤劳作、不挑不拣。倘或飞得太远，晚上回不来了，土蜂会在野外留宿，第二天再带着蜂蜜回来。

有时候蜜源情况不太好，就会发生蜜蜂集体出逃事件。

所以，选地方，一直是养蜂人需要掌握的诀窍。爱分家也是中蜂的特点，分家时也可能会蜂去巢空，中蜂远不如意蜂那般温顺好管理。养蜂人除了在山野地头搭建蜂场外，自家的房檐底下更不会空置浪费。老旧的土墙一面是农民的家，一面是中华土蜂的家，人和蜜蜂就这样和谐共处。老闫家就是这样。

老闫说，这两年山里管控得很严格，也因为时有封山，他的农家乐生意不好做了，并不需要多少成本的养蜂项目成了农家最喜欢的创收方式。

现在有标准化的蜂箱，60 块钱一套，开春去大坝沟捕点野蜂，让它们去自然繁衍，到时节直接开箱取蜜就可以了。20 多年前，老闫第一次去捕野蜂，也是在大坝沟。那时候他还是个愣头青，从爷爷到爸爸，都养过蜂，从小家里就不缺蜂蜜，他自然也要为自己的下一代“酿蜜”。结果，因为经验不足被蜇得极其惨痛，好不容易收了一箱蜂，手就被蜇得肿成了馒头，腿也被蜇了好几十下，肿到两倍粗，他在床上躺了三天，动弹不得。

但是心痒痒，总想着它们什么时候产蜜。等伤痛稍微减轻一点后，他就迫不及待打开蜂箱查看，结果只听“嗡”一声，蜜蜂噼里啪啦拍着他的脸，等到他睁开眼睛，箱子已经空空如也。

蜜蜂，跑光了。

老闫白忙活了一场，但他依旧没有放弃，蜇伤好了以后，他继续去大坝沟收野蜂。他已经请教父亲了，上一次因为自己没把箱子弄好，没有加隔板，蜜蜂一直在一团儿窝着，无处栖息，一开箱，自然是要逃跑的。

第二次，老闫又被蜇了满身的包，抱了一箱蜜蜂回来了。

“就要养，蜇伤会好的，蜂不能不养。”倔劲儿上来的老闫，再一次开启了驯化野蜂的工作。这次，他仔细请教父亲。父亲手把手教，最后告诉他一个要诀，至今他都记得——

秦岭里生长的物种，都是生灵，生灵是通人性的，要把蜂养好，就要顺应它们的天性，厚道地去对待它们。

老闫便时时拿蜂与自己比对："比如，你在辛勤劳作时，就不喜欢有人不断来打扰吧，所以，它们酿蜜期间，不能经常打开蜂箱看。又比如，你愿意把成果分给你的伙伴，但他不能贪得无厌吧？所以，我要给它们留足过冬的蜜……"

老闫越讲越高兴，完全放下了刚开始电话联系时的生冷。彩丽一声清脆的呼唤传来，饭菜已经做好。

一桌丰盛的晚餐：人汉菜（苋菜）、疙瘩汤、椒叶煎饼、青红辣椒。贤惠而善良的彩丽，还特意给我盛了一碗蜂蜜水。

"吃吧，山里就是野菜多，想着你不常吃，特意做的。"

我倒是对这人汉菜，情有独钟的。这种野菜几乎伴随着我整个青少年时期。即使现在已经扎根在西安，鲜少回家去，每到这个时节，老家亲友还是会多少给我拿上一些过来。淘洗干净，抓一把，拧成两节，扔进热水锅里，过水后撒上蒜末，用热油一泼，刺啦一声，一道还冒着青烟的美味就新鲜出炉了。这个时候再配上玉米糁子、油泼绿辣子、热蒸馍，那味道简直绝了！

我到城市生活后，脚步匆忙，很少见到人汉菜。许是城市管理人员觉得它是野草，把它拔了个一干二净吧。

我们几人坐在老闫的院子里，就这样吃着人汉菜，吸溜几口疙瘩汤，如遇见了久别的老友一般，自然、感动、惊喜。

“你尝尝咱的蜜。”彩丽迫不及待提醒我。

我喝的时候，全家人都微笑着屏气凝神地看着我，似乎这是一场品鉴大会。一口温热香甜的蜜水，顺着我的喉咙滑入身体，像是打开了我的心，让我神清气爽。我故意发出啧啧的声音，给出了老闫正在等的，也是名副其实的夸赞 :“太好喝了！不是超市买的那种奇奇怪怪的味道，只有香甜味儿！”

随即，一家人欣慰地笑起来。

老闫说，他们出生在这个地方，能拼的只有一膀子力气，勤劳致富，但他们都活得很踏实。所幸，生活终归是越来越好了。

我不禁感叹，我们常常迷失于求不得、爱别离、痴贪嗔，而他们总能大碗吃饭、高声笑骂、倒头就睡。也许是大山给予的踏实与通透使然吧。

人类好像无所不能，可揽九天星月，遍游四洲五洋，在不断提速的生活里疲于奔命，稍微放慢脚步便心头焦躁。但于秦岭而言，我们又何尝不是采蜜的蜂儿，它们在花期的寿命只有 45 天，你却不必慨叹其短暂，因为它们终究留下了甜蜜。而我们的一生又何尝不是宇宙间的一瞬，流逝起来宛如白驹过隙。就算是人中龙凤，也不过是广袤星空里划过的流星，波澜史书上的寥寥几笔。

冬去春来轮回往复，花开花谢枯荣交替，土石上承雨雪风霜，草木下汲息壤养分，一动一静之间化生灵性。

我们只是过客，它们才是自然的主人。

（二）李婆婆

李婆婆的聘礼，就是两箱蜂。老伴儿用手端过来的。李婆婆的爹爹怕女儿受苦，又添了两箱蜂，做了女儿嫁妆。新郎和新娘，是抱着蜂箱回来的。村里因此给李婆婆取了个外号，叫“蜂娘子”。

这 4 箱蜂，成了他们过日子的“第一桶金”。

20 世纪 80 年代初的秦岭山村，还没被改革开放的风吹透，这 4 箱蜂，在两口子的精心照管下，很快就分出了一箱又一箱，最终攒了近 40 箱的家当。8 月一过，割下千斤重的蜂蜜，无奈那时候山里交通不便，李婆婆就和丈夫一起挑着扁担下山卖，收入一块两块地贴补家用。

他们差不多要走一整天的路才能到集市，往往前一天就得出发。

走累了，丈夫就用手指勾一疙瘩蜂蜜，填到她嘴里，哄她开心。有一次被村里人瞧见了，很是编派了她一段时间。

丈夫听了，给编派她的人说：“自己的人，自己疼。哪条法律规定不许给自己婆娘嘴里抹蜂蜜？”

两人说得急了，打了起来。李婆婆拉不开架，情急之下，放出来了一箱蜂。嗡一声，一团蜜蜂飞了过去，把那人吓得抱头就跑。

光阴流转，丈夫已去世10年，孩子们也都到城里工作了。孩子接她到洋房住过，她不习惯，闹腾着要回来。

无奈，儿女们只好把老家的土房翻修了一下，白墙青瓦，红砖院子。屋后的一大片草地上，依然摆放着十几个蜂箱，那还是丈夫当年用桐木做的，他到底是个能人，当初做了40多个，丢的丢，坏的坏，就只剩下这十几个了。

现在，大家用的已经是标准化的蜂箱了，又大又结实，也方正、好看，有的村子为了吸引游客，还给上面涂鸦，或画上花草。但李婆婆依旧没换自家的蜂箱。小孙子们回来时，倒是拿彩色粉笔给蜂箱上画过鸟儿呀、花儿呀什么的，倒是很好看，只不过经不住几场雨水的冲刷。

李婆婆依旧养蜂，但腿脚已经不灵活的她，已经收不了野蜂了，三个女婿每年回来给收。先用招蜂帽在山里的树干上、石缝间招来野蜂，再带回来倒入空蜂箱里。女婿们有时被蜇得脸肿手肿的，女儿就不乐意了，不理解母亲为何还要养蜂。

李婆婆也不理会，嘴里念叨着："就养几箱，蜂蜜给娃娃们当零嘴吃。外面超市买的蜂蜜不好。"

我去拜访李婆婆时，她正好在割蜜。早上她就上了香，祈祷开箱顺利。以前，敬神的信众凿壁雕佛像，而山里的人们凿洞放蜂箱，这都是一种信仰。

只见李婆婆在一尺多宽的小路上挨个开箱查看，用镰刀撬开蜂箱门，再点燃艾草火把熏散蜂群，然后取出整片的蜂脾。

方箱子叠放大片完整的巢蜜；白圆桶装稀碎破损的巢蜜，回去直接压榨过滤成液体；小红桶收集没用的空脾，熬炼蜂蜡。取完收工时她从 12 个蜂箱里只取到了 70 多斤土蜂蜜。

“两箱土蜂飞逃，三箱蜂群较弱，箱里的蜜勉强够它们过冬吃。多留点，多留点，也不敢把蜂儿给亏了！”李婆婆喃喃自语。

李婆婆的院子，打扫得很干净，墙角还种了月季、大丽花什么的，开得甚好。

农村老房的堂屋在城里叫客厅，在酒店叫大堂。堂屋里最时髦的家具是个皮沙发，大约是女儿们买的，李婆婆很是细心地用粗布单子盖着。

堂屋一角就是厨房，虽然女儿给她装着灶头，李婆婆还是叫村里的老泥瓦匠盘了个土灶。

厨房里，面缸、水桶、案板、柴米油盐，收拾得齐齐整整。

一个 77 岁的老人，还能把家收拾得妥帖成这样，可以想象出来，她一辈子都是喜欢干净整洁的人，家务活做得很利落。

土灶连着隔壁屋子的土炕，炕边齐齐整整贴着白瓷砖，干干净净的。炕上的被子折得四棱八角，一摞一摞放在炕角。

但如今的土炕只剩李婆婆一人起居，墙上有几幅水彩笔涂鸦，画着几朵太阳花儿、几只蜜蜂和一张笑脸，还写了不知道是儿子还是孙子的名字。我相信这里曾被生命温暖过，只是现在孤单冷清。

“您老为啥一定要独自回来住呢？一个人不孤单吗？住在山里又不方便。”我问。

李婆婆笑说：“习惯了。住山里放蜂儿，踏实。再说，老头子的坟在屋后的空地里，我要是不在，他回来看见冰锅冷灶的，不好受吧？”

李婆婆风轻云淡地说，甚至有些打趣儿，我却从她已经浑浊的眼里，看见了强忍的泪水。

“看到我的棺材了吗？在那个屋子停着。我几年前就备好的。”李婆婆指着隔壁屋子。

这是关中农村的旧时风俗。老人们会提前准备好自己的寿衣和寿材：把寿衣压进箱底，寿材架到梁上。

这让我想起了奶奶，她在自己60多岁时就做好了寿材，70多岁溘然长逝。

李婆婆说话的语气和我奶奶非常像，一张嘴就是我娃啊……看着就懂事得很……乖的……我总害怕说错话，触碰到老人内心的伤感，就只能说点自己的事并叮嘱她照顾好自己。

李婆婆的笑声很爽朗，眼神里尽是慈祥。我们又聊了一个多小时，直到李婆婆提议要去做午饭给我吃，我才意识到老人家是饿了，赶忙从车上提出来一箱牛奶，一盒点心，那本来就是给她带的。

“我娃来就来么，可拿这干啥？”

和我奶奶一模一样，舍不得让晚辈花钱给自己买东西。我走的时候，李婆婆给我灌了两瓶蜂蜜，我本不忍这样拿走老人家辛苦采的蜂蜜，但她就一直跟在我身后，我只好接受。老昱偷偷说："你不拿，老人家会以为你嫌弃她。下次，你再来看她时，多给她带些吃的就行。"

李婆婆一直跟着我出了院门，我说门前有一段路很滑，让她别出来了。她扶着门框说："那我看着我娃走……"

在我整理这一章内容时，老昱告诉我说李婆婆已经走了。

我问："离开山里，彻底回城住去了？"

"不是，你别哭，是老人已经离世了。"

我良久说不出话来，只问了句："怎么埋的？"

老昱说："埋在了蜂场后面的小坡上，和老伴儿是挨着的，在一起了。"

埋了李婆婆后，村里的老人拦下了本来要放飞这些蜜蜂的女婿们，告诉他们，现在把蜂放出去让它们自生自灭，蜂儿会被饿死。

因此，蜂儿，也都还在那里。

（三）王瑛

王瑛的女儿要回来了，说是要开挖掘机回来，把王瑛盖的小二楼挖走，带石头砖头回西安去。

王瑛气得手颤抖，一把抱住院门口支着的一个蜂箱，摔了个稀巴烂，蜜蜂嗡一声四散飞去。“不养了！不养了！赚下这钱，盖这房子干啥！不过了！”

三个妹妹死命拉着他，不让他上开往西安的车，去找那死女子。

大妹妹哇哇地哭，二妹抱着他的腿，小妹也有 50 岁了吧，只在一边抹着眼泪。毕竟，王瑛已经六十出头了。女儿，那不曾在自己身边长过一天的女儿，也 33 岁了，死女子和前妻一样性子刚烈，不受任何人的管控和束缚，就连三个姑姑劝说她回家看望王瑛，都被拒绝了。

女儿，是有多恨他？

他长叹了一声，又拿起招蜂帽，将刚才惊慌而逃的蜂儿们往回收。大半晌过去，只收回来了零星几只。“连你们，也不想回家了吗？”

33 年前，王瑛和前妻离异，那时他万念俱灰，差点出家。老母亲和父亲愣是把他劝了回来，但抱走了襁褓中 4 个月大的女儿小依然。“给你再娶一个媳妇儿，你好好过，女子我们抱去养了，从此你和前面的事情就算断得一干二净了。”

也是自己年轻时糊涂，就这样让父母把女儿抱去后院了。后来，他果然娶了邻镇一个小寡妇，组建了家庭。

王瑛是个能干的人，80 年代上高中，考大学失利后，他通

过自学养过木耳和蘑菇，很是成功。后来，也不知怎地没有坚持下来。但他倒是和蜜蜂有缘，一养就养了 20 多年。

20 年间，一茬一茬的蜜蜂跟了他，父亲留下的土房也在去年被他换成了小二楼，装修得很像言情小说里描写的女主公馆，不过，是小号的。秦岭里的民宅建筑规格有严格标准。

日子，是甜蜜起来了，但王瑛最放不下的，还是女儿。父母已经去世多年，听说依然已经很有出息了，他偶尔能在新闻报道里见到女儿。

妻子劝他说："公婆已经去世很多年了，依然也长大了，还是一个人，现在咱们日子好了，你不如把娃叫回来，父女俩和好，了却一辈子的心愿。"

可是咋接？要是女儿生活得不好，他还有叫女儿回来的勇气。可是女儿看起来非常有前途，这样去叫，岂不会让她觉得自己别有用心？毕竟，在最苦难的童年里，他不曾给予过女儿一丁点儿的父爱。

一来，家里穷；二来，他不想打扰女儿，其实也是不知道该如何开口。

每当看见蜜蜂分家，老蜂王带着一部分蜜蜂另外找巢，把老窝留给新出生的蜂王，他就百感交集。

这些年，他养蜂赚了些钱。

秦岭，为全球同纬度上生态环境最为良好的地区之一。以前，秦岭山民以传统的方式养蜂谋生。山上中药材众多，土蜂采中药材的花酿出的蜜很有特色。王瑛的高中同学虎子是个生意人，把这“中药材花蜜”五个字打出去后,这几年每年割 2000 斤的蜂蜜，收入在 14 万元左右。

虎子也让他创立个品牌、合作社什么的，他拒绝了。“秦岭是大家的秦岭，养蜂是祖宗传下来的手艺，不要弄什么品牌，我就这养法。合作社都是能人干的，我干不了。再说，我不能保证每个人都赚，蜂蜜的产量还得看每年气候，花期长短。”

曾经，土蜂蜜产量低，收入甚微，掠夺式的毁巢取蜜行为严重破坏了中华蜜蜂的种质资源。如今有些不同了，政府社会一起推行了青山公益自然守护行动，让新一代的秦岭养蜂人走上了现代化可持续的养蜂路，既保护了祖脉秦岭的绿水青山，又“酿”出了甜蜜美好的生活。

青山公益自然守护行动项目，是一项围绕自然保护地开展的公益项目，目标是切实提升保护地生态质量，建设人与自然和谐共生的山村格局。

项目推行的那年,村上有35家农户购置了620多箱中华蜜蜂，采用现代化、规模化、可持续的养殖方式养蜂，并在蜂箱放置环境和蜜蜂选种方面，遵循环境友好和生物多样性原则。

许多农户都是第一次接触现代化养蜂技术，收前准备、脱蜂、割蜜盖、暂存……每一项流程都要重新学习。在项目组技术专家的耐心指导下，农户们都学有所得。

“今年上半年蜂蜜产量达 6000 公斤，我村上养蜂的人，共创造了 50 万元收入。”王瑛说。村上还有 10 个中蜂养殖点、5 个养殖基地，当地已经形成了一条中蜂现代化养殖产业链。

日子是好了，未来也很有奔头，可女儿就是不愿意与自己和解。他曾经托人给女儿捎了 10 罐蜂蜜，那年的蜜品质最好，他和老婆割蜜割了整整一周，把最好的舀给了女儿。谁知，中间人说，女儿并没有收，甚至一句话也没说。

王瑛伤起心来，不会哭，只会以生气的方式表达，骂老婆仁霞找的瓶子不好，定是不洋气。

“你有委屈就发，别拿蜂蜜撒气。”仁霞劝说着他，“你想，咱们 30 多年不和娃联系，咋可能用 10 瓶蜂蜜就把心换回来。”

他便不再搭话，手背在腰后，去蜂场看蜂了。

曾几何时，他想鼓起勇气，跑过去抱抱女儿。她小时候是相当可爱的，扎着两根马尾辫儿，穿着小红裙裙，父母把依然养得很好很健康。每年考试，学校张贴光荣榜，依然一定是年级第一。六一儿童节，依然肯定是领唱和主持人。

女儿越优秀，他越不敢相认。

有一次，他坐在杏树底下吹笛子，女儿放学回来时，驻足听了一会儿，却躲开了他的注视，撒腿往后院儿跑去。那是父母居住的一院房子，要经过前院的巷子才能到达，女儿路过时常会撞见自己。他意识到女儿一看见他就跑，便识趣地在放学的点儿不坐在院子里，却会趴在堂屋的窗口偷偷看。

有一次，母亲找到他，说依然暑假有篇作文要写，题目叫《爸爸的蜜蜂》，孩子不知道蜜蜂怎么养，想去蜂场观察一下。

“看，马上去看，我看着，别让蜜蜂给蜇了。”

那也是唯一一次女儿同他说话，说的是有关蜜蜂的话。

“它怎么回家呢？”

“蜂箱外有个洞，看见没？这里，蜜蜂采蜜回来，就从这里进。门口还有卫兵呢！如果是野蜂，卫兵认得出来的，会立刻上去咬死它。”

“那你被蜇过吗？”

“蜇过，经常被蜇！”

“那你为啥还要养？”

“因为……因为，即使蜜蜂蜇人，也总归是会产蜜的。”

那时的女儿，还不懂生活就是这样，痛苦和甜蜜，幸福与苦难，大多时候是并行的。而爱的表达，有时又是那么地伤人。

去年，王瑛的小二楼盖好了，他听别的亲戚说，女儿很是喜欢摆弄花草、茶台，也喜欢读书。他便给仁霞和儿子说：“给你们立个规矩，以后二楼不要上去，我要把楼上两间房都给依然，一间做卧室，一间做她的书房。她现在不回来，以后说不定会回来。我明儿去集上买点东西去。”

王瑛自己设计庭院，种了指甲花，他记得依然小时候总是用指甲花的汁液把小手指甲染得红红的，是个爱美的女孩。

折腾了好一通，他才把二楼布置出来，仁霞说，像仙子住的地方。

他满心欢喜地舀了五六斤蜂蜜，给大妹妹带去，请她捎话给依然，让她这个中秋回来转转。

大妹妹倒是转达了他的意思，可依然并没有答应，还说，以后不要来骚扰，父女缘薄，从前没有感情，以后也不会有。

他抢过大妹妹的电话，就喊："你回来。回来咱们说说家产的事情，祖宅应该有你的一份，二楼你回来了住，不回来了，就没你的了。"

他原本只是想表达，"我为你布置了一个新家，是你喜欢的样子，盼着你回来"，结果冲出口的，却是这样一席话。

依然的倔强完全超出他的想象，她回怼了一句："既然你说二楼是给我的，那好，我现在就叫挖掘机，把那两间房挖下来，带回西安。"

王瑛被怼得哑口无言，气得要上西安去，亲自质问这死女子的心是不是石头长的。

三个妹妹硬是拉住了他，他也长叹一声，认命了。

有些光阴，一旦溜走了，确实追不回来。也许，女儿不打算原谅自己了。

但自己的日子，还得继续。

王瑛带我去参观过他给女儿准备的二楼。是采光最好的位置，天蓝色的床单，鹅黄色的纱帘，靠床的地上还铺着一块小地毯，农村人从不这样在地上做文章的。中间是个小客厅，摆的书画、花瓶，居然还有一张古筝，他听大妹妹说，女儿闲暇之余，会弹筝吟曲，到底是遗传了他的音乐细胞。穿过小客厅，与卧房正对的就是他给女儿留的书房，书架是胡桃木的，但没有摆书，书桌上放了一盆兰花、一盆菖蒲。仁霞告诉我，那花儿、草儿是王瑛自己打理的。

王瑛带我去蜂场看过，那里有一点点父女间的回忆。“那时，然然的作文是那样写的，第一句，我的爸爸，是个养蜂人……”王瑛说着，背过身去，也许，男儿有泪不轻弹。

“爸爸”，可见女儿心里并没有否认这份血缘关系的存在。可是 33 年的岁月，太长了，长得像秦岭绵延不绝的山。在他们彼此心里，都有翻越不过去的那一座。

但，山再高，高不过人，只要走着，就总有过秦岭的那一天。

走笔

横看成岭侧成峰

为完成对养蜂人的采访，我断断续续在山里住过些日子。下山的时候，老闫送我们到了山门口，他还在为当初拒绝我的采访而致歉：“我是想办合作社没办成，怕你是来找麻烦的记者。”

“嘿！我会把你写进书里，和记者一样。”

“那你一定不会胡写，我相信你。”

山民就是这样淳朴，认可你了，便什么好东西都分享；不认可了，就不想理你，管你是谁。秦岭，给了他们太多智慧。大道生于大简。所以，我喜欢进山，那里静，走路的时候能听见自己的脚步声。

后来，我也去过汉中留坝、安康等地参观现代化的养蜂基地，很有意思。基地基本是采取“公司 + 村集体 + 基地 + 农户”的模式发展的，成了当地农民的甜蜜的事业。

有的区县将养蜂和乡村旅游结合在一起，在留坝县留侯镇闸口石村章师傅的蜂蜜园里就摆放着一栋栋五彩缤纷的“小房子”，那是新型智慧化的养蜂方式。智能蜂箱靠太阳能供电，配备有通风口、传感器、光伏发电板等构件，不仅可通过手机远程监测蜂箱的温度、湿度、糖汁量和蜜蜂进出量等数据，还能自动投食喂水，大大降低了养蜂人的劳动量，也提高了蜜蜂酿蜜效率。

而章师傅的蜂蜜园正好在留侯镇旅游环线上，来往游客络绎不绝，很多人都来参观过。他现在已经在当地政府的指导下，把蜂蜜园打造成研学基地，提供蜜蜂知识科普、采蜜体验等项目。

我去采风的时候，正值夏花盛开，只见100多个整齐划一的彩色蜂箱排列在园子里的绿色草坪上，白墙红瓦的房子与蜂箱、蓝天白云，共同勾勒出一幅童话小镇的风情画卷。

宁陕姑娘周世红继承了养蜂事业，还创造了“疯婆娘”这个品牌，让秦岭原生态的高品质蜂蜜，经过标准化加工，远销北上广等地。

但思来想去，我还是想把老闫、李婆婆和王瑛的故事写下来，他们不是企业家或者合作社的“股民”,在时代面前,他们借着春风，富了自己的日子，但又各有各的意难平。

日子就是这样,横看成岭侧成峰,人间的悲喜有时也并不相通，有人为了爱，有人为了守，每个人的信念不同，但心怀美好的人，总能酿出自己的蜜。

在秦岭经常能看到这样的标语：“严禁外来蜂群进入本村！”很多山区设立中蜂保护区，主要是防止意大利蜜蜂进入秦岭从而破坏本土中蜂的生存环境。

西北农林科技大学的教授也告诉我，秦岭土蜂对我们最大的贡献并不是蜂产品，而是平衡生态。秦岭 85% 以上的植物都需要蜜蜂授粉，中蜂对保护秦岭植物、维护秦岭生态平衡起着至关重要的作用。

为了提高群众对保护秦岭生物多样性的认识，加大养殖中蜂的积极性和主动性，秦岭南北麓的市县还在交通要道边设立了“大力发展中蜂养殖，切实保护生态环境”等宣传牌，以此让保护秦岭生态环境的理念深入人心。

写完这一章，我心血来潮，给臭娃打电话说：“你还记得小时候你掏蜂窝的事情吗？”

臭娃支支吾吾半天，说：“时间太久了，不记得了。咱们这里也没有养蜂的呀。你要蜂蜜的话，我托人问问，那一斤不便宜呢！……”

我不禁有些失望，生活到底彻底淹没了曾经的少年。

欣慰的是，王瑛给我打电话说，依然给她大姑委婉转达过，“往事如烟，八千里，都是云和月；今朝有酒，万里同风，有缘来日再见”。

他还把这信息截图给我看：“王作家，你看看，你看看，依然就是有才，打小就有才，就这几句话，说完了 33 年，33 年呢……”

秦岭，千峰叠翠，万仞壁立，换个心境去看，果真是不同的风景。

第八章　不能送达的第八章

秦岭是一部厚厚的生态文明史，其中包含着一个个人的故事。

根据原计划，我的第八章叫《郎在对门唱山歌》，这是秦岭南麓地区的一种优美小调的名字。采访完毕后，我还对其中一个受访者说过，到时候把书送给她，第八章的第一个人物就是她。

结果，书未成，老人已经离开了我们。《过秦岭》也送不到她手上了。

她叫张淑珍，她一生都和陕茶有关，也许很多人听过她的故事。

商洛位于秦岭腹地，因其通北达南被誉为“秦楚咽喉”，不同于西北诸城的粗犷，它是由温和的气候、充沛的雨水积聚成的文化绿洲，氤氲成的诗茶之乡。几千年前，隐居于此的商山四皓，采芝为茶。

陆羽的《茶经》将丹凤武关西洛水评为“天下煮茶第十五泉水”。而贯穿商洛境内的商於古道是历史上最早的茶马古道的一段，李白、杜甫、白居易等均在商洛留下了千古名诗，这条路因此也被称为最早的诗茶之路。明洪武年间实行“榷茶易马”国策，设官茶总店商州分店，专营茶叶，在以茶治边方面发挥了重要作用。但商洛茶树的种植晚于它的茶叶生意。约清朝顺治年间，安徽人刘国正从合州彭城镇迁来镇安象园沟，来时带有茶种，并在当地成功种植。

20 世纪 60 年代，商洛将国内种茶地向北推进了 300 多千米，在北纬 33 度的商南，种植成功了大面积茶叶，做成这件事儿的人，叫张淑珍。

1937 年，张淑珍出生在河南省太康县。在那个年代，女子入学并不容易。张淑珍苦苦哀求，直到 12 岁时，父母才把她送进学校。凭着一股拼劲，她成了村里第一个大学生。1957 年，她考上了西北农学院，学习林业专业。

在实习期时，她在靖边县治沙种树。200 多天的风餐露宿让年轻的她更加坚韧。

1961 年春，20 多岁的张淑珍即将从西北农学院毕业，此时，她早已适应了大西北的生活，还有了知她爱她的恋人焦永才。

毕业分配时，焦永才放弃了留西安工作的机会，去了大家都嫌条件艰苦而不愿意去的商洛。

“一山未了一山迎，百里都无半里平。宜是老禅遥指处，只堪图画不堪行。”这是唐代诗人贾岛的《题安业县》。安业县就在今天商洛镇安。诗人李商隐也曾感慨：“六百商於路，崎岖古共闻。”

60 年代，不只镇安，整个商洛都是处处“不堪行”。莽莽秦岭将商洛团团围困，与外界相隔，人们望山生悲，吃尽了苦头。

1961 年初夏，张淑珍和焦永才从秦岭北麓乘坐一辆拖拉机，经蓝关，穿秦岭，过武关，在坑坑洼洼、尘土飞扬的山路上整整颠簸了一天半，才来到他们将要工作的地方。

（一）

商南地处秦岭腹地,山大沟深,土地贫瘠,过去群众经常用“九山半水半分田”来形容当地自然环境。在县里报到后，张淑珍被派遣到县农林综合站工作，而这里的条件比她想象的还要艰苦。那时候，商洛人一年到头吃不上一顿白面馍馍。到了冬日，各家用大瓮窝一瓮浆水酸菜，窖一窑红薯，苫一棚白菜，一个冬天也便过去了。尤其是二三月青黄不接时，没有一家不吃稻糠拌将柿子晒干磨成的炒面，涩，难以下咽。直到 20 世纪 90 年代初，商洛人还被叫作“商州炒面客”。

单位安排给张淑珍的第一项任务便是下乡搞林业普查，所到之处的有些乡亲一盘腌菜要吃几天，浆粑糊汤是招待客人的稀罕饭。不到一年，她褪去了大学生的模样，完全融入当地的农村生活。在最艰苦的那段日子里，张淑珍与焦永才举办了简单的婚礼，在商南安了家，扎下了根。

要路没有路，土地又少，庄稼种不了多少；要营生没营生，只有那一层连着一层的荒山。“这么大的山，如果能种上经济苗木，可就成风水宝地了。”张淑珍想到了引种，她大胆地将这个想法告诉给了站领导。

在张淑珍的执着坚持下，站里专门划分了一亩地让她做引种试验。刚开始，她也很茫然，不知道哪些经济林木能在商南生长，只能不断地尝试南树北移、北树南移。从 1962 年起，她栽种过桉树、油茶树、文冠果树等，但效果均不理想。

该种些什么，成了摆在她面前最大的难题。一次，县领导梅光华来站上调研，听说张淑珍在引种经济林木，便问她：“我在安康打游击时看到山坡上有很多茶树，老百姓年年采茶卖，收入提高了不少，不知道茶树能不能在商南种植成活？”

梅光华的话让张淑珍眼前一亮，她决定试一试。

张淑珍翻起了历史，知道了陕西是茶文化的发祥地之一。陕茶始于商周，兴于秦汉，盛于唐宋，繁荣于明清，陕西有着 3000 余年生产贡茶、官茶的历史。汉阳陵出土过“世界最早茶叶”，法门寺地宫出土过精美的唐代宫廷茶具。在陆羽的《茶经》中，陕茶被叫作秦茶。

既然有这样的历史积淀，也有安康的成功先例，那就种茶叶吧！张淑珍大胆抛出自己的想法，却吓了身边人一跳，要知道商南地处北纬 33 度，往南 300 多千米才是茶叶的种植地。

她并不理会这样的质疑，找了一本《茶树栽培学》开始了解技术要点。

张淑珍的那股劲儿，让梅光华也充满了信心。有一次到安康开会时，他用樟木箱子带回来 200 株茶树苗。看到这些茶树苗，张淑珍如获至宝，她小心翼翼地将茶树苗栽进翻了好几次的试验田，每天都悉心照料，就像是精心哺育小婴孩一样。然而，200 株茶树苗竟然无一株成活。

张淑珍大哭了一场，却并没有气馁。她又托人买了 300 多株茶树苗栽在西岗上。也是运气不佳,那年赶上大旱,也无一株成活。1964 年，她又将 700 余株茶树苗栽到捉马沟，不久也是整片整片地枯死了……

从 1961 年开始，她反复换地方栽种，茶树苗反复枯死。大家都说她魔怔了。她哭过，也苦过，却更加斗志昂扬。

怀疑是气候问题导致了失败，她便反复到气象局查阅历史上有记录的气象资料，对当地的最低温度及持续时间、小气候条件等进行了全面了解。然而，资料记载的数值均没有超出教科书标注的范围，从气候方面查找不出来问题。

就在山重水复疑无路时，张淑珍意外地在一家坟园里发现了几株野茶树。“既然生长着野茶树，说明在这里种茶树还是有希望存活的。”这个发现让她欣喜得几个晚上都睡不着觉。

焦永才建议她换个思路，移栽苗子不活，不如撒种子。她恍然大悟，当下就托人买了10斤茶籽，一颗一颗播在苗圃，并小心地在上面覆上一层薄土。白天她经常去地里转转，生怕鸟儿啄走茶籽，晚上她给地表盖一层稻草，生怕茶籽被冻着。几十天后，疏松的苗圃地里萌出了一棵棵幼苗。

多年后张淑珍讲起这一幕，依旧热泪盈眶。“看到茶树苗像娃娃一样探出头来，真是激动。”半个世纪前的一幕，历历在目。

出苗后，张淑珍更加小心翼翼，每天早起晚归，到苗圃除草、松土、施肥，详细记录着每天的温度、湿度、光照。在她的悉心呵护下，这些茶树苗将根深扎于土中，茁壮成长。

六年后，也就是1970年春，一丛丛茶树终于可以采茶青了。看着茶树枝头冒出的一片片鲜嫩的叶子，张淑珍激动得几个晚上都难以合眼。

清明前夕，天刚蒙蒙亮，她就背着筐子来到茶园，小心翼翼地用拇指和食指将一芽两叶掰下来，生怕弄疼了它。将“明前茶”采回来后，张淑珍借用农民的土灶、炭火和铁锅开始炒茶，由于担心头发会掉进茶叶里，她炒茶时还专门裹上头巾。入锅杀青，出锅揉捻，晾晒烘干，最后又入锅翻炒、提香，她对照着教科书，就这样成功地制成了3.8斤茶叶。

那3.8斤，承载的是她9年的梦与青春。

“那是我第一次制茶，制成的茶叶喝起来有股‘青草味’，苦涩得很，但我的心里比蜜还甜，那一抹特殊的滋味，我至今难忘。”

张淑珍向我们讲起当时的感受，犹如发生在昨天。

她满心欢喜地将这些茶叶均匀地分成 30 多份，用纸包好送到县上。她想让梅光华第一个品尝。

（二）

商南也出茶叶了！这则消息引起了不小的轰动。

省上很快组织全省茶叶技术干部到浙江绍兴上旺大队的 500 亩茶园进行参观考察，张淑珍也在其中。

既然试验成功，就要早日开展规模化种植。但谁来种？失败了谁担责？

1972 年，县上派她去参加全国茶叶现场会，回来后，她坚定了信心，开始在县上的支持下推广种植茶叶，张淑珍被确定为该项工作的技术负责人。

但试验成功不是最终的成功，从种 3.8 斤到规模化种植，并不只是种植数量增加了，而是要跨越当时的机制、人力、资金等各方面的问题。

在县上的号召下，周边的几个人民公社很快行动了起来，而张淑珍则每天奔波于各个公社的生产大队，教大伙儿如何起垄、播种、施肥、管理幼苗。当年冬季，县上组织 2 万名劳动力上山开辟了 1 万多亩茶园，并成立了 36 个茶场。次年春季，种植面积进一步扩大。

然而，最糟糕的事情还是来了。第三年，原本长得好好的茶树苗突然大面积枯萎、死亡，之前播种的茶苗存活下来的不足三分之一。

一时间，大家曾纷纷学习的优秀人物，突然被人在暗地里说是“胡整”,不讲科学瞎折腾。更有人说“南茶北移”就是劳民伤财。

各个生产大队组织了那么多的劳动力，占用了那么多的坡地，费了几年的工夫，这苗子说没就没啦，谁也想不明白这个问题。失败的压力已经够大，老乡的质疑更令张淑珍寝食难安。

但从小就“肚里长牙”的她，并没有选择退缩，而是去跌倒的地方找问题。看着在同样的条件下，有的茶树好好的，有的却枯死了，她便琢磨着是不是土壤在作怪？

想到这里她立刻拿着镢头和铁锨，连续跑了几个生产大队，在每个地方的茶园挖了不同的土，将枯死茶树根部的土装在一个袋子里，成活茶树根部的土装在一个袋子里。然后带着这些土，再次翻过秦岭来到西安，请大学的老师帮忙化验。结果果然如张淑珍所料，土壤酸碱度有问题。

商南土壤种类多，成土母质极为复杂，一道梁、一面坡上的土壤厚度和品质都不尽相同。而茶树是嫌钙植物，土壤中石灰质含量过大的话，它就无法成活。

对症下药，她提出了“避钙就酸”的茶园发展思路，一改过去连山连坡大面积种植的路子，而是顺应“鸡窝子”特点，凡是有高钙物的坡地，就叮嘱大伙儿绕开，凡有麻骨石土的坡地，就叮嘱大伙儿合理密植，最后形成宜茶则茶，宜林则林，林茶相伴，适者生存的生态。

那年，重新播下种的茶园中相继萌发出新芽。四年后，商南县全县播种茶园面积超过 2 万亩。

我感叹，真实的奋斗史，比电视剧的戏剧冲突强太多，情境也艰难复杂很多。那时候的秦岭通道根本不是像现在这样贯穿南北，而是盘山而建，踩着这样崎岖漫长的路，不知张淑珍翻越过多少次秦岭……

（三）

茶树种成了，茶园面积扩大到 2 万多亩，离张淑珍当年梦想的规模化经营，越来越近。

但，接下来也并不是一路长虹。

1976 年 11 月，商南县遭遇了历史上少有的低温天气，当年新种植的茶苗几乎全被冻死。本已经到了要出茶的时候，那些精心栽培的苗子却就这样夭折了。张淑珍握着茶苗，心疼地坐在茶园里呜咽起来。

焦永才此时已经被调到西安工作，便时常翻过秦岭，回来安

慰张淑珍，不断给她加油打气。

张淑珍并没有被接二连三的失败打垮，反而坚定了决心——想着要像茶树一样扎根商南。

感受到妻子的坚定，焦永才做了一个决定——在商南留下来继续陪伴爱人工作。

次年春，张淑珍和大伙儿一起又重新补种了茶苗，而那次低温之后商南再没有出现过类似的极端天气。只用了短短几年工夫，又一片绿油油的茶园起来了，一盆茶叶鲜叶能换一袋面，种茶树有了收益，大伙儿种茶的积极性也逐渐高涨了起来。

走到这里，已经是第 18 个年头。“月寒日暖，来煎人寿。”张淑珍的鬓角也添了丝丝银发，但万里长征似乎只走完了一半路程。

要知道茶树的成功栽种仅仅是茶业发展的第一步，要想产出真正的好茶叶，制茶环节相当重要。绿茶、红茶、乌龙茶、白茶、黄茶、黑茶这六大类茶，每类都有其不同的工艺流程和技术要领。

茶叶采回来，要怎么制？大伙儿又陷入了迷茫。

那时的商南，既没有传统的制茶经验，也没有普及现代制茶技术，单就杀青这一关，就很难跨越。

张淑珍先抽调了一批技术人员组成试制小组，从杀青到揉捻，再从揉捻到干燥，对三道工序一次次反复地展开试验，每制一包都对锅温和杀青时间做详细的记录，然后再泡上一杯，逐个进行比较。

一天下来，张淑珍的 10 个手指头都被烫起“亮泡”。

10 次、100 次、1000 次……仅仅杀青这一个环节，她就反反复复尝试了不知多少次，不断在实践中摸索总结经验，终于找到了适合商南茶的杀青手艺。

经过一番苦功，她终于研制出韵味久长、浓香回溢的商南名茶——商南泉茗，并在中国西部名优茶促进会上获得“陆羽杯”大奖。

1980 年，张淑珍走上商南县林业局茶叶站站长岗位，成为全县茶业的领头人。

那时，改革开放的春风刚刚吹进秦岭，茶叶的销售还延续着计划经济时的老路子，茶农得到的利润不多。

1984 年，商洛地区供销社春季收购了 20000 斤商南茶叶，而到冬季还积压在库中。茶叶价格走低，几近滞销。茶农开始打起了退堂鼓。

浙商可以鸡毛换糖，秦人为啥不能走街串巷？张淑珍主动折价回购了积压的 20000 斤茶叶，用报纸卷装后带着全站职工，走村入户卖茶。效果好得出奇，只用了两个星期茶叶就全部卖完了，除了上缴国家 600 元税金外，站里还净赚了 5000 元，这在当时可是一大笔收入。

这件事让张淑珍学会一个窍门——产销脱钩的解题之道就是成立一个茶叶销售公司，把农户的茶叶集中起来直接面对消费者，这样可以减少中间环节，增加茶农的收入。

张淑珍的想法得到了大多数茶农的支持。几天后，36 份要求加入茶叶销售公司的申请书接踵而来。1985 年 3 月，商南县茶叶联营公司成立，开始探索茶农种茶、茶场初制加工、联营公司精选包装销售的茶业发展新模式。

这一年，张淑珍还做了一个大胆的决定——和茶业站 20 多名职工自愿丢掉铁饭碗，大胆地走向市场，和农民们一起种茶、制茶，寻找销路。

为了引导当地农民制好茶，每到采茶季节，张淑珍都事必躬亲，一个茶场挨着一个茶场，给乡亲们示范操作，教大家制茶要点。收获季节，她披着晨露钻进茶林，亲自采摘，以身施教。炮制时刻，她站在高温炉前，亲自动手操作。

（四）

富水镇茶坊村赵力本的爷爷，就是当年张淑珍的支持者。他将自家田里的小麦挖掉，种上了茶。此后，他们一家三代都成了种茶人。

起初由于不懂种茶，赵力本家收获的只是稀稀疏疏的茶苗。听说张淑珍在村子里搞培训，赵力本爷爷就报名参加，成为培训班的一员。

改革开放前，农村条件比较简陋，各方面工作都是靠人力完成。从播种到采收、摊晾到揉炒，再到包装，张淑珍都要手把手教茶农。

后来，承包制实行，赵力本家便把承包的茶园从 100 多亩扩大到 200 多亩。

赵力本已经是第三代茶农了，当年承包的茶园，早就绿叶葱茏。雨水时分，春山含烟树含霞，赵力本家开始采摘春茶。只靠茶叶，一年就净收入 10 万元左右，家里更宽裕了。

除了赵家，还有许多群众到茶业联营公司要求“入伙儿”，家住富水的柯长江便是其中一位。当年，张淑珍专门去他家承包的坡地里化验了土壤，给柯长江提供了茶籽和技术，还配备了技术员，他家承包的 110 亩荒山光茶苗就种了 60 亩。当年收入 800 多元，在 20 世纪 80 年代初期，这笔钱是非常可观的。

后来，柯启林接了父亲柯长江的班，将 110 亩承包山都种上了茶树，每年能赚七八万元，效益非常明显。此外，每年到采茶时期需要雇 60 多人，这些人基本上都是附近的群众，一个采茶期下来有的人也能挣上 1 万多元。

不到 10 年时间，原来和张淑珍一起丢掉“铁饭碗”的职工们年收入超过万元，多数人住进了 100 平方米左右的家属楼，与商南县茶叶公司联营的茶场达到 120 多个，公司产值一下子由原来的 50 多万元增加到 2000 万元。与此同时，茶农们在茶叶联营公司的带动下，人均增收达到了 5000 元。跟着张淑珍种茶挣了钱，群众个个心里都乐开了花，而张淑珍的名字，也同商南茶一样，被口口相传，香飘万里。

然而此时，命运又开始和张淑珍打哑谜。

1989 年 10 月，张淑珍去汉中调购茶籽的途中突然感觉身体不适，结果被查出患了右卵巢浆液性囊腺癌。随后，大量的化疗药物带来的不适和副作用，无时无刻不在折磨着张淑珍的身心。

彼时，正值种茶高峰期，张淑珍还一直放心不下商南县茶业站的工作。有一天，副站长刘保柱带着同事去看望张淑珍，刚走进病房，她就坐起身急忙问道:“茶籽发放了吗？地块选好了没？”看着眼前因为化疗，头发、眉毛都掉光了的老站长还在关心工作，刘保柱的眼眶瞬间湿润。

张淑珍一回到商南，就一心想去茶园看看。儿子劝不住，只好和姐姐搀着母亲一起上山。

1994 年，焦永才离开了张淑珍。这位陪伴、鼓励了张淑珍一生的爱人，给她留下的最后一席话是：“我走后，你就把我埋在你种的茶园旁吧，你这一辈子把种茶这一件事做好就行。”

丈夫离开后，研究茶叶成了张淑珍的主要精神寄托。

2001 年，她带领茶叶科研小组成功推出了“商南仙茗”。为了进一步提高商南茶的品质，她多次带着同事到福建、安徽学习乌龙茶、白茶的制作技术，商南乌龙成功上市时，张淑珍已经

70 岁了……

但岁月的刻刀，只在这位老人脸上留下了皱纹，却从未动摇过她“一生事茶”的决心。

她再次带人到泾阳学习茯茶制作技术，77 岁这一年，她研制出的中老年人保健类茶，远销上海、广东等地。

2016 年，79 岁的张淑珍从茶叶联营公司退休。虽然卸下了担任了 30 多年的经理职务，但她对于商南茶的研究却没有因此而停止。

我见张淑珍老人时，她已 80 多岁了，担任着商洛市茶叶研究所名誉所长之职。

历经 60 年的发展，昔日的荒山上早已满山茶绿。60 年来，商南共建成茶园 25.5 万亩，年产茶叶 8000 吨，产值达到 12 亿元。

春季采茶时，我再次来到商南。只见漫山碧透，春水争流，岚雾缥缈，如同蜿蜒于巍巍龙脊上的一片玉璋，钟灵毓秀又豪气莽莽。雨水暂歇，此起彼伏的笑闹声穿过未消散的晨雾，一片片茶园跃然眼前。茂林、巨石、深山变成乡村旅游的美好意象。茶园附近的民宿清新雅致，枕山靠水，屋外风吹叶动，细雨如酥；屋内红泥小炉上，煮着“茶圣”陆羽当年盛赞的洛水。冲开一团商南仙茗，似冲开了 60 年的斑驳岁月，那些奋斗的往事，并不如烟。

致敬

我把原本的第八章拆成了两章，留一个独立的章节给张淑珍老人。2024 年 1 月 1 日 18 时 20 分，张淑珍老人逝世，享年 86 周岁。非常遗憾，《过秦岭》终究没能被送达给老人。

从“茶姑娘”到“茶奶奶”，她实现了从“一片叶”到“十二亿”茶产业的转变，这是人生最难翻越的一座大山——从小我，到大我。

我只见过老人一次，考虑到老人家身体欠佳，我们没能多聊。

在商洛市委宣传部、作协朋友的帮助下，总算零零散散补齐了老人的一些事迹材料。在随后对基层的采访中，我听到商南人民说得最多的一句话就是，没有张淑珍，就没有商南茶。

据知情人透露，去世前，张淑珍老人拜托子女将她的骨灰撒在知青茶园里。“想我的时候就到茶山上来看看”，并将她的荣誉证书、奖杯等捐给了商南县档案馆。如今，商洛的茶叶产业越做越好，截至 2023 年年底，商南县共建茶园 26 万亩，茶叶种植大户 6200 户，遍布全县 10 个镇街，108 个行政村 12 个社区，真正实现了“人均一亩茶，增收5000元”的梦想。

张淑珍老人却立下家规：严禁子女亲属经商卖茶。

斯人已去，风骨长存。张淑珍如一座不朽的丰碑，矗立在商洛山水间……

第九章 郎在对门唱山歌

毗邻长安的秦巴山脉，一直被认为是中国茶叶、茶文化的摇篮之一，文献中记载的生活在陕西南部汉水流域的古人，是中国最早发现、种植和利用茶叶的人，他们在中国茶业的发展史上有创始之功。

北纬 26 度到 35 度，一直被公认为是种植茶叶的黄金地带，在陕南三市中，安康、汉中种茶历史悠久，3000 多年的茶叶种植历史，让这里形成了深厚独特的茶文化，保留和传承了独具特色的茶歌、茶舞和与茶相关的历史故事。

在唐代，“金州茶芽”一直被作为土贡进献朝廷，而金州就是今天的安康，中国亚热带季风气候区的最北端，秦岭和大巴山在此交错，呈现出南北高山夹峙、河谷盆地居中的特点，再加上富硒的土壤环境，让茶叶的芳香物质积累得更为丰厚。如今千年前的“金州茶芽”有了更贴切、更现代的名字——紫阳毛尖。

除了茶，这里还有民歌。安康民歌小调曲调悠扬，抒情真挚热烈，像漫山的茶花，干净、纯粹，咂一口，又甘洌、绵长。“郎在对门唱山歌”，爱死个你，恨死个你，将那男女之情，注解得恰到好处。

我和安康人打交道并不多，算来算去，也就只有三个，他们是一家人。我刚到西安工作的那一年，租了城中村的房子，主人便是紫阳的一家人。房东阿姨只要做了什么好吃的，必然要给我留一份，她说，在西安独自租住在城中村的女孩子，想来都是不容易的。那一年中秋，我无处可去，是阿姨把我拉到她家，一起吃了个团圆饭。

郎在对门哪唱山歌呦
姐在房中呃织绫罗呃
那个短命死的
发瘟死的挨刀死的
唱得个样哎好哇
唱得奴家脚怕手软……

房东阿姨喜欢唱这样的歌，婉转的小调，热辣辣的词儿。扫地的时候唱，洗衣服的时候唱，做饭的时候也唱。

她说，这是家乡的茶歌——《郎在对门唱山歌》。

在安康，全市茶园总面积达 111 万亩，茶叶年产量 5.2 万吨，综合产值突破 300 亿元，带动 20 多万农户因茶增收，茶产业成为不少区县稳就业、稳增收的优质产业。较高纬度的生长环境，和秦岭独特的气候条件，让这里的茶叶高香、耐冲、滋味更浓。

安康的茶，有多老？据《紫阳县志》记载，紫阳一带大巴山的植茶历史可追溯到春秋战国时期。至今在紫阳县，还有近 600 亩的古茶树，分布在海拔 900 米至 1200 米的山间。据说这片茶树是清朝乾隆年间栽植的，依山而长，一棵棵高大挺拔，充裕的休眠期让它们积攒了丰富的养分，每到采摘季，茶农们纷纷搭着梯子，身挎竹篓，采下这一抹大自然的“恩赐”。

我于不同的季节去过安康，季季惊艳。

它时而缱绻，茶山雾海，翠针银叶，青石巷里，茶香四溢，晕开陕南独有的情致；时而雄浑，危崖飞涛，险径天堑，回荡着茶马古道上悠悠的铃声。

（一）小镇、故事和民歌

“仙山灵草湿行云，洗遍香肌粉未匀。”苏东坡在收到朋友寄来的春茶时，感叹“从来佳茗似佳人！”。并把他的小确幸沏成了一壶诗词，千年间不知请了多少人来品尝过。

我也经常收到紫阳朋友寄来的茶叶，我无东坡之才来赋兴，只以白瓷素心，摇匀这一团春。

如果要把安康的富硒茶比作女子，那一定是青衫素手、拨弄丝弦的飞仙，阅尽千山仍爱暮雪、披尽离愁能御红尘的女子。着红装，也骑白马。凭素心，也冠翠羽。执青锋，也醉赤霞。

人们常说："陕西好茶在紫阳，紫阳好茶在焕古。"

从西安出发，经过近 4 个小时的车程，才到紫阳县城。再从紫阳县城逆汉江而上，于山回水转处，可见一排排鳞次栉比、古色古香的阁楼，这里便是焕古了。

焕古镇，目前有茶园 1.44 万亩、柑橘园 2000 亩、桑园 3000 亩、板栗园 8000 亩，当地群众把宦姑的画像雕在了观望茶园的最佳位置。

青山远黛，小桥流水，木屋错落有致地排在青石板街巷两边，青砖外墙，朱漆门窗，雕花实木走廊，各式传统老店鳞次栉比，千姿百态，古朴的气息迎面而来。汉江从这里穿境而过，两岸青山相对，城在山水环绕间，把故事折得重重叠叠。那花开有味，草木有香，似乎只要轻轻一捻，便能因着汉水，被沏成歌，斟作诗。

古街全长仅 800 余米，宽 4—6 米，街中心全以青石板铺筑，两旁分布着迷宫一样的巷子，长短不一，或宽或窄。随曲径辗转，便豁然来到一处小广场，只见一棵古树，虬枝盘旋，参天伫立，婆娑的枝叶高出了一片片屋檐。据林业部门考证，这棵黄连木已有 350 余年树龄，被列为古树名木保护对象，被当地百姓奉为"神药树"。

就是在这里，我们见到了传说中的“袁爷爷”，他本名叫袁洪均，80 岁了，是古镇奉茶室的主要发起人之一。他身着藏青色的对襟麻短袖，双排中式盘扣也锁不住他的仙风道骨，花白的头发间散发出岁月沉韵，走起路来鹤形松姿。这是袁爷爷给我的第一印象。

听说我远道而来，袁爷爷脸上斟满了笑意，指着一排台阶说：“有 300 多个台阶，你能上去不？”

“能！”

“那好，跟我走！”老人家说着向前走去。

可是没走几步，我已经汗流浃背，袁爷爷回过头等我们，调侃说：“年轻人，多加锻炼！”

镇长李志忠说，袁老还可以做高抬腿劈叉，我们惊呼起来。袁老就顺势说：“爬上去了，奖励你们免费茶水，再给你们表演个高抬腿。”

提着一股劲儿，拾级而上，终于看见一座饱经沧桑的土坯房，门头上挂着“古镇奉茶室”几个字。

土黄色的外墙散发出泥土的气息，青色的石板瓦记录着房屋的年轮，被从屋檐流下的雨水滴出小窝窝的磨盘，讲述着这座屋子的历史。

2015 年，在袁爷爷和朋友们的沟通和呼吁下，政府把一个闲置百年的空房子利用起来，开设为免费茶室，由茶厂提供茶叶。

听说村里要建“奉茶室”，有些村民还搬来家里的老物件——算盘、门板、凳子等。袁爷爷则义务在这里给游客们讲述古镇故事。

又累又渴的我们，迫不及待地饮下端上来的清茶，竟也顾不得什么“叩手礼”、刮浮沫之类的仪式感了。

嘿，别说！一杯清茶入口，板栗的清香顿时在口腔鼻孔中流淌盘旋，如在凡尘中听到磬音，雀舌在山林中回响，翠峰在碧云里晕染，烦躁的心顿时宁静。

“焕古镇只有 14000 多人，原名‘宦姑滩’，因宦姑动人的故事而得名，又因宦姑种植了贡茶‘凤凰茶’而扬名。”袁爷爷开始讲故事了。

相传很久以前，有个官宦人家的女儿名叫刘冬姐，大家习惯称她为“宦姑”，因其父亲含冤而流离失所。刘冬姐被朝中一恩公暗中救出，后流亡到紫阳县葡萄渡，被一位船太公收养。船太公得知了她的身世，念及自家穷困潦倒，怕贻误了她的前程，便将刘冬姐送进宦姑滩西南约 4 千米的东明庵（又名鸿恩寺），法号为“远香”。

远香聪明伶俐，能识文断字，故能深悟佛教之精髓。她梦中遇神仙点化后，将山野茶树移到庵内精心栽培，并专习制茶技术，所制之茶，提神醒脑，醒脾开胃，味香清雅。她不断将茶树栽培和制茶技术传授给乡邻，深受百姓爱戴。乡邻感激其植茶惠及乡里，因其为官宦之女，便尊称她为宦姑（或作焕姑）。

后来，此茶传至京城，皇上品用后，顿觉神清气爽，啧啧称赞，惊叹仙茶之香超乎寻常。因冲泡时其形似凤凰起舞，姿态曼妙，于是将其封为“凤凰茶”，定为贡茶，广为培植。皇上听闻此女身世，且得知缘由后，次早当朝给那转送茶叶的朝臣降旨，召刘冬姐进宫，并为她的父亲洗冤。

刘冬姐进京后，羽化成仙。紫阳百姓为了纪念她，把葡萄渡（乌鸦渡）改称“宦姑滩”。后来设镇，名为“焕姑镇”。新中国成立后，又将“焕姑镇”易名为“焕古镇”，蕴含去旧迎新、勃勃向上之意，此名被沿用至今。人们将宦姑留下的“凤凰茶”栽培和制作技艺代代相传，所制茶叶远近闻名。

目前宦姑与贡茶的传说已被列入安康市第三批非物质文化遗产名录。

刚出奉茶室，一曲悠扬的小调飘来，女声清脆地唱着：

三月的那个三来，上茶的那个山呀，
姐妹的那个采茶，心呀喜欢。
山山飘清香，处处好茶园啦啊
处处好茶园……

“好！”游客们叫好声一片。

唱歌的女人，叫侯付琴。

郎问那个姐儿嘛哟喂，什么子菜哟喂，油炸那个豆腐嘛……

金冷冷冷冷冷不冬，况啷啷啷啷古冬嘛，阳花儿哎，白菜薹吔嘿嘿。

袁老接着侯大姐的歌声，挤进人群，边拍手，边踏步，想来李白诗中所写“踏歌声”大抵如此。

袁老是一位爱热闹的老人。

但生活可不就是在大闹一场吗？

歌声越来越高，不断地有人加入。买菜的婶子、洗衣服的孃孃，当地不少群众被这欢快的气氛感染，驻足和着，或是索性独唱。

汉江的水柔，最是养嗓子，头发花白的老妪都是“开口脆”。

喝下七盅茶呀，来到鹊桥下，

我说那七仙女，何时到我家。

喝下八盅茶呀，幺娃儿已长大，

……

“山歌不唱不开怀，磨子不推不转来”，“一天不唱喉咙痒，两天不唱心发慌”。人们在茶园间劳作时，在社会交往中，在暗自沉思间，唱一曲，筋骨爽，对一首，精神清。

茶，是歌儿不变的主题；孩子、爱人与瓜豆菜，在不同的旋律中，组成生活的酸甜苦辣。

《诗经》中《周南》和《召南》部分 25 首歌谣的流传地，主要就是包括紫阳在内的汉水上游地区，溪沙堆叠起历史，紫阳民歌便留在了光阴的缝隙里，在朝代更迭的过程中，伴随着人们种种生活习俗的形成发展而逐渐成熟，于明清达到鼎盛。

“紫阳民歌的最大特点之一，就是在什么场合都可以唱，而且唱腔还各不一样。”袁老先生说，每一首紫阳民歌的背后，都有它自己的故事。

目前，紫阳民歌整理存留曲目总数已达到 5000 余首。2006 年 5 月 20 日，紫阳民歌入选第一批国家级非物质文化遗产名录。紫阳还获得文化和旅游部 2018—2020 年度“中国民间文化艺术之乡”称号，打响了紫阳民歌品牌。

为更好地传承紫阳民歌，紫阳县委、县政府把紫阳民歌作为文化建设的“重头戏”，坚持经常性开展群众性民歌演唱活动，举办了民歌“五进”活动，编制紫阳民歌学习教材，让广大紫阳青少年从小就接受优秀的紫阳民歌的熏陶和教育，营造出浓厚的民歌文化氛围。紫阳县先后被命名为“陕西省民歌之乡”“陕西省民歌创新基地”“中国民间文化艺术之乡”。

2018 年 5 月 14 日，“山之茶”紫阳民歌音乐会在西安音乐厅上演，这是紫阳民歌首次走进西安音乐厅，受到社会各界的广泛关注。

紫阳民歌承载着一代又一代紫阳人的生命记忆，人们在田间地头、庭院内外各自吟唱的小曲小调，已成为一张独具紫阳特色的地方文化名片。

“郎在对门（哪）唱山歌（呦），姐在房中（呃）织绫罗（呃）……”当这首经典的紫阳民歌《郎在对门唱山歌》响起时，焕古镇的姑娘，给我们沏上了富硒茶。端起茶碗，坐在古树下，我们静静地倾听着，感受这来自最淳朴山间的“天籁”。

（二）有点功夫的“李连杰”

李连杰的父亲，喜欢李连杰，所以给他取名“李连杰”。

提起这个名字，老师头疼过，老乡也头疼过。小时候的李连杰，没少给家人闯祸。

如今，25 岁的他，是一位紫阳县的“新茶人”。

出生于 1999 年的李连杰，初中毕业以后，被父亲叫到了跟前，说：“明天你就去江西，村上和那里教炒茶的学校有合同，不用考试，报名就能去上。”

李连杰就这样，“被”报名了。不过这样也好，反正他也念不进去书。

打记事起，父亲做事就是这么不容商量。背上行囊的那天，他才 14 岁，要去江西三年。

父亲并没有来送自己，甚至连吃食铺盖，都是亲戚帮忙准备的。他是个没有妈妈照顾的孩子。

对母亲的记忆，是模糊的。李连杰的父母离异时，他还很小。

小时候的茶园，是欢乐的，以采茶为名跟着大人去茶园，其实是和小伙伴们逮鸟摸鱼，在茶树间捉迷藏。起雾的时候，就扮演各种神仙和妖怪，复刻《西游记》里的场景。

有一次，他不幸被选中做“白骨精”，偷了妈妈的长衫给自己当“披挂”，玩得太尽兴了，结果临走的时候，早已经忘了把衣服放在了哪里。父亲将他好一顿揍。

父亲就是这样，不是在“命令”，就是在发脾气。小时候，他是怕父亲的。也许，那时候的炒茶人太苦了，沉默寡言的父亲，只能把自己的感情，用“肢体”来表达。

有一天，天刚蒙蒙亮，妈妈就起了，给他的枕边放了一颗鸡蛋，什么话也没说，就和父亲一起出去了。

“他们去采茶了吧？今天终于没有叫我，可以多睡一会儿！”

小孩子总是贪睡的，他再也不想一大早就起来，随大人去茶园劳作。

等到中午时肚子饿得咕咕叫了，母亲还没有回来做饭。他便吃了那颗鸡蛋。父母不在家的一天，太自由了！

一直到日落西山时，依旧不见母亲回来做饭。邻居家里早就传来了刺啦的炒菜声，大人们在村口呼唤着自家孩子的名字，饭菜的香味飘荡在村巷间。

他隐隐感到不安，快步跑到茶园，并不见父母的踪影，“也许……也许走岔了，他们从那条路回家去了”。他又从茶园跑回家，家里依旧黑着灯。左邻右舍的人们，都已经开始在各自院子里吃饭。

他坐在门口的青石板上，焦急地望着村口，不知过了多久，终于看见了父亲的身影。

“我妈呢？”

父亲并没有理会他，只是从兜里掏出来一包零食，那还是他曾经跟父母逛县城时买过的，他最爱吃了。然而此时，他并没有心思去高兴，又问：“我妈呢？”

“以后，就你和我一起过吧。忘了你妈吧。”

那天，父亲和母亲，是去县民政局办离婚手续。

在很长一段时间里，李连杰都没有释怀。他总觉得，如果那天他少睡一会儿，或许多抱抱妈妈，或许追上他们的脚步，也许，他们就会因为自己不分开了。

父亲一个人打理 40 多亩茶园，还是村办茶厂的炒茶师傅，除了自家的活儿要干，春茶下来的时候，父亲几乎每天都待在茶厂里，炒制茶叶。

紫阳的茶人，恪守着一个传统：采一季，养三季。每年只在春季采茶，以保证鲜叶的品质，夏秋冬，都是养园子的时候。尽管，如果采秋茶，一亩茶园可以增加 30% 的收入。

那时候，父亲索性就不回家了，住在厂子里，夜以继日。

没有人管他写作业，没有人管他掏鸟窝，甚至没有人管他吃饭。他饿极了，就去河里捞鱼，回来在母亲留下的缸里抓一把酸菜，一阵捣鼓，勉强做了一锅酸菜鱼。

那自由的风里，带着孤单的泪。

从此，他成了让大家头疼的“野孩子”。不写作业，甚至旷课，四处捣乱。

他希望借此引起父亲的重视，哪怕再打他一顿。可是父亲并没有打他，只是有一天给了他一个招录书，告诉他，收拾一下，就去江西上学。

那是村上和学校签的合作协议，两地协作，培养出新一代的茶园现代化管理者和古老炒茶技艺的传承人，让茶叶产业更新。

那三年，李连杰故意不回家，也很少给父亲打电话，父子间，赌气似的不联系。

直到有一天，翠姨打电话喊他赶紧回来看看，父亲病了。

等他赶到医院，看见一直沉默寡言却硬朗高大的父亲，塌陷在病床上，那一刻，李连杰被触动了。父亲的两鬓已经有了白发，原来人可以在几年之间就变老的。

翠姨告诉他，父亲最近总是熬夜炒茶，春茶下来的时候，一天有五六千斤鲜叶进厂，父亲累倒了。

“你妈不在，你爸要供你上学，还要给你攒钱盖房子，你要娶媳妇儿的嘛。”

男孩的成长，有时就发生在一瞬间。他似乎明白了父亲为何让他去学炒茶，并非支开自己，好和翠姨在一起，而是为自己做长远打算。自己没念下书，如果没有一技之长，将来如何在社会上立足呢?

尽管父子间还是没有多余的话，但自那以后，他们都变了。

父亲偶尔会主动给他打电话，隔三岔五寄点儿家乡风味的吃食过去，也许是翠姨引导的，父亲的爱，需要有人鼓励才会去表达。家里，也确实得有个女人来张罗。

他接受了翠姨，但一直到现在，父亲依旧单身。不知为何，翠姨和父亲最终还是没有走到一起。

17 岁那年，李连杰学成归来，到父亲工作的茶厂上班，成了一个“新茶人”。

但父亲并没有安排他当自己的学徒，而是把他交给另外一个师傅管束和传习。

“春茶下来时，每天凌晨 3 点多就要起床，将前一天晚上摊青好的茶叶放入杀青机，现在用这些现代化设备，只要将温度、时间把控好，制出的茶叶色、香、口感就比较好。茶叶本身只有自然植物的草香味，但通过神奇的制作技艺，却有了百般滋味。”李连杰说。

我去紫阳采风的时候，已是初夏，李连杰没有那么忙，但他的书桌上摆满了关于茶叶种植、茶厂管理的各种图书。

看见我翻看这些书籍，李连杰不好意思地说：“那时候没好好念书，现在提升一下自己的专业知识。”

李连杰说，曾经有一段时间，村里多数年轻人外出务工，大片土地撂荒，但家乡的土壤其实是为茶而生的。蒿坪河横贯其间，两岸土壤肥沃，土质富硒，具有种植优质茶叶得天独厚的自然条件。

他刚回来的那几年，村上几乎没有年轻人，烦闷或闲暇之时他就喜欢抽烟喝酒。

师傅时时告诫他，炒茶人最忌烟酒。但还是毛头小子的他，并未听到心里去，甚至意识不到会产生怎样的后果。

有一次，他喝得一身酒气，着急忙慌就进了厂子炒制茶叶，结果毁了与他相近的好几锅茶叶，总共有上百斤。

“因为茶叶具有吸附力，你身上沾染的任何不属于这个大山的气味，如果被吸进去，那茶叶就不是纯净的味道了。”李连杰说，那时他看着上了年纪的师傅们熬了一整夜炒出来的茶叶因为自己而毁，急得团团转。

父亲听说，赶了过来，颤颤巍巍地说，要给厂里赔偿，赔多少都行，求厂里别让孩子离开。

他被深深触动，流下了惭愧的泪水。这是他 12 岁以后，第一次流泪。

那天，向来严厉的父亲，并没有打他。回家的路上，父子俩一前一后，在青石板路上走着，月亮很亮，拉出两人的影子。

“你知道为啥让你学茶吗？”

“为了让我有个谋生的手艺。”

“谋生的手段很多，不是就有年轻人去外地打工赚钱了吗？不一定要指着炒茶挣钱。”

“那是为啥？”

“你妈走了以后，我又要当爹又要当妈，对你的作业功课都没管过，也没告诉你人生道理。一来，太忙了；二来，我没读过那么多书，也没有走出过大山，不知道该教你什么。”

是啊，掐指一算，十多年来，父亲一直深耕在村里，种茶、采茶、炒茶、卖茶，劳累的时候，失意的时候，就坐在院子里喝茶，似乎一生都在事茶。

“你不用教。”

“啷个不用吔？父母就是孩子的模子，有样学样。我自己也有问题。但，我就希望你从茶里学点东西。你看，茶叶从长出嫩芽到被炒出来，它要经历多少磨难？那炒茶的锅有 300 多度吧？

它要被烤，被碾压，被揉搓，没有这些，它成不了茶。”父亲第一次这样语重心长地和他聊天。

“你要尊重每一锅茶，你尊重它，它就尊重你。”

从那天起，李连杰戒了烟酒。“如果感到孤单，就去爬山呗。我们不是还有那么好的文笔山吗？”

李连杰说的文笔山，是紫阳县的一大名景。我倒是去过两次，它位于汉江南岸，与紫阳县城遥遥相对。文笔山公园落成后，紫阳人有了亲近自然、舒畅身心的好去处。

为了磨掉自己身上的戾气和野气，李连杰开始登山。“只需要挺胸抬头向上一个劲地爬就行了。累了，或扶栏观景，或独坐石椅，或陶然亭间，或运动健身，一刻也不想停下来，因为最美风景在山顶，只有登上山顶，才算是真正登上了文笔山。”李连杰在朋友圈，时不时会分享一些自己登山的体会。

但学好炒茶，又何尝是一件容易的事？首先要对付的就是那300多度的高温炒锅，李连杰不知道被烫伤过多少回。

“现在还被烫吗？”

“烫的感觉不会随着你炒制时间久而消失，只是在不断被灼烫后，你自己的耐受力强了，简单点儿说，皮糙了！”李连杰自嘲道。

也正是通过这些实践和学习，李连杰掌握了很多书本上没有的知识，积累了很多的经验。

“茶叶不等人，温度、时间都在不断变化，短的芽变大后，口味就会变。为了追求品质，我们要跟时间赛跑。”从小生活在制茶环境中，耳濡目染下，李连杰对这样的工作状态再熟悉不过，“并没有什么，苦也只是一阵子，苦过去了，也就过去了。”

果然，现在已经过去了。

近年来,村上采取了“园区＋基地＋农户”的思路,新建“陕茶1号”茶叶示范园，改造低产茶园，还打造了十里茶花长廊，形成茶园、观光步道、茶厂、民宿、餐饮产业链，前来体验茶文化的游客日益增多。

村上依托区位优势，通过科学种植，将茶园从一个村扩展到三个村，茶园规模由几亩发展到如今的几千亩，茶庄也竣工投产运营，辐射带动周边875户群众增收致富，解决了周边3120名农民的就业问题。

曾经的“哈娃子”，如今已经过滚烫生活的灼炼，被磨出了少年老成的一股静气，和表哥一起，管理着年产值达五六百万的茶厂。

父亲已经老了，炒不动茶叶了。他手制炒茶的功夫，李连杰也练会了，每年春茶下来，他会专门为父亲炒个两三斤，请他品鉴和进一步指导。

对李连杰来说，茶不仅仅是一种用于售卖的商品，更滋养着一种生活方式。在忙碌的生活中，泡上一杯茶，让生活的节奏慢下来，仔细品咂着多年都不习惯彼此表达的父子深情。

“这就是茶独特的魅力，灼热沉静，刚开始不谙世事，经过碾压揉搓后，便有了香气。”李连杰说。

他还有一个理想，就是做些适合年轻人的调味茶。

“以前，我们只做毛茶销售，渠道一直打不开。现在，我们在生产传统茶的同时，尝试一些年轻化的新品，推动茶产业转型升级。”

我们相谈甚欢，也让我不由得想起自己那同样从不表达爱的老父亲，好像我已经有三四年不和他说话了。

我的心事，无法讲给已经领悟了父爱的这位小弟弟听，毕竟，我都可以做他长辈了。他已然走出了人生的迷途，而我还被困在渴望父爱的峡谷里。

“未来，我想给父亲建个茶庄，结合当下周边游的特点，建星空房、搭帐篷、修花圃等，让游客进行吃住游的沉浸式体验，在距离茶庄3分钟路程处建果蔬采摘体验大棚，走茶旅融合之路。”

我们漫步在夕阳下的茶园小径上，他指着茶海起伏的地方说：“嗨！这条路，就是那天我跑了无数次的路，那天我从家跑到茶园，又从茶园跑回家，可还是被母亲哄了。她放的鸡蛋，就是给我的最后的午餐。”李连杰笑忆当年，语气平静淡然，就像是在讲别人的故事。

“你母亲，也在炒茶吗？还有其他兄弟姐妹吗？”

“她离开父亲后，就再没碰过茶叶了。还有个妹妹，做了医生。”

“那挺好的。”

“嗯。翠姨，还在种茶。她，应该还喜欢父亲。”

“那你不如替父亲追她回来！”我大胆地开了个玩笑。

“哈！不了，每个人心里，都有自己的选择，离开的不一定就不爱了，不念了。反而会更浓吧。”

晚风吹起，汉江与茶海，翻滚成歌。

此时，霞满天。

（三）老苟，不与生活苟且

老苟这个人，很奇怪，我们第一次见面时，他就把我数落了一顿。

老苟不是安康人，是安康的女婿。10 年前就来到蒿坪镇开茶园民宿了。是朋友听说我为了写作《过秦岭》，要在安康小住半个月，便推荐了老苟这里。

“他院子做得很好，只是生意嘛，难料，不温不火的，你支持他一下吧。”

到了县城，我开车迷路了。安康的小城很多都建在大地皱眉的地方，散落在汉江两岸，山重水复，一唱三叹的。这里的地形对于在平原地区长大的我来说，是个小挑战。

本来约好 12 点左右到老苟那里，结果我抵达时已经下午 4 点多了。一到镇子上，就被茶园包围，树影婆娑，我却来不及欣赏美景，因为等待我的老苟，已经打了两次电话，非常不客气：“你这人太没有时间观念！”

我确实有错，但真的第一次遇到这么数落客人的老板。

穿过花蹊草径，我摸到了民宿的后门，那是用木头排成的柴门。一个中等个子、瘦瘦弱弱的男子开了门，看都没看我一眼，问：“你吃饭没得？”

我想，这就是老苟吧，也没敢多问，肚子确实在咕咕叫了，便答道：“饿了。”

他不再搭话，只朝前院喊：“安姐，带客人去吃饭！”转头又没好气对我说：“我们这里，不点菜，我安排什么，你吃什么吧。”

我想，他一定非常不喜欢我，安排的饭菜大概也就是粗茶淡饭，不过没关系，先填饱肚子。

“哎呀呀，老苟从早上就喊我们杀鸡，摘菜，整了好大一盆蒸盆子！全是现摘现杀的食材，你们啷个才来吔？菜我都热了三四遍了，蒸盆子现在怕是不好吃了哟。”安姐笑着抱怨。

一到前院，豁然开朗，白砂石铺的地，四排乌瓦白墙的房子围在四周，茶山就在前门外。院子里到处种着格桑花和菊花，开得正盛。

穿过月季花小道，就到了小饭厅。呵！琳琅满目的饭菜。

只见桌子中间摆着一个青花盆，里面五彩缤纷地摆放着蛋饺、各类肉和蔬菜，汤色清亮，点缀着绿油油的葱花，就像各色翡翠玉石挤在盆中，漂亮极了。

这就是蒸盆子，安康美食里的璀璨明珠，也是非物质文化遗产的代表作，承载着丰富的历史文化和地方特色。

我执意挽留安姐和我一起吃，她推脱无用，便从了邀请，只稍稍夹了一些副菜在自己碗里，却起身为我盛了一大碗蒸盆子汤。

安姐说，制作蒸盆子需要六个小时以上，流程十分考究。“先将莲藕、猪蹄放在盆底，放入调料包，再将鸡和墨鱼码在猪蹄之上；将食材装好后把盆放入大半锅水中，上用蒸笼盖严，就烧火升温，让铁锅中的冷水逐渐沸腾，一部分水蒸气散入空中，但大部分会进入蒸笼盖，遇盆中食材变成汤水，就形成了蒸盆子汤。”

为了得到足够多的蒸盆子汤，就必须增加蒸馏水的量，也就需要灶火不停地燃烧，蒸汽不断地升腾，水不断地循环。

“老荀今早起来很高兴，说你们是从西安专门过来的，要写我们这里的生活和故事，就吩咐我们 5 点起来做饭。他脾气不好，但人是个大大的好人。”安姐又解释了一遍。

喝着鲜美的蒸盆子汤，我真的感到了惭愧。老荀分明是一片诚心，我却迟到得太离谱，没给予他足够的尊重。

我就像林黛玉第一天进贾府一样，忐忑不安，只有尽可能多地吃这些菜肴。安姐看我狼吞虎咽，咯咯笑起来："他们说你是女作家，女作家吃饭楞个野哟！"

我也哈哈大笑起来。

饭罢，安姐带我去房间休息。老苟安排给我的是推窗可以看见茶园和河流的房间，蔷薇枝蔓已经爬上二楼，在我房间的窗前开了好些个玫红色的花朵。

"你先休息一下，一会要喝茶的话，叫我，我带你去茶室。老苟在那里等你们。"

"不不，不休息了。现在就去吧。"我哪里还敢再让他等。

那是一个吊梁大厅，屋顶是传统的木质结构，层高有 5 米多，一侧是落地窗，通风又明亮。用红砖砌出来的墙面和吧台不加修饰，只是这样的原生态，经过花朵、桌椅和窗帘这些细节的点缀，竟显露出格外的松弛感。

老苟笑盈盈看着我，问道："吃得咋样？"

哦，这个善变的男人。不过，这就是真性情。

"嘿，好得很！"我学着安康人的腔调，答道。

老苟终于笑出声来，沏着橘酿红茶，瞬间飘来小橘皮和富硒茶撞出来的特殊香气。

我们以茶换故事，翻开自己的生活，与对方分享，慢慢就着茶，与青山对饮。

老苟原来是西安一家媒体的记者，当时的年薪可达 30 多万元。妻子是安康人，经常给他讲述茶园的故事。他便萌生出开个茶园民宿的想法。

也许，文人墨客的终极梦想，多是归隐于野，诗和远方。

老苟，也没能脱免。

首先要选择地方。10 年前，乡村旅游还没有兴起，当地也出现了人口流失的现象，甚至还有一些茶园因为人们外出务工而撂荒了。

在朋友的介绍下，老苟租下了一个废弃的厂房，前前后后砸了 100 万元进来做翻修和设计，才逐渐将它建成了现在的模样。

刚开始，父母非常不理解，为啥好不容易靠读书从农村出来了，最终反而到了山更多的地方？还砸了那么多钱！"这是从平原拐到山里去，把石头又往山里背了！"

第一期房屋改建完成后，只有他西安的朋友们知道，开业那个月，他们陆续过来支持，开 4 个多小时的车，住两三晚，消费 2000 多元，老苟为人仗义，常常给他们打 5 折，有时，索性就全免费了。

"民宿刚开始就是玩个圈子，但安康还是离西安太远了，没通高铁的话，就是不方便。"

很快，熟悉的朋友都陆续来过了，新鲜劲儿只维持了半年。老苟又有了开拓客源的压力。

他坚信，只要品质好，就有口碑相传，就有回头客。但，理想归理想，干瘪的总是现实。

那时蒿坪没有修路，周围也没有其他的配套设施，就他这家孤零零的民宿，虽说独享了茶山雾海的美景，却没有形成具有吸引力的游乐链条。

老苟一时陷入困境。不仅花光了自己的积蓄以及刚开始赚的钱，还向银行贷了一笔款。

母亲得知后，就更加不理解他的选择了，全家人中只有妻子默默支持他。最困难的时候，他们给客人安排大鱼大肉，自己一家吃粗茶淡饭。

有一次，他和妻子在收拾客人的碗筷时，看见他们浪费的珍馐，妻子突然哭了起来。

“我是不是当初给你把我家乡讲得太美太好了，害得你背着理想过来，却陷在这样的泥潭里。”

老苟轻声安慰：“不！我不后悔！安康是个好地方，我翻过秦岭来到这里，想得很清楚，我不怕任何后果。再说，困难只是暂时的。我断定，再坚持几年，国家一定会保护茶山，会开发茶山旅游业，只要坚持绿色发展，我们就一定会做起来的。”

老苟的判断是对的，随着脱贫攻坚与乡村振兴的有序衔接，蒿坪的路修好了，周围的茶园景观也逐渐连成了一片，整个业态开始像魔方一样，慢慢被拼接完整了。

近年来，安康也逐渐走出了一条“茶园 +”的文旅融合路线。

创新推动产业融合发展，将现代文明与田园风光深度融合，以期让乡村旅游与村集体经济的发展踏上“大道坦途”；积极探索“茶旅＋民宿”“茶旅＋研学”“茶旅＋康养”等新业态，打造茶旅精品线路、精品园区和特色小镇，实现了茶产业与乡村旅游的有机结合。

“村民‘嗅’到了‘大商机’。每逢节假日，他们会在自家门前销售土特产，有的还开起了农家乐，在家门口就业。”老苟说。

安姐来给茶壶加热水，听到我们聊得尽兴，高兴地插了一嘴。

“对头，我就是这个村的人撒，去年村集体收入 95 万元，我不仅得到了分红，还在这里上班，吃住都管，一个月 2800 块钱工资，都可以落我腰包。”

在为期一周多的走访中，我切实感受到了，在安康，尝到农旅融合发展甜头的不止一个村一个镇。

高低起伏的山坡、星罗棋布的民居、成片的桑田和建设完备的游乐设施……都是高颜值茶旅产品，吸引着外地游客。

就拿出土了鎏金铜蚕的石泉县来说，那里有个明星村，据说是西北蚕桑第一大村，全村桑园面积达 6000 亩。全村共吸纳 1600 余人融入乡村文旅的产业链，带动群众人均增收 3000 元以上，吸引 20 户农民返乡创办农家乐、民宿、特色小吃店及手工作坊。

“推窗见景，在家就业。”现在流行这么评价老苟做的事情。

“多少还是有点美化我哟！网文就是喜欢把很多东西说得多好多好的，无视了过程的艰辛，你要是写，可得实诚点儿哟！”老苟打趣着说。

他说，虽然这两年自己的生意确实起来了，还了不少外债，但还是没赚到多少钱。“做民宿吧，就是要自己想办法去开拓新的东西，不能光靠政府引导、引流。不然，新鲜劲儿很快就会过去。”

在老苟的规划里，他还要做一款米酒，从研发到品牌，都是他自己在做。

母亲又开始担心，妻子则继续支持。

老苟拿了一瓶还没成为商品的米酒，给我倒了一杯：“尝尝！”

我咂巴着嘴，享受着米香与酒的美妙滋味。

“有啥不一样？”

“更甜？”

“茶香！茶叶撒！我加了一点富硒茶进去，和米一起酿的酒！”

老苟说完，举杯一饮而尽。

“来，敬一杯，诗和远方，还有生活里的苟且。”

“不！生活不苟且，哪种样子，我都爱！”

老苟说。

走笔

人间有味是茶香

唐代陆羽在《茶经》中记述“金州生西城、安康二县山谷”，指明了茶叶在这一带的生长范围。

清代兴安知州叶世倬在《春日兴安舟中杂咏》中写道：“桃花未尽开菜花,夹岸黄金照落霞。自昔关南春独早,清明已煮紫阳茶。”诗歌是紫阳茶为贵族官宦、文人雅士所喜爱的佐证，同时也为紫阳茶做了最早的广告。

常说，红尘万丈一壶酒，千秋大业一盏茶。

茶之道，盛于唐。

陆羽隐于苕溪，撰《茶经》三卷，成其“茶圣”美名。卢仝居于少室，品甘泉七碗，吟诵：“一碗喉吻润，两碗破孤闷。三碗搜枯肠……六碗通仙灵。七碗吃不得也，唯觉两腋习习清风生。”

有人说，魏晋尚清谈，会竹林而聚酒；南朝崇雅集，临清流而品茶。也不知从哪一刻起，生活、哲理甚至宇宙的奥妙，便与茶联系在了一起。

春山含烟时，秦巴万物始发生。翘英生于山野，玉蕊发于流华。或参禅悟道，假寺观而啜银芽，或送客访友，临江渚而沁云华。

东坡居士也曾这样写过茶：

活水还须活火烹，自临钓石取深清。

大瓢贮月归春瓮，小杓分江入夜瓶。

雪乳已翻煎处脚，松风忽作泻时声。

枯肠未易禁三碗，坐听荒城长短更。

苏轼这哪里是饮茶，饮的分明是一种精神追求，一种超然自得的心境。

南宋杨万里极欣赏此诗，称“一篇之中句句皆奇，一句之中字字皆奇”。

一缕清茶，就是中国人的风骨。

雨后空气清新，花草肆意生长，春风拂面。相爱的人牵手走入山中，也是幸福。老苟的爱情，只有置身于茶园，你才会更懂，而创业的无奈和坚守，用一个“煎”字，方可诠释，没有哪泡茶汤，不用沸水去滚几滚的。

就像李连杰等不回妈妈的解释，父亲与翠姨分开，只有他们自己知道其中缘由。每个人都有自己的“煎熬”，又最终在岁月的冲泡中，归于和解。

"俗人多泛酒，谁解助茶香。"

陆羽在《茶经》里透露过，越是好茶，生长的地方越是偏僻。我有一次和友人在云南旅行，为找到古树，竟然徒步翻山5个小时。当时，山中道路满是泥泞，寒气刺骨，行进途中疲惫不堪，我们毕竟还带着保温壶和面包，而陆羽进山时当更为清苦吧。

离打尖的古刹还路途遥远，但已经是饥肠辘辘了，万般无奈之下，只好找点野果权当饭食，喝点泉水权当饮料了。在外人看来潇洒自在，实则甘苦自知了。

独行荒野，诵经吟诗，通宵达旦，乘兴而归。

也难怪，李连杰说，不是不烫了，而是你有了更强的耐受力。

茶，是清苦的欢愉，向内的修行，这也正是它的魅力。

对了，老苟的茶米酒已经上线了。

第十章　三代“鹦语者”

世界上，到底还有没有朱鹮？刘荫增不禁开始怀疑。

1980年年底，刘荫增垂头丧气地结束了三年的考察期。之前他带领考察队走了中国260多个朱鹮历史分布点，足迹遍布大半个中国。

然而，除了五根羽毛，始终没有找到朱鹮的一点点蛛丝马迹。

（一）只有五根羽毛

1978年全国科学大会召开不久，国务院指示中科院动物所：用三年时间，在全国范围内开展朱鹮调查。但刘荫增从来没见过朱鹮，供他参考的，只有中科院动物所标本室里的2件朱鹮标本，连照片都没有一张，国内的文献更少。当时的境况是：1963年，朱鹮在俄罗斯境内灭绝。1977年，朝鲜半岛仅剩2只朱鹮。同一年，日本也只剩6只朱鹮……

尽管大家把最后的希望放在了中国，但如何去寻找自己从没有见过的鸟儿？

1978 年秋，时年 41 岁的刘荫增带领 3 名考察队员，正式踏上寻找朱鹮的征程。中科院动物所给他们配了“顶级”装备：一杆德国雕花双筒猎枪、两台德国相机、一台 16 毫米的手摇电影拍摄机和一辆北京 212 吉普车，还有他们自己搞来的后来被证实根本不准确的“文献”——朱鹮春夏两季在东北地区产卵繁殖，秋末会飞到长江中下游地区越冬。幸运的是，后来国际鹤类基金会主席乔治 · 阿奇博应邀访华时，带了很多资料给中国，刘荫增总算有了朱鹮的照片。

那份珍贵的资料显示：朱鹮的历史分布范围北起中俄边境的兴凯湖，南至海南岛，西到甘肃兰州，东临中国沿海地区。几乎覆盖了大半个中国。刘荫增采取了别人认为的“笨办法”：一路上，走到哪儿，都拿出朱鹮照片给村里的老人看。

有人回应：“这种鸟年轻时候见过，近些年没见过了。”也有人说：“这种鸟喜欢大树和水田，现在大树都被砍了，水田都消失了，鸟也不见了……”

1980 年春，刘荫增听说兰州自然博物馆的一位工作人员曾在甘肃东南部康县岸门口见过朱鹮。刘荫增便赶紧带着考察队赶到岸门口。但还未开口询问，他就已经因眼前的景象得出了失败的结果：彼时，这里已是陇南市康南林业总场所在地，到处都在加工木头，电锯的声音震天响。

果然，确实没有朱鹮了。

听说从北京来了专家找朱鹮，有一位工人拿出了一件东西给刘荫增看。这是他 1964 年在秦巴山区收集到的战利品——鸟羽。

刘荫增和同事们仔仔细细地比对着这数百根各色鸟羽，突然眼前一亮，找出来了一根非同寻常的羽毛——好像是朱鹮的第五枚初级羽毛。同事们带着激动又忐忑的心情，继续找，又找到了一根朱鹮飞羽和三根尾羽！

刘荫增忙问工人，什么时候、在哪里看到过这种鸟？

但工人的回答，让大家刚刚澎湃起来的心，又凉了半截。工人回忆说自己是四五年前在山脚下的水田中见到过三只这样的鸟。起初以为是白鹭，靠近后发现鸟的头和爪子是红的。后来两只大些的飞走了，他用猎枪打死了一只小的……

也许，他打死了最后的希望。怀着沉重的心情，刘荫增放弃了，他交了一份报告——朱鹮在中国已经绝迹。

但在最后环节，刘荫增改了主意。

（二）农民何丑旦

就在大家准备宣布朱鹮灭绝的前一刻，陕西洋县有个叫何丑旦的农民说：这种鸟儿，我昨天刚刚见过！

一切，开始峰回路转！

三年的寻找无果，让刘荫增很不甘心。他最后一次要了 200 块钱经费，来到了这个秦岭南边的小城——洋县，这是他第三次过来。做过十几年野外调查的他知道，秦岭因独特的自然地理特征，而成为中华物种的基因宝库，也成为大熊猫、金丝猴、羚牛等各类珍稀野生动物的天堂。洋县，古称洋州，在秦巴山脉之间，长江最大的支流——汉江穿境而过，境内河网纵横、稻田池塘众多，而且位置偏僻，近代以来工业开发少，自然环境没有受到很大破坏——

朱鹮极有可能还在这里生活！

但经过三年的失败，考察队的人早已放弃。这一次到洋县的，只有刘荫增和一位司机。

也许人在绝境时就会生出急智，也是因为人力和资金支持不足，刘荫增想了一个办法：请洋县电影院在放映每场电影前，加映朱鹮的幻灯片，发动当地群众一起寻找。电影放映员交代乡亲们：发现朱鹮，抓紧到洋县林业局去汇报，国家奖励 100 元！80 年代初期，工薪阶层一个月的工资不过三四十块钱，100 元在当时可是一笔重赏。果然，隔三岔五就有村民到洋县林业局报告说，发现了朱鹮。

但令刘荫增反反复复失望的是，每次他都是兴冲冲跟着跑过去，却只见白鹭或苍鹭，它们只是朱鹮的远亲罢了。

确实，普通老百姓难以区分这几种鸟。那么，他就自己去科普！他东奔西跑，告诉老乡们——朱鹮敛翅时，一袭嫩白，从远处看，和白鹭是有几分相似。但朱鹮的脸颊是朱红色的，嘴尖、双腿是褐红色。它展翅翱翔时，在阳光下，翅膀会透着微红的光芒，非常惊艳。

但一个多月的忙碌，终究还是竹篮打水一场空。就在刘荫增彻底准备偃旗息鼓时，一位叫何丑旦的村民，跑到洋县林业局汇报说，他在金家河山上砍柴时，看到过幻灯片上的那种鸟。他不认识朱鹮的“鹮”，“当地人都叫它‘红鹤’，陕西话就是‘红火’”。

刘荫增赶紧拿出朱鹮的照片让何丑旦辨认，并仔细和他对照细节。听着何丑旦的描述，刘荫增心里再次燃起希望，六成、七成、八成！何丑旦越描述，越像是朱鹮。

他们最终确定了一个地方——金家河。第二天一大早，刘荫增跟着何丑旦沿着蜿蜒的山路赶往金家河。快到达时，忽然从东南方向飞来一对鸟，“咕啊——咕啊——”叫着，何丑旦喊着：“看！看！就是它！”

只见这对鸟飞的时候脖子朝前伸着，完全不同于白鹭飞的时候脖子向后缩的样子。刘荫增心腾地提到了嗓子眼儿，一瞬间百感交集。

鸟越飞越近，他看到翅膀下的一抹红色。

“是它！是朱鹮！”刘荫增大喊。

匆匆一瞥，给三年的跋山涉水一个圆满的交代，也给寻找朱鹮的世界目光一个中国景深。 此刻，多少辛酸与苦楚都烟消云散了。心里的大石头，终于被搬走了。他高兴得一不留神，从山坡上滑了下去。等他回过神来，朱鹮已经飞走了。

何丑旦说 :“红鹤朝金家河方向去了。”

两人一路追到了金家河。当晚，刘荫增就住在金家河的农户家里，第二天继续找。

自此，大家才明白，朱鹮就是老乡口中说的“红鹤（火）”。

（三）孩童王明娃

刘荫增在金家河连续找了三天，却再也没见到过朱鹮。

何丑旦告诉他，金家河北，还有一个村子叫姚家沟，“红鹤”飞到那里去了。

他跟着何丑旦到了姚家沟。只见这是一条并不长的小山沟，大树遮天蔽日，只零星分布着水田，刘荫增心里打起了鼓。

“红鹤在树上抱娃呢！我刚看见了！”一个小娃娃跑到刘荫增面前说。

一个孩童的话，能信吗？也许他只是听见大人们这两天一直在讨论北京专家来村里找红鹤的热闹事儿才这么说的吧。

“就是，我刚看见了，是红鹤！”小孩重申着自己并没有说

瞎话，并描述了它的外貌。

刘荫增一听，激动得抓着小孩说：“快带我去看看！”

小孩的名字，叫王明娃。

明娃带着刘荫增一路小跑。两人沿着羊肠小道，到了一棵百年青冈树下，目测这棵树有二三十米高，葱郁的树干上果然有一个鸟巢。

刘荫增又跑到一旁的山坡找到一个最佳观测点，架起了望远镜。只见巢里面有一只成鸟和三只雏鸟。不久，又一只觅食的成鸟也飞了回来，给三只雏鸟喂食。这是他第一次看到朱鹮雏鸟和完整的朱鹮家庭。

又经过一段时间的调查，刘荫增一共在洋县找到了 7 只野生朱鹮，将它们命名为“秦岭一号朱鹮群体”。

刘荫增后来回忆起来，仍然感叹不已：“再晚两三年，朱鹮可能真的就消失了。”

洋县，是“红鹤”最后的方舟。

（四）路宝忠

在洋县发现朱鹮，显然是一个里程碑。

1981 年 5 月，中国政府正式对外宣布：中国洋县发现了 7 只野生朱鹮。美国、英国、日本和西德等国政府以及世界各国鸟类专家们，陆续发来贺电、贺信。

但，这仅存的 7 只朱鹮该如何保护，又是新的征途了。

朱鹮群体是极脆弱的。一场极端天气或是猎杀，都能将这一群体推向灭绝。

洋县政府首先发布紧急通知：禁止在朱鹮活动区狩猎、开荒、砍伐森林。国务院、林业部也发布了关于加强朱鹮保护、调查和研究的通知。朱鹮保护上升到国家层面。

但文件发了，怎么执行？在哪里保护？谁来保护？怎么保护？又成了一个盲区。

当时，出现了两个观点：

一些专家认为，选择人工饲养最为稳妥。具体做法是，把 7 只野生朱鹮全部捕获，送到北京动物园。

但这个提议遭到陕西省的反对：既然在姚家沟发现了朱鹮，说明它们完全适应这里的环境，可以就地保护。

最终，各方经过综合考量，选择了陕西提议的就地保护建议。“秦岭一号朱鹮群体临时保护站”很快成立。洋县林业局紧急抽调四名年轻人组成护鹮小组，协助刘荫增对朱鹮进行抢救性保护，路宝忠就是其中一个，那时，他 27 岁，担任护鹮小组组长。小组成员有赵志厚、陈有平和王跃进。

四个小伙子都才 20 多岁，他们是朱鹮的第一批专职保护者。

路宝忠回忆说，当时正是 6 月下旬，他们背着被褥，肩挑锅碗瓢盆，向姚家沟行进。当天晚上 9 点才到姚家沟的驻地——破破烂烂、四面透风的三间黑瓦房。

然而这还不是最糟糕的，毕竟这是夏天，住的地方只是热。但冬天又怎么办？有人犯起了嘀咕。

再仔细看看姚家沟这个地方——山上林木高大密集，沿沟散布着 30 多亩稻田，整个自然村只有 7 户人家。居民靠打猎种田为生，吃的是土豆、酸菜，连照明的工具都是菜籽油灯！

路宝忠用红漆在一块木板上写了“秦岭一号朱鹮群体临时保护站”的招牌，挂在瓦房门口。从此，他们成为姚家沟“第八户人家”。

每天的工作基本就是监测朱鹮。将朱鹮吃什么、外出觅食的时间、飞往何处等，事无巨细地记下来。上级对他们的要求是：不能让朱鹮离开视线。

于是，几人就在朱鹮筑巢的树所在的山坡附近，搭了一个观察棚，每天两个人轮流守在那里。

朱鹮雏鸟出壳 40 多天后就可以离巢飞翔。7 到 11 月是它们的游荡期。它们从山区飞往丘陵湿地，在水田里觅食。这期间，可是苦了几个小伙子，今天看到朱鹮飞过一道山梁，明天就提前爬到那道山梁上等着。爬山坡，蹚溪流，从这个山头翻到那个山头。

鸟飞到哪儿，他们就硬跟着跑到哪儿。一天至少跑 30 多千米，风雨无阻。

3 至 6 月是朱鹮的繁殖季，他们要在树下 24 小时守护，随时观察巢窝里有没有卵。朱鹮产卵后，他们要详细记录孵化、育雏的过程，同时守护好每一枚卵、每一只雏鸟。为了防止毒蛇、黄鼠狼等天敌上树吞吃朱鹮卵和幼雏，他们在树干上抹黄油、安装刀片架、挂伞形防蛇罩，在树周围撒雄黄……

最不可控的是天气。有时山里下一场暴雨，许多树上的白鹭甚至都会被“连锅端了”。大家很担心这样的天灾降临到朱鹮头上，每天都过得提心吊胆的。

除了这些，还有人类的猎杀。当时，人们几乎没有保护野生动物的意识。山里至少三分之一的家庭都有猎枪。而朱鹮是一夫一妻制，一旦少一只，整个家庭就会支离破碎。

起初那十年，是艰难的。不仅因为保护条件的有限，更因人们意识和观念有偏差，从 1981 年到 1990 年，朱鹮的数量始终保持在 10 只左右。

但“爱”的接力终要形成“量”的突破，时间就是最好的“证人”。

（五）刘义

华华，是国内第一只人工饲养的朱鹮。

1981 年的一天深夜，一只瘦弱的小朱鹮被挤出巢外，直到第二天早上，刘荫增才发现了已经奄奄一息的它。

他急忙将它抱回观察棚抢救，捉来几只泥鳅、小鱼，用剪刀剪碎了喂养小朱鹮。几天后，这只小朱鹮终于缓过劲来了。刘荫增给它取名“华华”，代表中华。

等华华彻底康复后，刘荫增找来梯子，小心翼翼地把它送回巢里。谁料，不一会儿，它又被哥哥、姐姐挤得掉了下来。

也罢，刘荫增决定自己养着它了。经过半个多月的精心照顾，华华的身子骨渐渐结实起来，后来他把华华送到北京动物园进行人工饲养。华华便成了国内人工饲养的第一只朱鹮。

从华华被送来开始到 1988 年，陆续有六只朱鹮被送到北京动物园，成为世界上第一个人工繁殖朱鹮种群。

1990 年，北京动物园人工繁育出了朱鹮的后代。

此时，有人提出，应该学会“两条腿走路”——野外保护和人工饲养并重。

从此，保护朱鹮的进度条，变快了。

1986 年，陕西朱鹮保护观察站成立；1989 年，朱鹮站在洋县周家坎建设陕西朱鹮保护饲养中心；1990 年，朱鹮站利用四只经抢救收养恢复健康的朱鹮，开启了人工饲养繁育研究；1992 年，陕西朱鹮保护饲养中心落成。

刘义就是在这个期间和朱鹮结缘的，这个缘一结，就是 34 年。

1990 年，刘义还是个 25 岁的小青年。他每天的工作就是跟

随朱鹮保护专家，在朱鹮的夜宿地和觅食地往返穿梭，蹲在田间地头记录朱鹮活动。三个月后，刘义义无反顾地留了下来。

当时，人人都觉得这项工作艰苦又枯燥，小伙子怎么能耐得住性子?

但他有一个榜样，一直在鞭策他。那就是第一代朱鹮保护者刘荫增。

最开始因为朱鹮数量少，每一枚卵大家都当宝贝。人工孵化时,孵化室的窗户不能开,一丝凉风都不能吹进。为保持室内恒温，温度一旦下降，大家就立刻生炉子加温。由于条件简陋，当时即使孵化出了雏鸟，也会很快夭折。

那时候的保护工作是在“低配”版的条件下做“顶配”事情。

每年 3 至 6 月，朱鹮进入繁殖季节，这是刘义和同事最辛苦的时候，刘义和同事就在树下以及与鸟巢平行的 20 米外各搭一个值班棚和一个观察棚，24 小时守护朱鹮，朱鹮要是搬了家，棚子也跟着搬走。

对每个巢、每枚卵、每只鸟，他们都要心中有数。还要在树下布好尼龙网，以防小朱鹮掉落，确保每一只幼鸟都安然无恙。

那时，他们一天 24 小时都住在山上，吃的是方便面，喝的是山泉水。山里交通、信息闭塞，没有手机，唯一与外界沟通的工具是朱鹮站配备的一部无线电台，他们每天早上 8 点与县城的保护站联系一次，汇报前一天的工作和当天的工作安排。

1993 年春，有野生朱鹮弃巢，守护 3 枚卵成了饲养中心的重点工作。刘义和同事席咏梅在上海动物园鸟类饲养专家何宝庆的指导下，围着这 3 枚卵守了 28 天。“翻卵、晾卵，每隔两个小时观察一次，记录孵化箱的温度、湿度等。”

在大家的悉心照料下，3 只小朱鹮出壳了。

两年后，加上从野外救护的几只朱鹮，饲养中心共有 3 对朱鹮已经性成熟。“性成熟的朱鹮，头部会分泌出黑色的小颗粒，将头颈及背部的羽毛沾染成灰黑色。这是朱鹮在繁殖期的一种自我保护方式。”

从 3 只到 3 对，从 3 对到又有了 3 枚卵……1996 年，饲养中心已经成功繁育出 10 只朱鹮雏鸟。

为了让它们找到自己心仪的配偶,饲养中心不再“包办婚姻”，而是把它们放进更大的网笼，让它们自由恋爱。同时，饲养员给饲料中添加牛肉、鸡蛋，为蜜月中的朱鹮补充营养。

经过长期野外观察，细心的刘义发现，朱鹮在孵化卵时，会用自己长长的喙勾住卵，不停地翻动。他明白了要冷热交替才能刺激胚胎发育。

1996 年，刘义在没有任何外援帮助的情况下凭经验一年就繁育了 11 只朱鹮，成为历史壮举，他被上级组织称为“土专家”，工作越发得心应手，先后到北戴河、日本等地开展技术指导和人工繁育工作。

1994 年以来，洋县借鉴农业“包产到户”的模式，让朱鹮栖息地附近的村民都参与到野生朱鹮保护中，并给予一定的物质奖励。野生朱鹮的数量，到 2000 年已超过了 100 只。

30 多年过去了，刘义已过知天命的年纪，但他仍以一名老党员的初心坚守在朱鹮的饲养、繁育前沿阵地。这些年，他精心呵护繁育幼鸟 200 多只，每年救助朱鹮都在 100 只左右。

（六）朱鹮一家和李夏

陈忠实先生在他的散文《拜别朱鹮》中这样写朱鹮：

> 一袭嫩白，柔若无骨，在稻田里踯躅是优雅的，起飞的动作是优雅的，掠过一畦畦稻田和一座座小丘飞行在天空是优雅的，重新落在田埂或树枝上的动作也是一份优雅。这个鸟儿生就的仙风神韵，入得人眼就是一股清丽，拂人心垢。头顶一抹丹红，长长的紫黑的喙的尖头竟然是红色，两条细长的腿红色惹眼，白色的翅膀的内里却是红色的，像是白面红里的被子，通体嫩白中点缀着这几点丹朱，凭想象尽可以勾勒它的美妙了。

这是老先生写在 2000 年年初的散文，那时已经离第一次发现朱鹮过去了20年。从五根羽毛到建立保护基地，经历了两代“鸟语者”，朱鹮也逐渐走向了大众的视野，以它优美的样子。

2007年3月，经国家林业局（现国家林业和草原局）批准，陕西省在宁陕县启动实施朱鹮野化放飞试验和再引入工程。与26只人工饲养的朱鹮一起到达宁陕的，还有一个浓眉大眼的年轻人，他叫李夏。

那时，他25岁，还没有恋爱，整日在田野里追踪着放飞后的朱鹮，观察记录并对其实施必要的保护。

朱鹮在野外时，最怕遇到蛇、猫头鹰等，一旦朱鹮受到惊扰甚至伤害，李夏便要及时进行干预。那段时间里，他和几个同事轮班24小时，监控着朱鹮。

晴天一身汗、雨天一身泥，常常在树林里一蹲就是大半天。

宁陕县寨沟村保持着百年前的耕种习惯，是一片鱼米之乡，条件简陋，但也恰好保证了朱鹮对生态环境的基本需求。大自然赋予这里的山川水墨画一样的美景，高高矮矮的树分化出层层叠叠的青绿。

每天清晨，都能在这一片葱茏里看到李夏的身影，他骑着摩托车，背着20多公斤重的望远镜、三脚架和无线电跟踪设备，沿着田埂寻找朱鹮，观察、记录其生存状态。

在越冬期，从下午到傍晚，朱鹮会聚集在一起。李夏的重点工作就是搞清它们的数量、配对关系。比如，重点观察成年的朱鹮是否在“谈恋爱”，喜欢在什么树上落巢。只有这样，到了 3 至 6 月的繁殖期，才能迅速找到鸟巢。

同事们说，李夏的眼睛就像长在了望远镜上，尤其是朱鹮繁殖期间，无论刮风下雨，他都坚持每天去野外观察、投食。

时间久了,村里人都知道,有个叫李夏的人,把朱鹮当“宝贝”。

刚开始，野化放飞的朱鹮并没有搭建起自己的巢穴，若夜宿，总是“误入”村民家的鸡舍。那时候，经常会在一阵喧闹后，听到村民的叫喊声。然后李夏就会第一时间上门宣传，避免朱鹮受到惊吓，或者被村民误伤。

更让他哭笑不得的是，朱鹮常去村民的稻田里觅食、抓泥鳅，把水稻踩倒一片。村民们时不时围住李夏“讨说法”。他只能苦口婆心向村民宣传:不能驱赶朱鹮,稻田不能打农药、不能施化肥。

“最初，我总会被村民围着要补偿。但在县上大力宣传朱鹮保护政策后，村民们通过种植有机水稻、发展朱鹮主题乡村旅游，渐渐富了起来。现在，他们还是会围着我，不过是让我给他们讲如何保护朱鹮。”李夏说。

那时候，朱鹮就像是到处闯祸的淘气孩子。

辛苦和烦琐，是必然的，但李夏从中找到了与朱鹮相处的快乐。他讲起了自己与一家朱鹮的故事。

375（编号）是一只 2005 年出生的朱鹮，它一出生见到的就是饲鸟员，靠人工繁育出生的它，并没有从自己的父母那里学习到野外生存的技巧。被放飞到宁陕野外时，它才是一只 2 岁的宝宝，可让李夏操碎了心。

有一天，375 不见了，李夏急得到处寻找，一直跑到了 15 千米以外的一个小山沟里，就在他气喘吁吁时，忽然发现了 375。与李夏满头大汗的狼狈样相比，375 可就悠闲多了，正站在一棵松树上梳理自己的羽毛。更令人惊奇的是，在它旁边，还多了一位守护者，082。

375 这是谈恋爱了。

朱鹮又叫“爱情鸟”，一生只一个伴侣，至死不渝。可李夏此时还是个光棍汉，他怀着激动与“嫉妒”对这对刚刚陷入爱河的情侣展开了重点观察。

“那段时间的观察，分分钟都相当于是在吃‘狗粮’，它们俩不停地秀恩爱，完全不考虑我这‘单身狗’的感受。”讲到这里，李夏自嘲般笑起来，此刻的回忆，让他当时的喜悦重新在心里沸腾了一次。

在“蜜月期”的 082 和 375，经常会有一些增进感情的亲昵行为，比如，互相梳理羽毛。082 还会从地上或者树上衔一些干草树枝，当作礼物来送给它的“女神”。

终于，在 2008 年 3 月，它们俩步入了婚姻的殿堂。

“你看，这张图，是 082 从地面上衔了一根树枝，飞到树上去了。然后，375 从它嘴里接过树枝，在它们选好的地方，开始筑巢了。后期，082 还会找一些干草回来做‘软装’，让它们的家更舒服。”

李夏分享着珍贵的照片，如赏至宝。他是真的为它们感到高兴。

就在 375 和 082 的爱情尘埃落定时，李夏也遇到了自己的“命中天女”，她与他常一起在田野奔跑，追踪着朱鹮的飞影。

爱，总是让生命充满活力，两份爱情，诞生于秦岭南麓的古老田园间，相互映衬着。

“朱鹮美丽、温柔、内敛、坚韧，对配偶、家庭、子女极其负责。在朱鹮身上，我感受到了无穷的力量，它们为我指明了奋斗的方向！”

李夏说，朱鹮的“灵”在于两点：第一，对生态环境的要求极高，它不会在肮脏的地方苟且偷生；第二，对家庭和爱人有着强烈的责任心。

2008 年 3 月 15 日，375 终于生下了它的第一枚卵，这可让李夏激动坏了。一连几天，他都集中观察，连女友到来时都不敢招呼，两人只眼神交流，在望远镜里感受着朱鹮一家的喜悦。

082 是一位值得依靠的伴侣，在那几天，它并没有四处游玩，而是静静守在 375 的旁边，还用它的嘴轻轻梳理着 375 头上的羽毛，像温柔的安抚，又像是因为即将升级做爸爸而难掩开心。

“我们结婚吧？”

女友点点头，眼里噙了泪珠，那是幸福。

李夏与女友，做出了相伴一生的决定。

生命、爱情与自然，在这一刻完美交会。

婚礼当天，李夏仍然放心不下即将破壳的两只朱鹮宝宝，专门抽时间跑去树下观察。

随后的日子里，375 和 082 就开始了长达 28 天的轮流孵化。在这段时间里，有烈日灼晒，有暴雨狂风，更有猛禽袭扰。可朱鹮夫妻俩，雷打不动，一切的付出，都是为了让自己的孩子顺利破壳。

终于，4 月 13 日，它们的第一个孩子出壳了！

见证生命的诞生，是令人激动的。李夏忍不住流下了不轻弹的男儿泪，他说，当时恨不得自己就是那只小朱鹮，把生命融入它们之中，去感受它们一家浓烈的亲情。

李夏拿出了当时拍下来的照片，只见孩子仰头看着妈妈，375 则低头看着孩子，似乎有充分的眼神交流。而升级当爸爸的 082 也没闲着，不停从地上衔些干草、树叶之类的，往巢里送。

是啊，妻子和孩子，就是这只朱鹮爸爸的整个世界。

可大自然是美丽的，也是残酷的，野外生存的朱鹮，尽管有人类的追踪保护，却也时常遇到危险。

而接下来发生的事情，真正令李夏感到了生命的不易和沉重。

4 月 27 日，一条蛇突然出现在了这一家巢穴所在的树干上，并慢慢爬向 375。等它发现时，毒蛇已经在它眼前，它惊慌失措地大叫，但又很快冷静下来，试图用嘴去啄蛇，保护自己的孩子。

可并不奏效,贪婪的毒蛇,怎肯放过到嘴的美食。375 不由得起身,在空中不停地盘旋哀鸣。

李夏发现这个情况后，也很焦急，他试图往树上爬，可是树木高大又粗壮，他爬到一半手就磨出了血泡，体力也跟不上，刺溜溜滑了下来，越焦急越爬不上去。他赶紧去叫人。闻讯赶来的人们，以搭人梯的方式，用一根长竹竿，把蛇挑了下来。

只可惜为时已晚，375 的第一个孩子，已经被蛇把整个头部都吞进去了，巢穴里只剩下了两只宝宝。

人们陷入了悲痛，盘旋在上空的 375 久久哀嚎，那声音李夏永远不会忘记。

救援的人们走了,还剩下呆呆的李夏。正在这时,082 回来了,看见这一幕，它非常激动，误以为是李夏伤害了自己的家人，愤怒的 082 不断地啄着李夏，悲伤与委屈，此刻在两个“雄性”心中撕扯，都只为那还没学会飞翔的宝宝。

李夏说,也许是 375 在埋怨他,082 在误会他,总之,从那以后,只要他出现在观测点，无论这夫妻俩中的哪一个看见他，都会飞下来驱赶他。082 甚至会用爪子抓李夏的头，要不就是从地上捡起树干，丢下来打他。

人生多艰，“鹮生”也是如此。大自然对每一个生灵都是平等的，给你阳光、空气，也给你危险和苦难。但生命之所以令人敬畏，便是因为“我心不悔”吧。

李夏知道，短时间内，他们之间的“误会”算是解不开了。他那段时间在监测点观察时，就像是打游击一样，打一枪，就换个地方。

好在40多天以后，活下来的那两个孩子，都顺利地飞上了自由的蓝天。

小朱鹮冲向蓝天的那一天，刚好是个晴天，阳光照着它们柔软的翅膀，李夏久久仰望着它们远去。

对于这两只小朱鹮，375和082并没有因为痛失长子而格外溺爱，它们依旧采用逼孩子独立的传统教育方式，让两个孩子学会了在野外生存。

“父母还会喂它，但不是说小朱鹮想吃就能吃的，它们会尽量饿着孩子，通过饥饿的这种方式，逼迫孩子自己到适合觅食的地方去找吃的。”

李夏说，朱鹮的这种育儿方式，他现在也用在了自己孩子身上。

李夏的相册里，有一张他特别珍视的照片，那是这朱鹮一家子的合影：“那边一只小的这边一只小的，然后那边站的就是375和082。这也是我现在仅存的一张它们家的全家福，可惜少了一只老大……”

但，悲剧并没有在此刻画上句号。野生动物，虽然现在在全社会的努力下被保护了起来，可是野外的生存环境，并不是人类完全可控的。大自然的残酷，是朱鹮的野外放飞工作必经的难关。

2010 年的一天，李夏突然发现 082 长达 15 个小时没有回来，按照常理，朱鹮夫妻会轮流出去找吃的，绝对不会出去这么久。

375 像是感觉到了什么似的，时不时地站起来往远处看一看，发出低声鸣叫，呼唤自己的丈夫。

但奇迹并没有出现。

到了当天下午 5 点，孩子们都已经饿得不行了，375 也坐不住了，飞出了巢穴。也许它是冒险去替孩子们找吃的，又也许是放心不下丈夫。

半个小时以后，375 狼狈地回来了。“只见它浑身都是泥，原本高贵优雅的形象荡然无存。”

生活，对谁又是容易的呢？

从那以后，375 就独自抚养着 2 个孩子，不仅要护卫、喂食，更要教它们生存能力。375 是一个伟大的母亲。

李夏说，他好几次都想人工干预，可是这批放飞在宁陕的朱鹮，本来就是做野化的，否则就削弱了它的野生能力。大自然，才是朱鹮真正的家。

所以他只能无奈地按下想要帮助这个坚强的母亲的想法。

“我只能尽量观察着，不要让蛇、老鹰或者是人来干扰它独自抚养后代。从 375 的身上，真的是让我看到了，无论是人类的母亲，还是动物的母亲，同样有着让人敬佩的伟大的母性光辉。”

后来，人们在一处草丛中找到了失踪很久的 082，它的尸体都已经腐烂了。

2011 年，孩子们已经长大了。是伟大的母亲 375，独自把它们带大的。也许，它无助过，哭泣过，却唯独没有放弃过。

那一年，爱情再次降临在这只美丽的朱鹮身上，375 吸引了众多的追求者，“它们为它互相打架，头破血流，把我看笑了”。

最终，375 寻找到了一个新的配偶。这是朱鹮群体里非常罕见的行为。这段爱情，持续了 10 年。

在这 10 年里，李夏依旧做着野外监测的工作，依旧奔跑在田野中，只不过，他有了儿子。儿子经常跟着爸爸去看朱鹮，总是用稚嫩的声音信誓旦旦说：

“爸爸，我以后长大了，也像你一样保护朱鹮。”

原本，生命就是这样，失去、寻找、得到，循环往复，在爱与痛中，次次升华，也许如夏花热烈，也许若秋叶悄然。

2021 年，375 和现任丈夫又做了一个巢，在快完成时，375 在一次外出后，没有返回，只有丈夫一只鸟儿，孤零零回来了。它没有继续做巢，只是在即将盖好的巢边一直等待着，苦苦等了一个星期。

李夏感到越来越不祥，去田野四处找寻 375。虽然，它恨过他，却也原谅了他，他们已经相伴了 14 年。

可是，再也没有找到。如今，三年过去了，375 依旧没有回巢，它的丈夫，也没有再等下去，那个本来已经快做好的巢，被狂风暴雨撕拉得只剩下一点痕迹。

也许，375 真的离开了这个世界，带着它的甜蜜、悲哀、无奈和洒脱。

既然来自大自然，那就让它归于大自然。这只朱鹮一生中，共产了 50 枚卵，孵出 30 多只幼鸟。

相伴 14 年，早已成了家人，有人让李夏为 375 办个葬礼，李夏没有回应，只是继续拿着望远镜、踩着泥土，去田野追朱鹮。头上时不时盘旋着新生的幼鸟儿，8 岁的儿子跟在他身后。

李夏说，人类在保护动物这件事上，总是充满怜爱的，想为它们创造出什么，其实朱鹮也好，万物也罢，它们能够在这个地球上生存，早有自己的生存法则。

14 年时间，行走了 15 万千米，见证了 38 个朱鹮家庭成立，守护了 30 多只朱鹮的生死离别，这就是李夏。而那些神仙一样的鸟儿，挥舞着自己粉红色的翅膀，在漠漠水田上起舞，凝视着远方，或许并不知道自己身后有一群人，默默地守护着、注视着它们。

它们的身后，草色茂盛，金黄的水稻，沾着秦岭南麓的雨水，忽而天又转晴，阳光乍现。那远去天边的鸟儿，驮着霞影，闪烁着生命的光芒。

备注：2023 年 11 月 2 日，陕西省林业局发布了最新调查数据，国家一级重点保护野生动物朱鹮的种群数量成功突破万只大关。

路宝忠眼里的朱鹮守护者史东仇

为写《过秦岭》而进行采访时，我一不小心把一些逝去的光阴碎片捡了回来，触动了一些人的回忆。

9月初，在即将完稿时，我认识了汉中洋县的一位女画家杨侠，她从小与朱鹮结下了不解情缘，10年前辞去公职，专门去画朱鹮。刘荫增、路宝忠两位老先生，也与她相熟。在她的推动下，路宝忠老师打开了自己的心扉，他说，自己无比怀念已经去世的朋友——为朱鹮保护做出巨大贡献的史东仇先生。

“如果，再不写他，他可能就被遗忘了。因为，他已去世多年。”路宝忠老师托杨侠女士，送来了这篇文章，我读后，热泪盈眶。故此，特意将路老师这篇文章，附在本章节，并向已经远去的史东仇先生致敬。

以下为原文：

在漫长的牧鹮路上，有好多事都是恰逢其时，恰逢其人，有些遇见是必然的。

史东仇先生是值得我们牧鹮人尊敬和难以忘怀的老一辈动物学研究者，是20世纪中国朱鹮研究界的一位资深专家，他与朱鹮的结缘，定格在1986—2001年这段难忘的岁月里。退休不久的他因病去世，已经十几年了。他的名字近年来虽不曾被人过多地提起，但作为老一辈资深朱鹮研究者，他的名字被永远镌刻在牧鹮人的心中。他和曹永汉共同编著的第一部朱鹮专著《中国朱鹮》填补了国内该领域研究的空白。

1985年10月的一天上午，在洋县林业局的会议室召开了一个非常重要的会议，林业厅特派张哲林女士代表陕西省林业厅向在座的人宣布：经林业部与陕西省政府同意，朱鹮的科研工作由西北濒危动物研究所承担，具体工作由史东仇同志负责。此刻,我想起了人们常说的一句话“天将降大任于斯人也”。因为，虽说在发现朱鹮后的几年里，身居北京的刘荫增老师会常到洋县,甚至蹲守在朱鹮发现地姚家沟,为朱鹮的保护工作领航指路，但毕竟路途遥远，加之，刘荫增先生完成全国朱鹮大调查之后，科学院对他已另有任命，因此，当时急需一个能长期在朱鹮保护科研方面带头的人。担受此重任的史东仇先生先向大家点头微笑，然后用浓浓的四川口音说：“我知道最近几年里刘荫增先生带领大家已经干了很多有关朱鹮的工作，但目前朱鹮依然处于濒危阶段，保护研究的担子很重，我这次来就不走了，以后要和大家在洋县一起把朱鹮的事干好。”

史东仇先生1939年出生，当年他来洋县时四十六七岁，年富力强，在西北动物学界已经是颇有名气的鸟类学专家了，大家都自然而然地叫他史老师。史老师瘦高个，大眼睛，衣着朴素，穿一身咖色半旧的中山装，略显斯文，不是很强壮，但特别精神。一副拴着链子的近视镜不是挂在胸前就是架在鼻梁上，俨然一个地地道道的知识分子。

自从史东仇先生进驻洋县，朱鹮的保护研究便开始了。

初到姚家沟，他就把一架看起来有点神秘，有些笨重的黑色大炮筒一样的望远镜架在了姚家沟观察点门前，成为朱鹮研究的新象征。顺着这架望远镜的镜头向上看，可以看到朱鹮的巢，向下看正好是一片朱鹮常常觅食的水田。这架望远镜如果还在，我感觉放在未来的朱鹮博物馆里是再有意义不过的事了，因为它是我们看到的野外观察研究朱鹮的第一架大型单筒望远镜，其重量足足有三五十斤。

因1985年，姚家沟朱鹮先后产下了9枚软壳蛋，当年没有成功孵化出朱鹮小宝宝，成为刚刚介入保护研究工作的史东仇先生的新课题。对富有经验的史东仇老师来说，他感到有点儿诧异，他告诉我们，软壳卵在自然界很罕见，它出现在朱鹮这么珍贵的鸟群中必须引起我们的高度重视。我们告诉史老师，去年秋天，已在朱鹮觅食的水田撒了一些石灰粉，以增加水中钙的含量，史老师听了点头微笑，似乎有些认可我们的做法，但他稍稍沉默后说道："看来还应该在朱鹮营养需求或者环境因素方面进行一些调查研究，可眼下朱鹮已经开始筑巢，即将进入产卵期，姚家沟偏僻封闭，水田面积小，对繁殖期的朱鹮而言食物是关键，要继续加大人工投食量，而且必须赶在朱鹮产卵前的半个月进行投食。"三天后，一百余斤的鲜活泥鳅被运到了姚家沟。3 月 30 日，姚家沟的朱鹮开始卧巢，大家知道朱鹮产卵了，可卵是否正常？大家只能期待着！几天后，观察员陈有平从望远镜中看到一枚在巢中滚动自如的卵，20 多天后巢中成功繁育出一只"独生子"，个体很健壮。这样的结果，还不能说明软壳卵的真正成因。当年秋天，史东仇老师对朱鹮的正常卵和软壳卵进行超微结构和成分分析，确认软壳卵的出现与污染有一定关系。这一分析结果，为朱鹮的保护敲响了警钟。

朱鹮年复一年地繁殖，种群数量增加，参与繁殖的朱鹮也随之逐年增加，1987 年朱鹮巢区已经发展到四处，史东仇老师已不仅仅是蹲守在姚家沟了，他和大家又往返于三岔河、团山河、牯牛坪这些新的巢区之间，关注着每个巢区的环境特征，关注着朱鹮种群的发展动向，并从中寻找一些具有共性的东西，作为基础性研究资料。他告诉我们要把野生朱鹮孵卵、晾卵、育雏，雏鸟生长发育，以及天敌、寄生虫等对朱鹮的危害等情况搞得清清楚楚，以便让野外保护和人工饲养繁育工作人员借鉴。研究工作中史东仇老师的态度十分严谨，非常重视细节，力争做到万无一失。比如我们只要接触朱鹮的卵雏，必须戴上专用手套，并要小心翼翼，不能因操作不当影响卵雏的正常生长发育，这些虽细微却不能忽视的专业常识我们至今依然铭记在心。

史东仇先生来洋县时，还带着一名年轻的助手，叫于晓平，看上去一副书生气，我们很快就知道了他是兰州大学动物学专业毕业的高才生。刚开始老师安排他在洋县、勉县对鹭类繁殖进行观察研究，并且要求他连续三个月不能回家。我们后来才明白史老的良苦用心，对白鹭繁殖生态进行观察其实是对朱鹮的伴生鸟类的研究。严师出高徒，跟随史东仇先生研究多年朱鹮的于晓平，如今已经成为陕西师范大学教授、博导，国家级动物学重点学科学术带头人。

前事不忘后事之师。1990 年，中国代表团一行三人应邀去日本考察，省林业厅野生动物管理站站长许树华为团长，史东仇先生以中国朱鹮研究专家身份参加了此次考察，我也荣幸地参加了人生中最难忘的第一次出国考察活动。考察期间，史东仇先生在同日本有关方面的交流中，目的任务明确，主次把握有度。一方面向日方介绍了中国朱鹮保护研究的进展，并仔细询问了日本朱鹮的保护历史，了解日本人工饲养朱鹮未能成功的原因，查阅相关的专业资料，对重点内容随时做好笔记。当时我深受感动和启发，暗自敬慕。特别是史东仇老师在长达一个月的考察期间，肠胃不适，每天都要服药，但没有一天因身体不舒服而放弃考察，他考察了东京、京都、丰冈的鹤鹳类保护基地，还参与并掌握了鸟类环志和鹤鹳类人工饲料制作及饲养管理等操作技术。回国后，史东仇先生拖着已经十分疲惫的身体，又很快回到洋县，投入朱鹮越冬期的调查工作，并加班撰写向林业部、省林业厅报送的《关于赴日研修考察的专题报告》，因为他知道此次赴日考察所掌握的信息对下一步中国朱鹮保护政策的制定意义重大。

回首过往，发现最清晰的脚印，往往印在最泥泞的道路上。1991—1999年，朱鹮种群数量的提升处于瓶颈阶段，当时朱鹮自然种群数量增长缓慢，天敌危害防不胜防，人工饲养刚刚起步，大家还没有经验，面对着巨大的挑战，无论是野生朱鹮还是人工饲养的朱鹮，每增加一只个体都显得至关重要。史东仇老师的压力很大，可以说是内外交困，因为那段时间正好是他的两个小孩读初、高中的关键时期，可他哪有精力和时间回西安照顾他们？在他的心中除了朱鹮还是朱鹮。一年中，80%的时间他都住在洋县。每年的春夏季，他白天和我们奔赴在三岔河、团山河、牯牛坪、木家河、白火石沟这些老的朱鹮巢区，到了秋冬季节，他起早贪黑地跟踪调查，足迹踏遍了朱鹮游荡区、越冬地的每一个角落。八里关、四郎、关帝、铁河、花园以及汉江以南的黄安、小江、草庙等地无处不留下他的脚印，哪怕顶风雨、冒严寒、踩泥泞，只要每天能见到朱鹮，特别能见到大一点的朱鹮群体，他的脸上就会露出笑容。到了饭点，有地方歇脚，能在当地老乡家混顿饭吃就感觉幸运，喜欢吃面食的史东仇老师常常只要有一碗燃面就会被香得冒汗。

每到晚上，无论史东仇老师在哪里，他房间的灯光 12 点前始终亮着。有事没事我常常喜欢去他的房间坐坐，说说朱鹮的事情，每次去他房间总会看到他在写着什么，桌面上一沓沓有关朱鹮的文本，一个旧了的蓝色茶杯，一包“黄公主”牌香烟。他无论提笔写什么，总是一笔一画，方方正正，从字里行间，我看到了一位科学家所具备的认真求实的工作精神，令人十分敬佩。史老师为人低调谦恭，对人和蔼可亲，再高兴的事也不张扬。有一次和他闲谈时，我无意间提及工作环境艰苦，食宿条件差，让他这样一位大名鼎鼎的研究员受委屈了，但史老师却语重心长地对我说：“做学问搞研究的人就要守得住清贫，要静下心来，坚持做下去才行。”这句话我至今记忆犹新。

由于工作的原因，我们常去西安，大家会顺便到史老师家里去做客。史老师的夫人姓马，我们习惯称她为马老师。每当史老师隔几个月从洋县回到自己身边，马老师别提多高兴了，一脸的笑容。我们跟着去时，她会热情地做一小桌可口的家常菜招待我们。马老师做的“菜花炒肉”很合我们的口味，史老师从洋县回西安时常常给家里买一些菜花或者洋芋，也算他对家里不多的关照。马老师烧的猪蹄可是一绝，每人一大块，真解馋，让我们印象最深。看到马老师的热情劲，我们能感受到马老师对朱鹮研究工作的支持是无怨无悔的。

史东仇先生和我们十几年的坚持，凝结出了一份收获。1999年，在汉中召开了首次朱鹮国际保护研讨会，中国朱鹮保护研究成效得到国内外与会专家学者的一致认可，这与史东仇先生多年来的潜心研究密不可分。从2000年开始，他与省林业厅野生动植物管理工作站原站长曹永汉先生开始共同整理编写《中国朱鹮》，查阅了大量国内外文献，呕心沥血，潜心研究，一部百万字的巨著于2011年11月出版发行，可谓十年磨一剑。该书填补了中国朱鹮保护研究之空白。鉴于史老师在朱鹮等研究领域的特殊贡献，退休前他被评为享受国务院政府特殊津贴的专家。

正当史先生为朱鹮研究大显身手的时候，他不幸病倒了，2005年4月秋，病魔夺走了他的生命。我们深感悲痛，牧鹮路上失去了一位值得大家尊敬的好老师，失去了一位朱鹮研究科学家！

史东仇先生虽然与我们永别了，但他留给我们新老牧鹮人的敬业精神却在不断地被传承。如果史东仇先生的在天之灵能感受到今天朱鹮这一濒危物种保护研究事业蓬勃发展的局面，他一定会像生前那样向我们点头微笑。

第十一章　大地“曲线”

从西康高速一下来，就看见了阿敏的车。阿敏留着干练的短发，眼睛炯炯有神，操着有陕南口音的普通话，冲我们大喊："这儿！这儿！早就等到起！"

从西安出发，到安康时，已经是晚上 10 点多了。我没想到，阿敏一直在高速路口等待。

她是个实诚人。

秦岭和合南北，陕西人习惯把秦岭以南的地方，叫陕南，那里的风土人情颇有川湘味儿。安康，是陕南地区的一颗明珠，汇聚着南腔北调的城市，我前文说过，"最像四川、湖南"的陕西地区。

此次，我是经朋友介绍，来安康采风的，目的地是距离安康市 2 小时车程的汉阴县。那里有明清时期的 1.2 万亩古梯田。

秦岭以北地区，多是旱地，农作物以小麦、玉米为主，几乎没有水田。在做采风功课时，我盯着一张张梯田照片，感叹着这"鱼鳞"一样忽闪忽闪的大面积田地，就像是大地的曲线。

囫囵睡了觉，第二天我们就向着汉阴出发了。阿敏执意要陪着我们去汉阴。她在安康地区做了 20 多年的基层民警，对这片土地上的每一层褶皱，她都如数家珍，热情地说我想要完成采访，非得她“出马”。

“玩儿嘛！别有心理负担！”

就这样，我们一行人便向汉阴而去。恰逢周末，阿敏也带上了妹妹和 2 岁的孩子，宝贝正处于学语的状态，长得虎头虎脑的。我抱过孩子：“叫阿姨，叫阿姨！”

闺蜜暗暗捏了我一把，我瞬间明白了，可能我这么做有什么不妥之处，便不再“强迫”这可爱的孩子。

凤堰古梯田，并不在汉阴城内，我们沿着省道足足开了 2 小时车，终于到达了海拔 2000 米的凤凰山山顶。

举目远眺，麦野阡陌，水田相连，山岭沟坡上成片成片的梯田闪着粼粼波光，大自然像是把青山、白云和蓝天都倾倒在里面了。

像破碎的镜面，像巨大的霓裳与珠衣。

高低错落的梯田里，活跃着农民的身影。站在山顶远眺，人影星星点点，和绿水青山相映成趣。

“你们明年三四月间再来，那时候，梯田里的油菜花会开！一格一格黄澄澄！好看得很！”阿敏操着当地方言向我们安利着。

其实，在来之前，我翻阅过大量梯田的四时照片。

我看到：初春时，形状各异的大小梯田还没有苏醒，只盛满清泉，阳光照耀，明光闪闪的，春风拂过，波光粼粼，似乎整座凤凰山都动了起来。

三四月间，油菜花次第开放，野花、秧苗交相辉映，一块块绿的、黄的“毯子”，铺满了凤凰山，此时它像披着彩衣的仙子。夏末秋初，稻谷成熟，放眼望去，一片金黄……

此时的梯田还未到最美的时分，但这水光山色，已足以让我欣喜。梯田的最高处，覆盖着茂密的森林，那里是一个个“泉眼”所在之处，全靠森林雨水给这些梯田蓄水。远处古朴的村庄或散或聚，一团团一个个点缀其间，间或升起的袅袅炊烟让这山间小村更加灵动。

我迫不及待下山去，沿着田埂与水田相拥，此时，我也是这画中人了。一行行秧苗整齐排列，绿油油的有一种奋发向上之态，身姿舒展，微风拂过，此起彼伏，满目翠绿。

草帽子儿楼上楼
狂风吹到河里头
你要沉来沉下底
你要流来你就流
你莫给奴家丢想头……

隐隐约约的歌声传来，我听不太懂安康方言，只大概搞明白了这几句，简单的曲调配的词却是朗朗上口，我跟着哼起来。忽然，一阵下山风冲下来，掀起了我的草帽。

“这边这边，全是我们吴家人在清乾隆年间开垦的！我们从湖南过来的。”如今的吴家第二十代孙吴明老先生已年近古稀，但到底汉江水养人，我没有在他脸上找到过多的岁月痕迹。老爷子中气十足，走在这缓坡上，脸不红、气不喘。

据考证，凤堰古梯田是清代中叶湖南长沙府善化县吴氏家族移居当地后，以吴氏族人为主修建的，距今已有 250 多年的历史，是目前秦巴山区发现的面积最大、保存最完整的清代古梯田，是中国移民文化与农耕文化相融合的产物，是山区农业知识技术体系的集成地，是中国农耕文明的“活化石”，是人与自然和谐相处的典范。

据吴老讲，明清年间，除了吴氏，还有鄢、蓝、刘、石、张、李、王、屠、冯等姓氏的家族也先后从外地迁入汉阴境内的汉江两岸，开山垦荒，前后一百余年，把山坡开垦成层层叠叠旱涝保收的稻田。

“这儿是吴家的，这是张家的，这个还是你们西安人在清末过来修的……”吴老指着一片一片水田，兴致勃勃地讲着。

一阵风吹过，似乎给我们翻开了历史的书页。

（一）老吴家的向往

最早的“汉阴”二字，和一个成语故事有关，“抱瓮灌园”。

故事记载于庄子《天地》篇：

传说孔子的学生子贡，在游楚返晋过汉阴时，见一位老人一次又一次地抱着瓮去浇菜，“搰搰然用力甚多而见功寡”，就建议他用机械汲水。老人不愿意，并且说：这样做，为人就会有机心，我虽然也不是聪明人，但是我会为这样做感到羞耻。后来就从这个故事，衍化出了“抱瓮灌园”的成语。而故事中的“汉阴”，是指汉水的南岸。

人类文明，沿河而生。汉水之南，虽有充沛的阳光雨露，却并非一开始就是大自然划定的“乐园”。

东汉末年，三国纷争，陕南成了兵家必争之地，被诸葛亮称为“天下咽喉”。

明末清初，天下大乱，从李自成起义到清军入关，再到吴三桂等人引发“三藩之乱”，征战杀伐、瘟疫灾荒导致四川、陕南一带“白骨露于野，千里无鸡鸣”。陕南很多地方人口“较昔之盛时尚不及之二三”。

据《陕西地方志通讯》载：以最具代表性的石泉为例，该县地处汉中、兴安接壤之地，濒临汉江，有山有川，亦咽喉之地，明朝末年，该县尚有一万零五百户、四万三千人，而到康熙二十一年时，仅存七百余户、二千一百余人。

为改变此种状况，清政府相继颁布、修改了《垦荒令》《垦荒劝惩则例》《垦荒定例》，除规定流民所垦田地“永准为业”，将赋税免征期由6年延长至10年外，还奖励擢升招民垦田的官员。

康熙七年（1668）政府下令：“招抚流民，准量其多寡，加级记录有差。”

一系列移民垦荒激励政策及时出台，“湖广移民”来到汉阴。

如果把时空破开，回到18世纪中叶，我想是另外一番景象。

深秋，湍急的汉江奔腾在巴山峡谷，一条条木船随着纤夫低沉的号音艰难地逆流而上。船上，衣衫破烂的男女老少挤坐在一起，望着他乡的天空，望着盘旋的苍鹰，回顾着两岸绿红相间的山崖，茫然期待着他乡的故乡。

他们中，一部分人经汉口、襄阳，沿汉江而上，寻觅着新的家园。他们有的是追寻先期迁徙的家族而来，有的是被亲朋带领而来，有的是“丢碗在此，随缘而止”。

严如煜《三省山内风土杂识》载：“流民之入山者，北则取道西安、凤翔；东则取道商州、郧阳；西南则取道重庆、夔府、宜昌。扶老携幼，千百为群，到处络绎不绝。不由大路，不下客寓，夜在沿途之祠庙、崖屋或密林中住宿，取石支锅、拾柴做饭。遇有乡贯便寄住，写地开垦，伐木支椽，上覆茅草，仅蔽风雨。借杂粮数石做种，数年有收，典当山地，方渐次筑土屋数板；否则仍徙他处……”

一支支移民队伍，个个饥肠辘辘，他们携老带小，或乘舟楫，或坐车马，或肩挑背扛步行千里。

在颠沛的移民里，有一支吴氏族人离开了湖南长沙府善化县老家，来到汉阴月河川道的万家扒，在先期移民杨姓家族的资助下，翻越汉阴凤凰山，准备在汉江北岸的缓坡定居。他们住岩洞，搭草棚，在原始森林里驱虎豹、赶蛇蝎，开始与自然做艰苦卓绝的抗争。

族中有个叫吴上锡的年轻人，日后在汉阴这个地方，留下了光辉的一页。

吴上锡出生于康熙五十七年（1718），祖籍江西南昌，他出生时吴氏族人已经迁到了湖南，他是第十四代后裔。

在“流民走川陕”大潮的影响下，吴上锡溯长江、逆汉江而上，几经辗转，漂泊到万家扒，成为一名伐木工人。

这样的生活，显然是辛劳的。刚到万家扒时，吴上锡风餐露宿，以木栅树枝围屋。夜晚，寒风呼啸，冻得他瑟瑟发抖，“不行，要留在这个地方，就先得有稳定的一日三餐”，吴上锡躺在“窝棚”里暗暗思量。

好在不久后就听说堰坪杨家湾，有一姓杨的大户人家招短工，吴上锡便投奔了去。

吴上锡脑子活，善变通，能吃苦，不服输，很快受到这户人家

主人的赏识，让他做了“长工”。漂泊许久的吴上锡，像是蒲公英的种子，终于扒住了那块地。从此，便落脚在堰坪，那年，他 38 岁。

安康那淳朴包容的民风，让移民们感到了亲切和安定。当地人常说 :“安康人，人心长，扶危济困是善良。”吴上锡在杨家的日子是如鱼得水的,但也没有“乐不思亲”。他向两位堂弟吴上铨、吴上铭发出了邀请，很快，兄弟俩也来到杨家帮工。但不幸的是，吴上铨在乾隆二十七年（1762）病逝。

悲恸的大哥吴上钟，遂携四弟吴上钢从长沙到堰坪奔丧。

在料理后事的过程中，经验丰富的吴上钟便发现堰坪山野宽广、人烟稀少，是个种稻的好地方。尽管这一时期的堰坪，除了层层叠叠的山头，基本上没有什么农田，当地人也不懂水利灌溉，谁能想到要在高低不平的山坡里种上水稻?

“你看，堰坪水源丰富，遍地长的灯芯草，这种土壤最能蓄水。那边山头还有参天古木，一定有巨大的水源，这么大一片无人耕种的荒郊野地，正是咱们开梯田的好地方！”吴上钟叫来其他兄弟，指着地形说。

吴上锡醍醐灌顶，他立马召集当地村民，将南方先进的农业生产技术教给他们，组织大家垦荒开田。挖渠修堰、开沟排水、筑塘蓄饮、抬田造地——只用了短短几年时间，便在堰坪周边修起了大量水田。

几年后，吴上锡辞去杨家的工作，彻底告别了打工生活。

从此，三兄弟过上了修田、打猎、捕鱼的生活，同时还做木工、弹棉花、打麻、割漆。他们心中只有一个信念——在这里，要把根扎深。

三年后，兄弟几个修建了不少的田地，囤积了大量粮食，也积攒了不少钱财。于是择基选地，修建了住宅，又陆续修建了天保寨等。

吴家兄弟在堰坪落业发家的传奇很快就传回了长沙善化，一时间吴氏“十二派、十三派、十四派”“之、世、上”字辈祖孙三代 9 户 10 多人于乾隆三十年（1765）后纷纷移居堰坪。后又分散到杜家垭的田堰、吴家坝，汉阳的大坝、金鱼、凤凰，紫阳的马家营及汉中西乡等地。

祖祖辈辈的努力，让吴氏先民们拥有了南山三铺（鳌头、堰坪、汉阳）的绝大部分田产及数量可观的房舍，为了获得更多的财富，他们把眼光投向了商贸业，开商号，办副业，搞流通，上走汉中，下跑武汉，最终成为一方富商。

梯田，让移民至此的吴家人打了一个漂亮的仗，留下了一段流传至今的“创业史”。梯田边上的吴家花屋，正是第三代移民吴敦伍修建的。据说，当年因地处穷山僻壤，周围建筑房屋多为茅庐草舍，而吴家的府邸青砖灰瓦、雕梁画栋，用青山作屏，与花草相映，甚是好看，大家便把它叫作“吴家花屋”，这个名字被一直沿用至今。

汉江东去，不知带走了多少王朝遗梦，只留青山斜阳，袅袅炊烟。在中国历史上五次大规模的人口迁徙中，迁徙至汉阴的外地人后裔占当地总人口的十之八九。

今天，当我们行走于纵横的阡陌之间，仿佛仍能闻到先民烧山垦荒的烟味。

（二）虎虎

6 月的水稻，刚刚伸展开了腰肢，一束束排列开来，傲挺挺像不屈的小将。田地的青绿色和大地本来的土黄色、周围的村庄、远方的青山相映成趣，横竖交错，织成了不知哪位仙子的百褶裙。

这里的地理形态被称为“八山一水一分田”，这些随山就势开垦的梯田，虽然经过百年风云，土地依然肥沃，依然是当地村民最重要的粮食来源。

汉阴县水利局的李权兵听说我们来采风，热情相陪，他说：“我一定要来，梯田的美，不仅在于风景，更在于智慧。”

老李带着我们在田埂上漫步，望着起伏的万亩良田，他不由感叹地说：“你越研究越会为我们古人的智慧而惊叹，这些梯田是沿着等高线走势修建的，呈流线型。”据说，采用这种方式可最大限度地减少开挖量，有效地防止水土流失，还涵养了水源，是一种见缝插针的修田方式。

“但梯田的水从哪里来？”我忍不住抛出自己的问题。

“你看见那几片山头了没？”李权兵指着与天相接的葱茏之地，“梯田三面环山，南边就是汉江干流，有水汽蒸发，在三面环山的阻挡之下，形成了涡旋。”

“哦，怪不得这里叫漩涡镇！”闺蜜恍然大悟，老李会心地笑起来。

老李在田埂上攀爬，健步如飞，我们一行人在后面跟着，挥汗如雨。闺蜜带着她的柯基狗狗，嘴里直喊：“再不陪你采风了！本来以为是浪漫之旅，结果是来干体力活儿！”

她的柯基狗狗索性丢开了主人，沿着山势撒丫子向前跑。“狗儿子，小心掉下去！别跑。”

“嗨！你让它跑跑，生灵就是要和大自然拥抱的！”阿敏劝着，也放下了抱在怀里的孩子虎虎。

孩子和狗子，相互追逐着，像是跳跃翻转的蝴蝶，小小的身影，将我们远远甩开了。

我们提着气，随着老李的节奏向上继续爬着。谁知，天刚刚还晴空万里，说话间，就下起了一阵小雨。

“其实是很大的一片云彩，会产生局部的降雨。”老李说着，带我们进了一家农户，“进去躲一阵儿，很快就会停的。”

“虎虎！可可！”

我们呼唤着两个并不想要回来的小家伙，直到把他们“扭送”

进屋。

这是建在梯田上的一座简易的土坯房，褐色的墙体，支棱着柔软厚重的稻草屋顶，与梯田的景致融合得恰如其分。雨水从房屋两边悬着的麻绳结儿上不住溜下来，滴在绳头下的陶瓮里，我在古画中见过，这是古人用来排水的设施——当然不似我们现在用的管子，祖辈总是能把生活的任何一帧画面装扮成诗。他们往往用特殊造型的铁链子或是绳索，挂在屋檐两角，引导雨水排下来，它还有个浪漫的名字——“雨霖铃”。

2010 年，全国文物普查时，发现了这 200 多年的古梯田，当时就出台了初步的保护政策。2016 年，政策被进一步细化，除了给万亩梯田配备了 50 多位网格员承担保护任务外，更对梯田上的农舍、道路等进行了精细化管理。尤其是风貌管理，对建筑设施风格、造型、色彩、外墙材质、建设地点等要素都有要求，比如建筑物必须突出陕南中式民居风格，屋顶、房屋外立面的防护栏、窗户外的防盗网一般采用深灰色或黑色，外墙采用白色或夯土（黄）色，门窗采用栗色、黑色或木色，要与周边环境协调融合，杜绝使用红蓝彩钢屋顶、彩砖贴面。及时拆除违章建筑、残垣断壁和废弃危旧建筑，严禁乱搭乱建。原则上不新增审批宅基地和建设用地，因特殊情况确需新增建筑设施的，从严控制从严审批，新增建筑的选址、风貌必须符合实用性村庄规划和本办法规定，且不破坏大地景观。

盖因如此，这农舍才如此地古朴、整洁，女主人定是个勤劳的人。这户人家两个儿子大学毕业后在西安上班，男主人也去外地务工了，家里只剩下了70多岁的婆婆和51岁的儿媳冯玉芳。

女主人的头发乌黑浓密，年过五旬竟连一根白头发都没有，中等个子，穿着花格子衬衣，卡其色裤子，裤边挽得很高。“这不，经常要去梯田转转，都没来得及收拾。”冯玉芳用食盘端来了几杯茶。大概是狗子总在她脚下蹭来蹭去，她放下了茶，就赶紧把裤边捋平了。

“呵！富硒茶！”我尝了一口，清新甘甜的滋味儿直入心脾。

“你种了几亩田？”我又呷口茶，问她。

“嘿！家里就剩我和老婆婆了，不种了，把地承包给了村里其他人。”玉芳笑着，说话间给虎虎塞了一把米花，那是大米做成的，白莹莹的，像小珍珠。

“现在，孩子们大了，也在城里安了家。本来叫我们过去住，但我不习惯，老头子也不习惯。我生在这里，长在这里，人生都和梯田连在一起,哪个能走了？”玉芳这才打开了话匣子。“不过，也闲不下来，5年前，梯田上要招网格员，我就主动找村上，承担起这个工作。我还是唯一一个女网格员呢！”她说到这里，捂嘴笑了。

玉芳告诉我，平时的工作倒也不像外人想得那样辛苦。一是梯田的状况很好，偶尔有因为年久失修而发生塌陷的情况，她一旦发现，就上报保护办，并联系村民进行及时修补。但这种情况并不多见。二是村民的保护意识都很强，他们从小在这里长大，对梯田有很深的情感，基本不会故意破坏。只有因为在宅基地上建造农舍的事情，和村民红过一两次脸。

“刚开始，大家的意识没有转变过来。觉得在自家的宅基地上盖房子，想盖啥样盖啥样，为什么要被管？”

每每遇到此种情况，玉芳就耐心地给村民讲政策、谈利弊，劝大家目光放长远，给大家算梯田带来的旅游观光收入。为了起到带头作用，玉芳愣是没让丈夫再翻新住了30多年的土坯房，只是按规定，对它做了外墙的加固和粉刷。她还和婆婆细心地在房前屋后种上了牵牛花、鸡冠花和蔷薇。每到花期，紫的、粉的、黄的花团，簇拥着褐色的土墙，波光粼粼的梯田环绕四周，这种恰到好处的情景，好似莫奈的画、陶潜的诗。

每到4月至10月的旅游旺季，玉芳家的“稻田花舍”总是吸引着游客前来“要茶喝”，甚至渐渐成了打卡地。

村民们终于理解了梯田保护政策的若干要求，是再精妙不过的想法了。

两杯茶入喉，我们褪去了刚才的疲惫，屋外的雨也停了，只是被雨水拍打起来的水汽在蜿蜒起伏的梯田上形成了薄薄的雾。

“一会儿太阳就出来了！走！我也陪着你们，刚好也巡查一下。”玉芳提上斗笠，也跟着我们向前走去。虎虎完全被米花收买了，伸出了软乎乎的手，握着玉芳的一根手指。

阿敏激动地说："嗨！虎虎很少主动和陌生人亲近的！太好了！太好了！有进步有进步，虎虎，一定要加油呀！"

她表现出的过度兴奋与这番话语，多少令我有点诧异。只是孩子的脸上，确实露出了更多的笑容。

狗儿在前面带着路，稻田间的青草没过了它那短小的四肢，浑圆的屁股像可爱的桃子，一扭一扭，逗得我们哈哈大笑。

行走在阡陌之间，不时可见散布在周围的古堰塘、古渠道，清澈的冷水河从山旁流过。

古代人，很早就懂得依山就势，引用河水、泉水和局部小气候建立排灌体系。汉阴的古梯田，水量充足，渠系发达，自上而下排水流畅，设施完善，正是利用并延续了这种技术才能够被沿用至今。

凤堰古梯田主要利用凤凰山溪进行自流灌溉，再加上当地人开挖的沟渠与堰塘，接住了自上而下的高山水流与地下渗出的泉水，丰沛的自然水源使得梯田内部沟渠纵横，灌溉系统完备。人们在建设、改造和利用梯田时，充分尊重自然规律：山顶原始森林涵养水源，塘、窖蓄水沉沙，田间水系以自流方式调配。由"田、渠、塘、溪"组成的灌溉体系，与"自然积存、自然渗透、自然净化"的海绵建设理念完美契合，是因地制宜的对自然影响最小的开发方式。越行走越发觉得梯田隐蔽而科学的灌溉系统令人叹为观止：山有多高，水就有多高，每一处梯田，都有一个进水口，一个出水口，只要这层被灌满了，水会自动流到下一层……同时，还有大大小小40余处堰塘可用于储水，以防天旱。

正走着，一条菜花水蛇溜过小路，闺蜜居然被吓得跳了起来，狗子却好奇地朝水蛇溜过去的地方张望嗅闻着。

“蛇，蛇，可可，可可。”虎虎咿咿呀呀说着，指指狗狗，又指指已经远去的蛇。

“嘿！你还知道那是蛇呀！你在家咋不说呢？在家教他看图说话他都不说！”阿敏又激动了好一会儿。

“不要紧，这蛇没有毒的。说明这里生态很好。”经验丰富的玉芳鼓励我们继续前行。

此时，太阳爬出了云端，蒸腾起滚滚的热浪。这是稻谷强壮拔节的时候，那种绿，坚硬得似乎能刺破一切阻止它生长的障碍。

被太阳烧灼的水，在交错的禾叶下，咕嘟着，说不出名字的鱼苗儿虾米，时不时探出头来。

阿敏抱起了虎虎，孩子到底已经走了好几里路了。这倒让我想起了奶奶，如果奶奶在世置身万亩稻田里，她又该是何种心情？

我们那里是旱田多，几乎没有水田。谁家倘有几分水田，也是稀罕，至少有蝌蚪、水虫什么的，也欢乐了我童年的光阴。

我也曾随奶奶一起走过稻田埂，她会把我抱起来，因为我没有最高的稻谷长得高，毛边的稻叶会划破我的脸。

她强劲的胳膊像老梅的树干，用一只胳膊抱着我，用另一只手牵着羊。

穿过那稻田小路就可以到达河边的堤坝，据说那是曾奶奶、奶奶两代人，年轻的时候用河里的石头砌起来的。石头很白，在绿色的草丛中探出头，映着夏季格外蓝的天。奶奶会寻一处草肥叶嫩的地儿，搬一块大石头压住牵羊的绳头。

我们俩再找到最大最平的石头，相依坐着，看着来时的小路，从村庄的尽头延伸到脚下，歪歪扭扭，被茂盛的稻谷垂下的脑袋遮盖着，隐隐约约，像极了老师刚讲给我们的那个“白飘带”的比喻，但是，奶奶从不觉得我这样的比喻很恰当，她觉得它更像是傍晚袅袅的炊烟。而当炊烟真的升起来的时候，羊儿已经将肚子吃得滚圆滚圆的了，我们便再踏着这条小路，走回去。站在村口再去看这条小路时，它已铺满夕阳，变成金色。

“哞——”一声低沉的牛叫声，把我从遥远的回忆里拉了出来，循声望去，一头油光水滑的老黄牛在一处农舍边吃草，竟还有一头小牛依偎在旁。

“我们这里的田垄很窄，大型农业机械没有办法进入梯田，所以到现在还是靠人力拿着板锄去翻地松土。每年春耕，多要老黄牛出力的。犁地、蓄水、灌水后，等上一段时间，把田泥抹平再灌水，就可以插秧了。”玉芳说。

“老吴，你家牛犊有 5 个月了吧？”玉芳问。

“有了！说来也怪，牛都老了，还有点病了，老婆子说今年怕是不能下地了，没想到它给我们生了个独苗苗。”老吴答着玉芳的话。正说着，一位满头银发的大娘走了出来，喊住玉芳问：“你有没有不穿的红衣服？”

“你要红衣服做啥？”

“这独苗是接班的！牛是有灵性的，知道它自己老了，要走了，给我们老两口留了个新劳力！”

“是不是哟？那要衣服是做啥子？”

“我听说牛要是老死了，埋的时候，剪下红衣服的衣角，绑在牛身上，它下辈子就能托生成个人，不用再做牲畜，不用受苦了！”

“有啊有啊，我一哈儿回来给你取。”

“对头，我早早备下！”老大娘嘴里念叨着，走上前摸摸老黄牛的脖子。

虽然我们越走越远，我却隐约听到了她对老牛说的话：“你在我们家一辈子，受苦了。现在日子好了，你要是下辈子托生成人，你还来这儿，来找我们哟，现在吃得好得很……”

“牛，牛……”2 岁的虎虎似乎也听懂了什么，将双手环在阿敏脖子上，轻轻亲了她一口。

我惊诧地看见，阿敏的眼泪滑落了下来：“啊呀，虎虎，你终于知道亲我了。你今天真的让我太意外、太有信心了……”

虽然，我还不完全清楚这一路上阿敏和虎虎之间令人费解的表现，却也隐约猜到了什么。

但无论怎样，我相信，大自然能治愈一切。

（三）咬核桃的老人

孙文的爷爷,是老支书,也是守护梯田的网格员之一,81岁了。

刚开始村上考虑到他年岁较大，没敢接收他的申请。

但有一天一大早，老爷子背着双手，不紧不慢走进了村委会，从裤兜里掏出来一颗核桃，当着大家的面，咯嘣一声咬开了，随即撂下一句话："崽子们，我老汉牙一颗没掉！还没老！我开田种田的时候，你们还和尿泥玩儿呢！哪个就保护不了它了？"

这颗核桃，解决了一切问题，老爷子顺利当上了网格员。

孙文是在爷爷的肩头长大的。刚开始，爷爷喜欢在去下地的时候用扁担担着他，后来筐里装不下他了，爷爷就背着他。童年里的所有快乐，都是梯田给的。

老爷子一辈子都没认过输，2000年初，打工的风也吹到了村子，年轻人一个一个外出了。有的，更是举家外迁，留下了不少梯田，不几年光景，田里就长满了杂草，有的还因为长久没人打理而垮塌漏水。

老爷子瞅着这种情形,心疼坏了。祖先们翻山越岭,拖家带口,

不知饿死冻死多少人，才来到这里，用双手开辟了这些家底，这是多少代人的心血！当时的他已经年过六旬，无法阻止年轻人出村的脚步，便接管了一块又一块水田，两年多下来，他一个人要管 40 多亩田！每天天不亮，就下地劳作，老伴儿劝他："不是年轻小伙子了！还种这么多田做啥子哟？"

"你别管！做好你的饭！"

老爷子拧着他那浓黑的眉毛，给头上盖个草帽，就走了。

在外念书的孙文，每每打电话回来，就要劝爷爷："您老种那么多田干吗，又吃不完那么多米，不要给自己苦吃了！"

爷爷总是哈哈一笑，听着小孙子的"劝告"，他是享受的，只是心里主意却是拿得定，谁说也白搭。"文文，你过了 35 岁，会渐渐懂得的，你会回来的。一个人，离不开自己的家乡，只是现在大城市的新鲜,迷住你们的眼了。等你们回来那天,就明白了，现在我用这把老骨头守好这些田，是太正确的事儿了。"

2010 年，全国文物普查，人们终于发现了隐藏在秦岭脚下的这片饱经风霜的梯田，它被评为"陕西省第三次全国文物普查十大新发现"。

当新闻发布那天，孙文看到了记者采访爷爷的几秒钟画面，他不由得热泪盈眶，那几秒钟的公认，是爷爷用了 10 年的劳作和信念来达成的。他隐隐理解了老人家的那一腔"执拗"。

10 年，家里的黄牛都已经老了，爷爷依然精神矍铄。

从此，家乡的梯田声名远播。

2013 年，凤堰古梯田被陕西省水利厅命名为省级水利风景区；2014 年，又被农业部命名为“中国美丽田园”，林业部将其纳入凤凰山国家森林公园；2019 年，被国务院公布为第八批“全国重点文物保护单位”，现已建成全国首个移民生态博物馆，2020 年被正式认定为国家 4A 级旅游景区；2021 年 11 月，汉阴凤堰稻作梯田系统入选第六批中国重要农业文化遗产；2022 年 6 月，凤堰梯田被收入国家高考试卷；2024 年，凤堰梯田成功入选第十一批“世界灌溉工程遗产”名录……

（四）青春和酒

2016 年，孙文回到了家乡，继承了爷爷的事业，做了第二代“梯田守望者”,那时他刚过 35 岁,正应了爷爷当年说的那句话。

当时的凤堰梯田虽已经名声在外，渐渐有游客赶来拍照，但村子的旅游环境还不完善，怎么靠“祖产”“生产”，是孙文一直思考的问题。

此时，县里也调派了一些年轻干部打造移民生态博物馆，成涛就是其中一个，孙文终于等来了和自己看法一致的同龄人。

成涛负责对接政策，孙文负责让政策落地。

自 2010 年凤堰古梯田在文物普查中被发现以来，汉阴县开始大力开发凤堰的旅游资源。景区内的吴家花屋、冯家堡子、太平寨得到修复，成为景区内的主要景点，投资上千万的游客服务中心投入运营，凤堰云海也成为游客到凤堰观光时可见到的第一个宏大场景。

凤凰山腰上，有一处年轻人打造的咖啡观景台，不到 200 平方米的露台，布置得相当有情调。我们一行人可算是久旱逢甘霖了，一屁股坐在椅子上。不一会儿，一杯杯五颜六色的调饮、咖啡或茶，被端了上来。

“我不喝饮料，我还是喝茶。”吴明老先生婉拒了我递过去的咖啡，端起一杯冲泡的绿茶，“现在的娃娃们还是会搞！”他看看我们手中的各色饮品，欣慰地笑着。

吴老先生在当地教了一辈子书，退休后在移民生态博物馆做志愿者、讲解员。

“走！歇歇就走！吃饭！”成涛催促道。

这两年，来梯田游玩的人多了，特别是每年 4 月油菜花盛开时期和中秋后的水稻成熟期，游人如织。当地积极打造梯田农业综合旅游示范区，推出以休闲养生、梯田观光、山地游览等为主题的文旅项目，实现年接待游客 60 万人次，旅游综合年收入超 10 亿元。

孙文粗略计算了一下，仅 2024 年五一就来了十几万游客，“我族里姑姑的农家乐，光炒菜就炒坏了一个勺！”孙文哈哈笑着，对未来非常乐观。

汉阴县政府每年拿出 100 多万元补贴梯田农户种植油菜，招商引资 200 万元建的梯田露营帐篷区和投资 2000 多万元建成的高端民宿群一经开放便火爆市场。田梁农家乐是凤堰景区第一家农家乐，每年收入超 20 万元，带动了景区 50 余家农家乐和客栈的发展，原来无人问津的本地农产品也成了游客眼中的香饽饽。

村里的年轻人，也陆续回来了，有的做起了民宿，有的卖起了茶咖，还有一些做起了宣传推介大使，当主播，宣传家乡。

车子在蜿蜒的路上行驶，窗外的梯田不断变换着弧度，似天妃的裙边随风摆动。不一会儿，我们就来到了一处农家——并没有特别装修，简单整洁的院落里，牵牛花爬满竹篱笆，狗儿欢快地出来迎接客人，与闺蜜的柯基犬相互打着招呼。

迎接我们的老板娘，是典型的江南女子长相，有着白皙的皮肤，点漆的眸子，娇娇小小的婀娜身姿，又颇具北方女子的豪迈，热情地招呼我们进屋坐。

家里的老人听见我们到了，也迎了出来，时不时与老板娘交谈几句，竟听到几句粤语。

成涛说，在凤堰景区的一些村落，确实有些年龄较大的老人会说粤语，他们通常是来自湖广的外来移民。

几盏茶的工夫过后，一道道农家菜上了桌。其中有道海鲜汤引起了我的注意，这道菜我在广东沿海地区吃过。

“成涛，你咋这么客气！还点了广式墨鱼汤？”

我的话一出口，老板娘就笑了，说：“这可是我们这里地道的农家菜。”

原来，湖广移民到陕西后，为了不让海鲜变质腐烂，便将墨鱼风干，发明了这道不合地域的特色菜。现在，这道菜已经是汉阴县迎客待亲必不可少的一道美食，卖得很红火，甚至还有不少广东寻祖的人专门跑到汉阴来吃这道菜。

“秆秆酒，山里有；自己烤，待亲友；坛坛罐罐都装满，一年四季喝到头……”吴明老先生在大家的热情期盼下，端起了面前的水酒，唱了一段。

歌声落下，我们几人一饮而尽，微甜的酒水滑过我的喉咙，我从中咂出了南北混杂的味道——烤秆秆酒，在陕南是很有名气的，民间俗称“土茅台”。甜秆的芯儿像南方的甘蔗，却又没那么沁甜；穗子像北方的高粱，却又比高粱散壮些。北方人叫它甜秫秆，南方客家移民叫它芦粟或芦黍，陕南人叫它甜秆，学名叫作糖高粱。

湖广那永远的乡音，是祖辈们留下的一道念想。

过去物资匮乏，到了甜秆成熟期，若是家里来了客人尤其是小孩，大人们就会说：“去，没啥吃的，砍些甜秆来嚼嚼！”孩子们高兴，客人也开心，还会说:“这甜秆真甜，今年烤秆秆酒一定很香哦。”客人前脚出门，全家后脚就去地里砍收甜秆了。收回的甜秆三五根一把，用刀剁成一寸长的节节，用木棒砸成碎片，加土酒曲搅拌均匀，装进烤火屋中的大木桶里，保持一定温度，盖上木盖后用布条包缝，再用黄泥封严实。这样发酵一两个月后，听到木桶里传来咕咚咕咚的响声，闻到从木桶中飘出淡淡的醇香味时，就该出槽烤酒了。

据说，烤秆秆酒前，主人家必得选吉日烧香蜡火纸，敬拜酒神，还要请烤酒师。通常是先在自家院坝前砌一个大灶，有的直接挖个灶洞，安上一口深肚大口的锅做底锅，得把锅内洗干净，不然烤出的酒有煳味。底锅里的水要选用渭子溪泉水，在离水面一指高的地方，平放一个密而透气、薄而结实的竹笆。竹笆上放置酒甑子，是下口大上口小的木桶，里面填上大半桶酒料，酒料略低于甑子上的出酒孔。甑子中间安放的接酒器与出酒孔连接，并稍稍倾斜。甑子上口用皮纸或布条缠绕，架上大天锅压实密封，确保不漏一丝气。天锅外底部要清洗得光滑而洁净，酒的醇正与口味都在于此步。天锅里尽量盛满冷水，温度若升高至 30 多摄氏度就要立即换水。

“点火烤酒有诀窍，诀窍就是火候。”“火候在于烤酒的柴火，要选用硬质的柴料，还要干湿、粗细搭配得当。点燃酒灶里面的柴火后，火势先要大，底锅水开了后变中火，然后一直保持下去，直到把一甑子酒烤完，这样既节省酒料，又能烤出好酒。”

可以想象那样的画面：蒸汽穿透酒料，携手乙醇向上攀升，猛然遇上低温的天锅，便融为一体而化为“流星”，滑落在天锅下的接酒器中，又顺着引酒管缓缓而出。先是珍珠般一点一滴，随即成为一条银色丝线，继而是一股清泉涌流，流进盛酒罐里，于是酒香就弥漫于乡野山间。

豪饮一碗独家酿造的秆秆酒，就会恍恍惚惚，仿佛看到历史的幽深处，那些移民“挑茧过秦到长安，担盐翻岭两月还”的景象。

汉江水复，秦巴山叠，他们用坚实的肩膀，支撑起一片天空。

告别农家乐，我们踏上了去往梯田民宿“花栖月”的路程。“来得不是时候，秋季来，你会写出更美的文字。”成涛给我说，颇有些遗憾。

虽然，我认同美景出美文，但生活何处没有美景？四时山光，一股清风，都是。我一直坚信，最美的文字是那些向生活致敬的文字。这一路走来，我早已被湖广移民的创业故事深深打动，只希望用朴实的言语记录下这里原生态的事物，连修辞手法都不敢用。

成涛告诉我们，这几年，游客数量猛然增多，当地富硒有机大米的名声也越来越响亮，为了鼓励农户种植有机水稻，激励贫困群众发展产业、持续增收，政府也出台了农发基金、农机补贴和产业奖补等一系列支持政策，加上“免费种苗 + 产业奖补 + 生产培训 + 订单引进”的叠加政策，老百姓日子越过越有奔头。

在政策加持下，怎么让“移民生态博物馆”活起来？回乡的年轻人和新一代的村干部，脑子活，想法多，也肯苦干，他们整合周边旅游资源，举办系列文旅活动，不断丰富餐饮、民宿、露

营等旅游业态。“花栖月”就是成果之一。它由县属国有企业和两个村级股份经济合作社共同出资成立，按照现代企业管理制度推进建设，不断带动群众就业增收。

那是建立在海拔1000米处山林中的三栋房子，网友们说，睡在这里，每天会从云海中醒来。

到达这里时，已经是下午6点多了。这里的房屋以石为基，推开木门，院内修竹成林，平沙成海。室内茶室雅致，厨房餐具齐备，房间内，木板为地，竹席为顶，配有一个汤池。

采风一天，因为劳累，也就免了晚饭。中午喝的农家烤秆秆酒还未散去，便和闺蜜来到云台喝起了茶。由此处看去，脚下的田野、村庄已缩成玩具般大小，心中会瞬间升起“山登绝顶我为峰”之感。

此时，天上突然下起了小雨，山中出现了神奇的一幕。一团白色的雾气像是掉落在山谷里的棉花糖，慢慢飘散形成薄雾，向整个山谷铺开。一点一点，面积越来越大，10分钟不到，整个凤凰山和民宿，都被雾气包裹起来。

“不喝茶了，酒，喝红酒了！”闺蜜向来嗜酒，她说在这他乡异地，薄雾配酒，更合适。那倒也是，李清照都说：“故乡何处是？忘了除非醉。”

我们在山雾中吟诗作文，碰杯而歌，年轻的民宿管家也被吸引了过来。她是个还不到30岁的西安姑娘，叫媛媛，干净的短发，鹅蛋脸儿，澄澈的眼眸，这种灵气和松弛，怕是只有山和水能养出来。

推杯换盏，弹琴和诗，我们三个很快无话不谈。女人们的友情就是这么奇怪，可以在一分钟里确认眼神，一见如故，彼此引为知己。

媛媛慵懒地窝在沙发中，摇着红酒杯，向我们说着自己的理想——挖掘当地文化，让历史“活”起来，让客人“动起来”！

“可以办一次篝火晚会，让素不相识的旅人成为朋友；也可以邀请客人跟随管家大姐做一个‘酸辣土豆丝’，练练厨艺……总之，花栖月是一个要给人留下回忆的地方。”

媛媛坦言，虽说这几年不断有城市里的年轻人到乡村种梦，但做乡建，看起来挺美好，其实很不容易，城市和乡村的差异需要去适应。

“过去，我每天穿着高跟鞋，吹着空调坐在办公室，现在就得戴着草帽和老乡们一起在地里接受日晒雨淋……没有这样的投入，只是动动嘴皮子，乡建，是干不好的！”

要说最难的，还是和当地村民的融合。媛媛是“外地人”，从城里过来的，必然和当地人有观念差异。听到民宿招管家，村里的孃孃们倒是积极，在家门口就能上班，好事。可对打扫卫生的要求，她们一开始不理解：“我把这里打扫得比我家干净多了，为啥还是不行，你们是不是在找事儿？”

在一次次的磨合中，大家最终相互理解了。“我们都在逐渐完善、成长。”媛媛说，“在乡村待久了，感觉团队小伙伴都成了‘万能人’，既要和天南海北的客人沟通，也要和村子里的大叔大婶打成一片，要会泡茶，也要会煮咖啡，前院要种花，后院要锄草……偶然得闲，才能好好欣赏下身边的风景。”

“在探索乡村的过程中，乡村也在激发着我们的梦想：未来，我们要把当地的富硒菜籽、茶、水、米等进行包装，打出品牌，形成影响力。”

酒过一巡又一巡，姑娘的理想一度一度地升温，被呈现给了我们。这温热的青春，也将已过不惑之年的我，翻新了一遍。

历史卷着的纸卷上，文字已经斑驳，谁也不清楚，200 多年前，吴家兄弟在凤凰山上用双手开田时，是否也看到过今夕的风烟雨雾，他们是否也在这样的雨雾中，坐在田埂上，倒出酒坛中的烤秆秆酒，举杯叙怀，共誓一定要在此处扎根。

在第二天的返程路上，我们路过吴家花屋，进去瞻仰了一番，从那些家训和牌匾中，隐约感受到了一个家族，乃至一群湖广后裔们，厚德载物、勤劳质朴的治家之道。

据说，吴家花屋位于“凤舞之地”，它坐北向南，分为东、西两院。西院为内、外两进，其中，外院西面为葡萄园，东面有学房 5 间。内院又分出西厢房和东厢房，西厢房与最西面的杂物房和厨房构成小天井，后连厕所和马圈；东厢房为碓房和仓房。

东院有独立的门楼，“进士第”牌匾悬于门上，相传是清光绪皇帝诰赠。整栋建筑共有大小房屋 31 间，保留着清代中晚期风格，具有明显的江南民居特点。

厅房内深邃静谧，古朴而不失威严，伫立其中，仿佛置身于悠远的历史之中。厅房中的每一方石头,每一块砖瓦,每一张桌椅，每一道门楣，都在讲述着那段故事：屋主和族人在汉江边上一处叫漩涡的地方夯基垒土、抬田造渠，改造自然、繁衍生息的奋斗史……

吴上钟兄弟三人乾隆年间初到堰坪时，身无分文、举目无亲，他们坚韧不拔，勤劳苦做，靠智慧、诚信、勇敢、胆识不断进取与发展，不仅站稳了脚跟，而且获取了功名。

富起来的吴氏先民没有忘记汉阴当地对自己的接纳和包容，他们兴学堂、办教育，修堰渠、铺道路，赈济贫民、剿匪平叛，深得百姓拥戴。汉阴广仁社、汉阴育英书院、岚皋书院、紫阳东来书院、漩涡中心小学、汉阳中心校等，都是吴家人建的。

“哪里有妹哪有歌，哥唱山歌妹来和。树死藤生缠到死，藤死树生死也缠……”

吴家花屋外，就是水田，一位牵黄牛的老乡唱着这样的歌谣。成涛说，这是客家人的歌。

是啊，这里本就是他乡里的“故乡”。汉江两岸，湖广等地移民在这里生息、繁衍，在这里歌唱、畅饮。他们在秦巴群山里劳动、创造，舞蹈、欢聚。爱时，便如阳光般灿烂、芬芳醉人；恨时，便如水火般分明、地动山摇。

车子驶离安康时，在高速路口，阿敏早已等着我们，就像来的时候一样。她专程去老豆腐坊给我们买了手作豆干。

“还有富硒茶，在路上了，明天会邮到西安去！”

她陪着我们采风两天，又备好酒招待，又邮寄特产，我给闺蜜说：“下次阿敏到了西安，一定要好好款待，这种淳朴，叫人倍感珍惜。”

回来的路上，我们收到了阿敏发来的视频和照片，是虎虎和柯基犬在梯田里的各种快乐瞬间。孩子的笑，是那样灿烂无邪，狗子是那样自由欢快……

“感谢你们，虎虎这两天的表现，让我喜极而泣，我真的找到了走进他心里的方法。那就是，秦岭山水，是大自然。”

对的，秦岭山水。山与歌眉敛，波同醉眼流，声绕碧山飞。历经千百年的岁月，秦岭里的每一个“弯道”里，都斟满了故事。人终究是天地间的一叶扁舟，滩险水急，风平浪静，都是际遇。

“料峭春风吹酒醒，微冷，山头斜照却相迎。回首向来萧瑟处，归去，也无风雨也无晴……”

回程时的西汉高速两侧，山月推移，车上放着歌手吴彤唱的《定风波》，那是东坡的词。

人生最美是转弯

湖南长沙善化县吴氏第十四代孙吴上锡为生计所迫，在“明清川陕大移民”的背景下，于乾隆二十一年（1756）溯长江、逆汉江，浪迹漂泊。谁也不知道他这一路上转过了几道河湾，又走过哪些回峰。

也许，刚开始在深山伐木时，吴上锡怀疑过自己是否真的能在这个地方扎下根。话说他在杨家做工时，有一次中午杨家宴请众百姓，吴上锡就因为面色漆黑、身强体壮饭量大，语言不通，让众乡亲不愿意与他同席。独坐一席的吴上锡很是尴尬与难为情。

但人生往往峰回路转，面对此情此景，吴上锡收起了沮丧，认为自己初来乍到，堰坪居然有自己的“一席之地”，应该是个“好兆头”。

正当吴氏几兄弟刚刚有了稳定的收入，一堂弟却客死他乡，来奔丧的大哥吴上钟本是绝望的，但在看到这里的山坡走向和泥土特性后，脑子突然转过弯来，决心建梯田。

最终经过三代人的开垦，吴家拥有了田产宅邸，宅邸华丽，被当地百姓称为“花屋”。

纵观吴家的发家史，他们在不断地经历山重水复和柳暗花明。

走在田埂上，有人闲散地放牧着黄牛，有人唱起了歌谣，虎虎追着柯基犬把我们甩开，又停留下来等待。

阿敏一路上，都在刷新着惊喜程度。

离开汉阴的时候，阿敏才吐露：虎虎，是来自星星的孩子。半年前，刚被查出患有自闭症。

得到这个消息后，阿敏哭过无数次，悔悟自己平时疏于陪伴孩子。这半年来，阿敏把注意力转向了虎虎，每逢周末就带孩子去亲近自然，但效果并不十分明显。

这次到了梯田，追着风，追着狗，追着蝶，追着他喜欢的一切，虎虎终于开口了，会和大家互动了，更学会了等待。

阿敏的激动，可想而知。

我鼓励她：“你就当虎虎在成长过程中，多转了几道弯，所以慢了一些，人生不就贵在转弯吗？”

“山重水复疑无路，柳暗花明又一村。”人生如逆旅，我们都是行人。即便水穷处，不是还有云起时吗？

汉阴无疑是柔美的，比如那雾里花溪、雨中小筑；但也是坚毅的，树挪死，人挪活！老李说，梯田之美，在于它是按照凤凰山的等高线，逐级而上。

然我眼所见，觉得正是美在它的“弯”度。

第十二章　穿在身上的“非遗”

汉江的水，是软的，却养出了并不柔弱的汉中女子。

她们多拥有白皙的皮肤，柔和的眉眼，小珍珠一样的牙齿，略娇小的身躯，点漆般的眸子，她们身上涌动着大地给予女性的力量。

那是一个出美人儿的地方！

从安康出发，溯汉江而上350千米，就到了传说中的古汉源——宁强。这里生活着一群不一样的女子——她们把天边的“彩云”绣在了衣服、帽子和鞋子上。捻线入孔，飞针走线，从大山借得灵气，以汉水滋润灵感。用大胆而独到的撞色，信手拈来的花纹题材，平、挑等针法，把生活和理想、历史与尘烟绣在了身上。

它不仅仅是经纬编织的技巧，更是灵与实的细腻对话方式，承载着古老的羌族人民的智慧和勤劳。

呵！羌绣。

去宁强之前，就有当地宣传部门的人给我讲过绣娘王小琴、郑娥等人的故事，并送来了大量的资料和媒体报道。然而我还是决定亲自去宁强一趟，悄悄去。

必得亲近它的泥土，方能亲近它的灵魂。

从汉阴的梯田下来，我们便驱车前往。宁强，得是一个什么样的地方，才会让人用针线，把天边的云彩留住？

宁强县，素有“三千里汉江第一城”之美誉。夏，属梁州。商及西周时代，为氐羌所据。明成化二十一年（1485），建立宁羌州。

“一学剪，二学裁，三学挑花绣布鞋”，在这片羌族故地上，这首民谚一直流传到现在。据说，羌族女子从10岁左右就开始接受羌绣技艺训练，从山川草木到花卉瓜果，从飞禽走兽到古朴纹饰，挑花、挑绣、扎花、扎绣、彩扎、彩挑、素挑、勾花、盘花……这些繁复的技法，被一双双巧手演绎、组合成独特的符号，这份与彩线相伴的安静与美好，伴随羌族女儿家的一生。

书中讲得有多神秘，我便有多渴望，渴望一头扎进那样的女儿乡里去，扎进她们绣的“彩云”中去。可是，到了宁强，我却大失所望。

请了向导张师傅，他一听就笑我说：“你太理想化了！即使是羌族人，也早已不穿那样的衣服了！”

那么，去哪里寻找那样的“云朵”呢？

我傻了眼。

“走，我带你边走边打听！”张师傅拍了拍胸脯，不知是不是故作胸有成竹，但到底给了我几分信心。

我当真就放弃了寻找当地宣传部门帮助的想法，准备就以天地间一行者的心，去感受独属宁强和羌绣的美。

不期而遇，难道不是更让人惊喜吗？

（一）无声的彩云

张师傅爬起山路像一阵风，虽然身材矮矮的，胖墩墩的，却很灵活，把我扔在身后一大截。

“来！王作家，我给你把包背上，你能走快点！”他带着几分嘲笑，几分关心，接过我的背包。

又沿着羊肠小道走了不知多久，终于，远远听到了鸡鸣声。在竹林的空隙，隐约可见红顶白墙的农舍，偶或传来几句人声。

“到了！”张师傅三步并作两步，抢上前去，冲刺到终点——宁强县舒家坝镇郑家坝村。

这里，是绣娘郑娥的出生地。

不是我在新闻里看到的土屋土墙，她的家精致又漂亮，白色瓷砖墙，被擦得锃亮，甚至连缝隙里都没有尘埃，一看，女主人就是个勤快人。

“我去给你叫，她听不见。”

邻居把我们带到她家，兀自进去找郑娥，很快一个穿着淡蓝色衬衣的清秀女子从屋里迎了出来。

干净的鹅蛋脸，弯弯的眉毛，带着笑意的眼睛也弯成月牙儿，秀丽的长发扎得整整齐齐，整个人就像傲立的纤竹。

我热情地打着招呼，她腼腆地笑着，表现出欢迎我的意思。我讶异，接受过很多采访的她，并没有沾染什么尘俗之气，笑容依旧那么淳朴恬静。

我瞥了一眼这干净的小院儿，只见花架下，摆放着竹木做的绣架，上面的牡丹，只绣了不到一半。

她的故事，已经出现在电影里，但我不想通过电影去认识她，就是要千辛万苦地到她身边，亲自向这个传奇的姑娘表达自己的敬意。

尽管，她不能开口说话。

1985 年 11 月，祖祖辈辈以耕地为生的郑家，迎来了一个“姑娘”，为这个并不富裕的家庭，带来了不少欢乐。但她在两三岁时，突发高烧，这可吓坏了父母。可居住在深山大沟的父母根本不知道用什么药，就这样，小郑娥，失去了语言交流能力，成了一个聋哑人。

父母一筹莫展，只能给小郑娥更多的爱来弥补缺憾。可当时宁强并没有什么特殊学校，村里的小学也不知该如何教她学习，小郑娥已经长大了，还没有接受教育。

她是个令人心疼的懂事孩子，既然只能待在家里，那就帮父母干些力所能及的家务吧。

看着小伙伴儿们一个个有学上，小郑娥陷入了孤独。没办法，这个年纪的孩子，本该和伙伴儿们追逐打闹，郑娥却只能一个人默默去山林里干活儿，种地、洗衣、做饭。

野草里的虫儿，花朵上的蝴蝶，还有那天边的云彩，飞过去的鸟儿，潭水中的鱼儿等，都成了郑娥的好朋友。

曾几何时，她也把心事“说”给蜂儿、松鼠、竹子和风，坚信秦巴山区的万物，都可以听懂。大自然，就是陪伴自己的人。

她记住它们的样子，闲暇或兴起时，便用树枝在地上把它们画出来。

“哎哟，娥娃子画得好啊！”乡亲们看到，经常这样称赞。

在无声的世界里，那些美丽的图案，成了大自然赋予郑娥的语言密码。

时光流转，郑娥长成了亭亭玉立的大姑娘，眉眼清秀，身条匀称，谁见了都夸她“好看得像朵彩云”，可是郑娥是惶恐的，她毕竟和大家不一样，少女的烦恼，偶有袭来。

2006 年，经人介绍，她与黄家梁村的陈太彦相识了。虽然，丈夫是个非常平凡的男人，但第一次见她，就十分照顾她的感受，耐心地与她交流，仔细揣摩她的每个手势是什么意思。

她知道，自己以后有了可以“倾诉”的人了。

婚后，夫妻俩恩恩爱爱，陈太彦连重物都舍不得让郑娥提，村里人都说他会疼人，郑娥嫁了个好人家。

很快，他们有了孩子，为了养家糊口，丈夫到离家 20 多里的县城建筑工地打工挣钱，郑娥就在家里种地、洗衣、做饭、照顾父母子女。她非常聪明、勤劳，又十分孝顺，公婆总是逢人就夸。

虽然和丈夫聚少离多，一年下来丈夫也只能挣两万多元，但他们的小日子在郑娥的打理下，过得还算有滋有味。

在丈夫眼里，郑娥是个心灵手巧、勤奋好学的女人，内心丰富而柔软，有着与别人不同的样子。

有一次，丈夫领了工钱，第一时间带郑娥去县城逛。偶然间，她看见一女子坐在商店门前绣花，一下子就被吸引住了。

那蓝色绣布上，是一朵鲜红的牡丹，强烈的色彩对比，瞬间就撞开了郑娥的心。

她看得入了神，丈夫叫了几次她都不理。不仅如此，她还激动地向那女子比画，表示自己也要学这样的刺绣。

陈太彦心想，聋哑的郑娥肯定只是心血来潮，是学不会的，最后硬把她拽走了。

焦急的郑娥为了证明自己是认真的，一回到家里，便翻箱倒柜，找到纸笔和针线，竟然把人家绣的图画了出来，还在一块布上学着人家绣了起来，真是一看就会，过目不忘。

丈夫明白了郑娥的渴望与天赋，便托人在网上给她买了些绣

布、针线等，还下载了一些她喜欢的图案让她自学刺绣。

那时候，郑娥家还住在有近百年历史的三间土墙房子里，上有年近八旬的父母，下有在校就读的子女，被定为贫困户。只不过，在破旧的土墙上，盛开着各种各样的彩色“云朵”。那是郑娥绣好的各种绣品，其中一幅名为《凤穿牡丹》的绣品，花了她两个多月时间。平整的针脚，绚丽又和谐的配色，以及生动的配图，让那绣品就像是活了过来一样，吸引着村里的人陆续前来观赏，久久赞叹。

其实，改变命运的齿轮，在此刻已经开始转动，这个美丽善良的女人，为自己以后的幸福绣上了第一个针脚。

不久后，大山里来了另外一个特别的女人，她叫王小琴，是羌绣非遗传承人。她终于发现了这个藏在大山深处、汉水源头的传奇女子，并让她试着绣了一幅，看能不能受到市场青睐。

没想到，郑娥很快就完工了，作品被挂在网上后，很快就有不少人询问。她赚到了自己的第一桶金，2000 元。

收到钱的那一刻，郑娥高兴得流下眼泪。虽然钱不多，但从小时候在地上画画，到现在用针线画画并赚到钱，让她看到了未来的希望。

王小琴产生了一个想法，将郑娥吸纳到自己的羌绣培训班，因为在这个女人身上，她看到了坚韧、纯粹与宁静。

这个想法，得到了陈太彦的支持，可要真正参加培训，首先要克服的就是每天徒步往返 30 多千米的困难！

可郑娥没有丝毫犹豫，甚至没有一次迟到、早退、缺课。每天鸡鸣第一声时她便起床收拾，徒步 3 个多小时去班里，课程结束后，再徒步 3 个多小时赶回家。

这一切，都没能难倒郑娥。

课堂上，听不见老师讲解的声音，她就认真牢记每一个针法，回家反复回忆、练习，有时会从睡梦中突然醒来，赶紧把梦到的花样练习一遍，真的是“不疯魔，不成活”。

学习，是苦的。在参加培训期间，白天要走那么远的路去上课，晚上，郑娥便在阴暗潮湿的土坯房里，借着白炽灯，练习所学。当时，她没有绣架，一坐就是一晚上，颈椎、手腕酸疼，手指上扎满了血眼。

丈夫和女儿看到后，都心疼不已，劝她放弃。

她总是微笑着倔强地比画着：“别担心，我能行！”

上天宠爱坚韧而纯粹的人，等培训结束时，郑娥交了一幅作品——《凤飞图》，只见艳丽的花团锦簇上，一只凤凰在空中飞舞。学员们都被震惊了，在这样一幅绝美的绣品的背后，眼前这位聋哑妈妈付出了多少心血啊！

培训结束后，王小琴就跟郑娥签订了产品回收合同。从此，她绣花的兴趣更浓了，一有空就坐在那儿选图、配线、刺绣，在清晨的鸟语中，在微光浮动的月下，在山花烂漫处，在青山叠翠的图景里。

羌绣，是这个女人的梦想，也是情感与生命的寄托。

倘或遇到不懂的地方，丈夫会骑车把她带到羌绣公司让王小琴亲自给她指导。

当年年底，郑娥领到了3000多元的工资。很快，又涨到了1万元，她高兴得就像个孩子！

30多年了，这是她第一次挣到这么多钱。也许，对其他人来说，1万元并不算什么，可是对于一个一直生活在大山里的聋哑女子来说，那是她走了30年才到达的站点。

人生往往就是这样，有人少年得志，十几岁便功成名就，有人大器晚成，历经风霜，一朝盛开，香气满乾坤。郑娥，就是后者。

随着她的绣品市场青睐度与日增高，郑娥的故事也被宁强当地，甚至更远的人知道了。

有一次，在一个电视节目中，女演员景甜团队来到了郑娥家中，兴致勃勃地跟她学起了羌绣，并与她共同完成了羌绣作品《团花似锦》。

节目一炮而红，郑娥终于绣出了属于自己的“彩虹”。

在北京鸟巢的舞台上，她还与景甜一起宣传推介宁强的羌绣产品，脸上绽放着幸福甜蜜的笑容。

郑娥的新家，盖成了，一共花了9万多元，政府补助了6万元，她自己的绣品也卖到脱销，家庭人均纯收入达到了近5000元，脱去了贫困帽子。

“自从迷上了羌绣，她每天很忙很开心。去年下半年，我给她买了一部1000多元的手机，在我和女儿的帮助下，她不仅学会了在网上下载、收藏、转发一些漂亮的图案和报道她的新闻等，还经常用手机跟我和女儿视频或发一些表情图片。”陈太彦说。

后来有人为郑娥写了这样一首歌：

拈一根轻巧的绣花针，
将一颗沉静的心埋下；
夜晚绣美月华，清晨绣美朝霞；
可绣一幅鹏程万里，可绣一幅江山如画；
把日月挪进家，将山川也归纳；
还有百鸟朝凤，鸣唱松竹梅花。

当丈夫和女儿把歌词的意思比画给她，并翻出网上关于她的新闻报道时，郑娥的心，被幸福的潮水推动着。

对啊，月华、朝霞、花鸟虫鱼、松竹梅花，那都是大自然的注脚，热爱它的人，把它融进生活，烫入爱里，绣进“云彩”中。

“今生我遇到她是一种莫大的幸福。只要她喜欢羌绣，我会永远支持她。”

如今，在丈夫陈太彦心中，还有一个愿望没告诉郑娥，就是为郑娥找到名医，只要有一丝希望，就不会放弃为她治疗。

无声的世界里，爱，那么响亮。

（二）写写不喜欢我的王小琴

王小琴对我的探访，并不是很欢迎。接到我来访的电话后，有些不耐烦地问："知道！那你想干啥？"

帮我联络她的人，大约也感觉到了她的态度，小心翼翼问我："王作家，那还要写她吗？"

写！当然写！有本事的人，我见过很多，脾气不好的人，我也见过很多。而就我看来，大部分有真本事的人，有点单纯，情绪是外放的，对你的不喜欢，也是外露的。

当人家默默无闻开始挖掘羌绣之美时，我并没有提供什么帮助，还不认识她。当她已经做出年产值千万的大事时，再去表明要写她的意思，难免有些"锦上添花"的无用，换作是我，也不想细说什么。

羌绣，灿若彩霞，是藏在秦岭以南的非遗明珠，我若无秦岭那样的胸怀，是挖不到平凡人的秦岭故事的。

我第一次，要去写一个不喜欢我的人的故事，可我乐意，因为她确实把羌绣带出了大山，也帮助很多女子过上了幸福生活。

但要写报告文学，就得收起作家那柔软的心肠，也唯有低到尘埃里去，才能感受到更多地气。

2025 年，王小琴 47 岁，身上多了几分沉静之气，近十年的辛苦打拼，已经让她褪去了当年的稚嫩，对羌绣的热爱与执着，雕琢出她的成熟、坦然和大气。

羌族，是住在高山上的民族，虽然处于苦寒之地，却更接近天地自然。云朵会停在半山腰，彩霞会挂在村落边，就像是住在云朵上似的。

色彩和自然，是羌族孩童最先接触到的东西。

1978 年，改革开放的春风刚刚吹绿了大山里的草木，在宁强县禅家岩镇的一个偏远山村，王小琴出生了。

在羌族人中，羌绣是世代传承的技艺，也是评判女子持家能力的重要标准。

王小琴的童年，就是在母亲的五彩丝线陪伴下度过的。那时候，家中人口多，日子并不富裕，老老小小的衣裤鞋帽，都是母亲用刺绣装饰的。在她的记忆里，母亲总是借着烛光，或在春色中、石凳上，走着针，穿着线，神奇的图案就会在她手下一点一点出现。在小小的她心里，母亲就是仙女一样的存在。

1996 年的大山中，早已吹来了东南方的海风，也打开了王小琴的视野。童年的耳濡目染，让她心中早已下了传承母亲技艺的决心，但她要做母亲没有想过的事情——把羌绣的种子播到更远的地方去。怀揣着也许并不清晰的梦想，年仅 19 岁的王小琴离开了家，来到宁强羌南服装厂当学徒。

她要掌握更接近市场的服装设计和制作技艺，将来开自己的服饰公司。

学习是辛苦的，但收获很大。聪慧能干的王小琴，得偿所愿。但很快，她就发现了一个严重问题——羌绣的传统针法，濒临失传。

2008年，在一次返乡时，她发现许多懂刺绣的山区妇女穷困度日，一些年事已高的绣娘已经没有了传人。

她心痛。

要知道，羌绣不仅是羌族女人的傍身之技，更是中华优秀传统文化的重要组成部分。

那拧线织锦、挑针绣线的技艺，是羌族文化最具生命力的一部分。而现在，还在坚持的绣娘们，生活贫困；技法成熟的老人们，即将把这瑰丽的技艺带入泥土消失。

传承人断层了，怎么办？

那就办个厂子，先带绣娘们致富，然后招学徒，走市场，把羌绣带出大山！

她的想法一经提出，就遭到了周围人的嘲笑。那时候，现代化工厂，早已把古老的一针一线的刺绣技艺抛弃了，那“花里胡哨”的羌绣，不是绚烂的象征，而是“土气”的代表。这些绣品和服饰，要卖给谁？眼瞅着现有的绣娘日子都过不好，又能说服谁来学习这门应该进博物馆的技艺呢？

但，王小琴顶住了！强烈的愿望撞击着她的脑海——“我要把母亲传给我的羌绣技艺传承下去，我要让穷困的姐妹们靠羌绣挣钱”。

首先要做的事情，就是去大山里寻找还会传统针法的绣娘，那时候，很多妇女都随丈夫外出打工了，留守在家的，也是负担沉重，而刺绣是一门辛苦活，如何调动她们的积极性呢？

那段时间，王小琴一有时间就往山里跑，托熟人、找向导，多打听、勤考察，几乎走遍了宁强大山的角角落落，无偿地教大家刺绣技艺，并与大家签订产品回收协议，让绣娘们在无后顾之忧的情况下制作绣品。

2015 年王小琴注册了“羌州绣娘”商标，并投资 80 万元，成立了宁强县羌州绣娘文化有限公司，从事绣件绣品的设计研发、加工生产和销售。为了扩大生产规模，带动更多贫困妇女从事羌绣事业，王小琴采用了“集中型”和“分散型”两种生产方式，一方面，从县城周边的农村和移民安置点招聘妇女来公司务工，计件发放工资；另一方面，在边远镇村建立羌绣专业合作社，让当地没有外出务工条件的绣娘居家生产，定期上门以市场价 2 倍的价格收购她们的成品。既解决了人手不足的问题，又保障了贫困绣娘能有稳定增收。

就在王小琴苦苦寻找大山里的绣娘时，郑娥正在一个小山村的院子里，绣着自己的五彩云朵。

两个女人，因为羌绣，结下了深厚的友谊。

1个、2个、3个……这些散落在各处的“高山杜鹃”们，被王小琴一个一个找到了。她收购她们的绣品，给她们挣钱的信心。

等到加入的人越来越多，王小琴知道，开培训班的时机到了。

古老的技艺虽然绚丽，但只适合用在衣服帽子鞋子上。新潮的都市化市场，要如何去适应呢？王小琴必须教给绣娘们新的思维和创作理念，让老树长出新芽来。

她们一起刺绣，切磋技艺，也一起商量出路，找市场热点。

绣手提袋？装饰画？抱枕？屏风？也许都是不错的尝试。

那段时间，王小琴身兼数职，既要继续寻找和培养更多绣娘，又要研发新品，寻找市场，常常是数月连轴转。

为了打开市场，王小琴经常带着一批有羌绣图案的手提袋、衣服、鞋垫样品，北上南下、往返奔波，在各类展会上进行推介展示。

每次到了一个地方，只要王小琴打开羌绣，就像是随地铺开了一团彩虹，引得媒体和众人连连称赞。

多美的东西！只是养在深闺，需要一个抬轿的人，把它嫁入市场。

渐渐地，这些绣品得到了专家学者和客商的广泛好评，订单如同雪片般飞来，“羌州绣娘”品牌，终于打响了。

可是，干一项事业，很少会一路平顺。就在全国订单蜂拥而至时，一场大火，差点让姐妹们前功尽弃。

2017 年 4 月的一个凌晨，人们还在熟睡中，突然传来惊呼："着火了！着火了！"

王小琴从梦中惊醒，赶紧望向窗外，起火的正是她们的生产车间和库房，里面有绣线、绣品、布料和机器设备，包括刚刚赶制出来的、即将交付的 1000 多套服装！还有王小琴和姐妹们这几年的积累，是这些女子的所有希望啊！

王小琴疯了一样冲了出来，却只能眼睁睁看着火苗燃烧，她和姐妹们抱头痛哭。那一刻，她的心也仿佛一起被烧化了，崩溃了……

正在这时，一个熟悉的身影跑向了火海，那正是王小琴的母亲。老人家痛心疾首，试图用自己渺小的身躯，抢救下那些辛苦绣得的成果。

看到崩溃的母亲，王小琴顾不得自己的绝望，立刻坚强起来，跑过去紧紧抱住母亲，安慰说："有我在，都会好起来的，你放心。"

火光中，她看向身后的姐妹，她们都嘤嘤抽泣着，巴巴望着她，期待她振作，更期待她拿主意。

看着她们无助的眼神，王小琴忽然意识到自己是家人和上千个绣娘姐妹的主心骨，不能垮了。

她擦干眼泪，安慰大家一切都会好起来，大不了从头再来！

内心有大爱的人，往往也会得到更多的爱。在了解到这个情况后，宁强县妇联等单位帮助王小琴又购置了设备和原料，她带领绣娘拿起针线，加班加点赶制订单。

大火烧掉了厂子和绣品，但羌绣的技艺、理想和信念永远不会被烧毁，在废墟之上，她们再一次建立了自己的“梦想方舟”。

心，更近了，也更强了。那场大火，似乎也烧掉了这一路上的野草。那些杂音和嘲笑，没有了。周围的人们，感觉到了，这些“云朵里的女人”，虽然柔弱，却比汉子还刚强。

从此，她们反而走上了快车道。

结合当今社会发展需要，王小琴还连通了多条羌绣生产销售产业链，主动与各大高校合作，引进创新元素。在现在的绣品中，还出现了动漫等新奇图案。

王小琴探索出的“企业 + 学校 + 基地 + 合作社 + 绣娘”的模式，也助力古老的羌绣事业，发展壮大成当地著名的文化产业。目前，公司年产值已超千万元。10 个传习基地、2 个社区工厂、6 个羌绣专业合作社、1 个技能培训班、300 余种产品、1000 余名绣娘……撑起了古老“彩云”的新天空。

后来，听说还有人以王小琴为原型，拍了电影。

如今，绣娘们再也不是坐在田间地头和山野里绣衣服，而是到空调房里，绣产业。她们还开辟了网络直播宣传销售模式、对羌绣产品进行创新，挖掘更大的市场。

是谁又吟唱出“羌笛何须怨杨柳”的诗词？又是谁在秦巴山

区、汉水源头，吹起幽幽的羌笛？我们无从得知，古老的羌人怎样移民到这里，经历了哪些苦难，但无论怎样，他们活得轰轰烈烈，他们的生命是奔放的、多彩的。

王小琴明白，自己指尖上跳动的不仅是非遗的血脉，一针一线里，还缝着姐妹们对美好生活的向往。

而她，也把自己的爱恨情仇和生命，缝进了这些“彩云”间。

（三）吃橡子凉粉的张师傅

张师傅是我在当地请的向导，虽然并不了解他，但人与人的相识有时候就靠个眼缘，总觉得他的眼里投射着内心的善良和淳朴。

他不是羌族人，笑说很多羌人都汉化了，自己家五代以内是羌族，但后来因为各种原因，成了汉族。

“嗨！何必去分这些，羌汉是一家人呢！”

这不是一个高大的男人，可能只到一米六左右，古铜色的皮肤，圆圆的脑袋，留着寸头，我一看见他就想笑，想起“毛茸茸”这个词。

谈好了价格，他要求再加 50 块钱，就不用给他管饭了。

妥！

然而，他并不是一个合格的向导。比如，他并不清楚羌族的历史，也讲不出羌绣的特色。只一个劲儿说，好多年都不穿花袄袄，哪里还记得这些?

我多少有些懊悔,是不是决定向导人选时,有点仓促。也罢!我总需要一个结伴儿的人，哪怕是靠他来震慑外人呢。还是我提议先去羌绣非遗文化产业园参观。

一进大门，我俩都被震惊了，巨幅的《凤穿牡丹》绣品，占了整整一层楼的墙壁。

张师傅掏出手机，惊叹着拍下来。

“难道你没进来过?”

“嗨，我跑出租车挣钱呢，已经很忙了，哪还顾得上乱逛?”

“能那么忙?”

“两个孩子上大学! 一人一个月 600 块生活费! 妻子没有工作，还有 80 岁的母亲，全靠我一个人养活呢!”他细数着家常，却并没有抱怨之意，反而有种淡淡的幸福挂在脸上。

我说，自己在来宁强之前，做了大量的功课，从网上看，这里山美水美人美，大家穿着绚烂的衣服，载歌载舞，是个像画一样的小城。

“哎哎哎，你们这些人，就是单纯! 我们平常生活中没事儿穿这些衣服做什么? 都只穿着方便干活的。”张师傅哧哧笑着，似乎觉得我就是个“瓜娃子”。

确实，这是我第一次到宁强。对它的了解，仅限于“汉江之源”“青木川”“一脚踏三省”这样的描述。

要不然，怎么说“纸上得来终觉浅，绝知此事要躬行”呢?

我在产业园的一楼大厅，扫视周围，尽量从各种摆设和元素中寻找和“羌绣”有关的一切。

也不知为何，偌大的楼里，只稀稀拉拉来了几个人。

“暑假人多！最近收假了，来耍的人少了，我的生意不好做，都没人打车了。”

张师傅大概看出了我的疑惑，解释了一番。

在一楼大厅的左侧，有一间传习的场所，摆着几十个绣架，画着凤凰、牡丹、杜鹃、竹子、秦巴山脉等图样。有的只差几针，有的似乎才刚刚开始。

五彩斑斓的丝线，悬挂在绣架一角，有的布上还插着绑着彩线的绣花针。仿佛有一群美丽的绣娘，刚刚还在这里飞舞着针脚，不知忽然发生了什么事，一瞬间就“飞”走了，只留下美丽的图样和温热的针。

“这配色特别大胆，宝石蓝的底子，用玫红色做主色绣的花样。”我不禁被眼前一幅图样迷住了，欣赏起来。

张师傅也一张一张仔细看着，似是喃喃自语地说：“哎呀，我妈也会绣这样的花样！我还记得的！”

我一看，一朵盛开的杜鹃花，已经完工。只是远处的山脉背景，还只是图纸。

“你妈会绣？她是羌族人吗？”我赶忙问。

“她不是羌族人，我也不是。但我妈妈就是会绣，我想起来了，我小时候的衣服上，就绣过这样的图案。”张师傅突然变得激动起来，话也多了。

据张师傅说，那时候家里穷，他家一共有兄弟姊妹6个，他们的衣服，都是轮流穿，大的穿完给小的。如果哪里破了，母亲便会在破损的地方用彩线绣出这样的花儿来。

“领口、袖口、鞋尖儿上，都绣过。”

“那您母亲真能干！”

“现在她老了，眼睛看不见了，不绣了。但精神还好。我记得前几年，她还戴着老花镜，绣了个帽子，上面就是这里摆的这些图样，可好看了！那是她最后一次绣花了，也是好几年前的事了！”张师傅回忆着，露出憨憨的笑。说到老母亲时，他不禁又拿起了一幅绣品，小心翼翼地摸了摸，感叹：“这绣起来怕是不容易，也不知道我妈一个人给我们6个怎么绣得过来的……”

都说养儿方知父母恩，或许现在已经有两个孩子的张师傅，在岁月的研磨下，才更加品悟出了母亲的伟大吧。

离开了产业园，我们直上宁强博物馆。那是个修建在半山坡的小馆，还是新的，外观设计很有“羌”调。

张师傅又憨憨笑起来：“哎呀，跟着你，我才是学习嘞！”

博物馆内，主要展示的是宁强本地羌族先民的生活、劳作和祭祀场景。

据说，在“5·12”汶川特大地震中，宁强的文化遗迹遭到严重破坏，非物质文化遗产传承受到极大冲击，羌族文化濒临绝境。后来，恢复建设时，为了抢救、保护羌文化遗产，政府设立了羌族文化保护生态实验区，宁强县则建立了羌族文化博物馆，专门挖掘、收集、保护现存羌文化古迹、古建筑及民间艺术、民俗活动、传统技能，进行集中展示。

宁强羌族，生活在地势险恶、山高谷深的秦巴腹地，这里的原始森林如绿色锦被，古时属于“荒蛮未化”之地。

但羌人倔强、不轻易妥协。他们在高山上扎下根，直把生活的艰辛，唱作对生活的追求。

当雾气升腾，丛林静谧处，会否有羌族姑娘骑着她们的小矮马，吹着悠悠的羌笛，穿着绣花鞋，提溜着可爱的双脚，向高山深处走去？

参观着博物馆，有感而发，我在朋友圈写下这段感悟，念给张师傅听。他又投来自己标志性的憨笑说：“你就是想得多哟！文人！但是，我们这里的人，尤其是我妈，还有我老婆，是真的很坚强，吃苦耐劳，又心灵手巧。”

张师傅讲着妻子“背水”的故事，似乎又回到了青春年少时。

她说妻子家住在山上，那个村子没有通水，要吃水就得背着水桶去装水，那水桶多是用独木掏成，或是用木板箍的，一次可以装 60 多斤水。

妻子是家里最瘦小的孩子，却一点儿不娇情，常常去“背水”。他有好几次见了，都惊叹，这小丫头厉害。

便问：“你背不背得动？”

她总是瞟他一眼，只说一个字儿：“能！”

等到了成婚年龄，媒人给他介绍了对象，那天他去相亲，一抬头就看见了这个“背水”姑娘，原来对象就是她！

回家后，他就请父母去提亲。不用再考察，他相信勤劳而不认输的姑娘，是能和他一起好好过日子的。

转眼过去了快30年，张师傅对我说：“你猜我今年多少岁？”

“四十出头！”

“整50岁了！我老婆43岁，我比她大7岁！她还小，我要多照顾她。”

也许，在张师傅眼里，妻子永远是他的“小丫头”吧。

回忆往事，张师傅眼带笑意，这个背负着家庭重担的男人，在我眼里，高大起来了。

采风结束后，我想到汉江源景区去转转，那还是“护水人”张继荣给我强烈推荐的。

“你去过没？”我问张师傅。

“去过，以前偶尔闲了，带母亲和老婆去转过一两次，但没上过山。”

我表达了我想爬到山顶去看看的想法，坐缆车。

张师傅说，他在山下等我。

“难道你不再给我当向导了？”

“那我爬上去，缆车上去了你先等着我。”

我掏出来两张缆车票：“请你坐缆车！”

“哎呀，你又乱花钱！刚才门票都是你买的。”

那又有什么关系？他虽然一路在笑着说生活，可生活其实没有给这个男人属于自己的时间，但他仍感到幸福。

到山顶时，已过了饭点儿，我俩都饥肠辘辘。看见个卖羌族美食的大娘，在山门口摆着个小摊，几个游客正吃着黑乎乎的什么东西。

“这叫根面角！这叫橡子凉粉！”张师傅给我一一介绍着，不觉肚子又响了一下，他不好意思地低下头。

“咱吃饭！我就吃这个根面角和橡子凉粉！你吃啥？”

张师傅再三推说他不吃，等下午回家再吃。我问他是不是想省钱，他说自己只是不习惯在外面吃。

这当然只是说辞，也许我额外给他的 50 元，他想留给孩子当伙食费，至少可以管几顿。

“没事，你省你的饭钱，我请你吃，必须吃！”

在我的再三“要挟”下,张师傅只点了一碗 7 块钱的橡子凉粉，我让他再点碗饺子什么的结实饭，他执意不肯。

这次，可是他在为我省钱了。

橡子凉粉，那是用秦巴山里生长的一种树的果实做的凉粉。

羌族居住地，多在海拔 2000 米以上，山高坡陡，石多土薄，气温较低，缺水少肥，主要粮食为玉米（玉麦）、洋芋（马铃薯）、小麦、青稞、荞麦和各种豆类，产量都不高。蔬菜有青菜、白菜、萝卜、芜根等，品种不多，产量也不高。山上最多见的就是野生乔木栎树和蕨类。

栎树（又叫橡子树），人们把它的果实采摘下来，放在透风阴凉的地方晾晒，这可不是三两天的工夫能完成的，要等到橡子外边的皮自动裂开，橡子仁（肉）干透，再把皮去掉，然后把既干净又干燥的橡子仁像磨粮食一样用磨粉碎，做成橡子面。

就是用这样的“面粉”，羌族人做出了风味独特的美食凉粉。橡子凉粉吃起来口感光滑，浇汁儿酸辣可口，非常美味。

而蕨类，可以做的美食就更多了，最常见的，便是“根面角”，又称月亮饺。月亮饺用蕨根粉做皮、鲜蔬做馅，为月牙形，用急火蒸熟成浅褐色、半透明状，蘸上酸辣汁食之，皮柔馅香，鲜而不腻。

也不知是谁先发现了从这样的植物中也可以碾压出丰富的淀粉，总之在那个物资匮乏的年代，这两种“面粉”成了普通老百姓的“救命粮”。

羌人就是有这样的灵慧——把逼仄和苦难的生活，过成五彩斑斓的样子。

就像张师傅的母亲，会用美丽的绣花遮挡孩子衣服上的破洞，就像郑娥在破旧的土墙上贴满自己绚烂的绣品，就像王小琴用针线把非遗带出大山，就像张师傅把“背水”的辛苦，培育成美好的爱情。

采风结束后返回，张师傅一直把我送到了车站，还要去给我买宁强核桃馍，我怎能忍心？可他坚持说，这是当地的待客之道，日子再紧张，也要尽本分！

“你为我额外花了那么多钱！我买个核桃馍的小钱，又算什么呢？”张师傅说着，把馍硬塞到我手里。

嗨！羌人就是这样的倔强，也是这样的可爱。

走笔

爱有来生

唐代经学家孔颖达云:“中国有礼仪之大，故称夏;有服章之美，谓之华。”

是什么，让羌人虽居于苦寒之地，却能把“彩霞”穿在身上?

我想，必然是对生活的挚爱，对生命的感恩，对大自然的敬畏。就像有人说，看一个人有没有在认真生活，去看他的厨房就够了。饮食和服饰，承载着最真实的我们。

在博物馆，我看到了羌人的酒器，做得十分实用和自然，有一种酒器，居然有30厘米长！据说，必须得用麦秆做的吸管，扎进这酒器中喝酒。累了，聚了，别了，便来一碗酒，把不甘和无奈痛饮，与天边的彩云载歌载舞。

羌人活得如此热烈！他们就要把彩云绣在衣服、裤子、帽子、鞋子上，带着酒，吹着笛，把高山密林的苦寒生活，过成了牧羊羌笛与杨柳春风的诗歌。

羌人活得洒脱！曾经物资匮乏的生活，反而让他们参悟了死亡的意义，那是慷慨的告别，要把食物留给茁壮成长的后代。他们在预知到自己即将死亡时，便独自来到墓地，爬进石棺，静静地迎接死亡。他们相信，爱有来生，死亡只是另一个开始。

每每提起非遗，总觉得它古老，距离我们的生活很遥远，但也正是这些传统的非遗文化，这些民间艺术中的璀璨明珠，展示着中华文化，润泽了百姓生活。

这指尖上的技艺，秦巴山区的非遗！羌绣背后的质朴和深情，随日升，随月没，终是醉了层林，归了山河。

并非尾声

从酝酿要写一部有关秦岭的书，到最后完稿，算起来经历了两年四个月。其中，选取角度，前期采访，就花去一年八个月的时间，最后写作用了半年。

约访不是一件容易的事情，在没有足够信任的时候，谁也不想用自己的故事去冒险。

2024年6月初，我再次翻过秦岭，去往安康，车程大约4小时。晚上7点，从西安出发。

事实上前一晚上忙着创作，身体状态极其不佳，但好不容易约好的采访，我不想就这么放弃了。好在有闺蜜陪我一同前往，她年龄比我小得多，也不会开车，所以没法替换我。当着她的面，我始终没敢讲昨晚熬夜写作的事情。

行至一处隧道，前面有一辆白色小轿车，速度并不快，我便一直尾随它匀速前行。

全程，凭借着意志力，于深夜11点多才到达安康。

接我们的朋友早就在高速路口候着，会合之后我们直奔汉江边上喝了两杯啤酒。是真的解乏！

这样的长途奔袭，我已经记不得有多少次了，心中只有一个信念——一定要完成《过秦岭》。

报告文学，苦就苦在采访。从确定一个点位，摸排一个典型人物，到约定采访时间进行采访，最后成稿、修改，前前后后得花个把月。

有那么一段时期，采访非常不顺。首先是当地衔接部门有推诿，经验并不丰富的我，一直在天真地等待回复。我的记者朋友们便提醒我，遭遇这种情形，一定得主动出击，有些部门是连正面的新闻宣传都不重视的，更何况是完成周期如此长的一本书。

想想也是，我便动用各种人脉关系，终于联系上了一位合适的主人公。但可能因为“渠道”太过间接吧，起初他并不信任我，前后足足约了六次，最终才非常勉强地答应可以先见面聊聊。

见面的前一天晚上，我特意去了趟商场，买了一些随手携带的礼品，总觉得要麻烦人家不是？

所谓礼多人不怪，他到底没有电话约见时那么冷漠了，笑着说：“来就来吧，还拿这么多的东西。”

我们当即就开始进入采访。可采着采着，我越听越觉得他答非所问，最后才知道他早已调离了原来的岗位，也就是说，写了也没有意义。

我欲哭无泪——前前后后托人找人，约定时间，在路上来回折腾，半个月的时间算是白白浪费了。那天，我回来的路上，心情非常糟糕。

总说，写作这条路，是艰辛而孤独的，当你选择写作，就选择了吃苦。可我也没想过，是如此地苦。

还有一位采访对象，已经90多岁高龄了，也是中间托了好多关系。好不容易见到本人，聊了两个多小时，可他始终不正面回答问题，来来回回围绕他的土地问题说个不停，我问他的所有问题，就像打在了棉花上，被“已读乱回”。渐渐失去耐心的我，忍不住提醒老人家不要跑题。

折腾了一下午，僵持不前。这时，进来两个中年男人找他，从交谈中得知竟还是省内某知名媒体的老记者，梳着油光的头，拎着公文包——恕我直言，不是我传统认知里那些精干、正气的记者形象。

他一边跟记者搭着腔，一边不好意思地跟我说：“王作家，今天就到这里吧，我要把土地的事情给这两位记者也讲一讲。”

我终于明白了，他一开始就没有想过要帮我完成这次采访，而是想要找个发声渠道，要回自己“违规”被没收的一部分土地，我只是他的一个“工具人”。

他还在我的素材本上，但不会出现在报告文学里，也许未来某一天，我会把他写进自己的长篇小说中吧。

总之，写作的路，难；采访的路，更难。它是个脑力活，更是个体力活。就像去菜市场买菜，要独具慧眼，还要会讨价还价，更要识别对方的诚心与用心。

说实话，一连串的不顺，导致我怀疑是不是自己并不适合创作报告文学的体裁，最擅长的还是情感类小说？

我的一位老师鼓励我说，一个人若是永远只活在自己的舒适区，那就永远突破不了自己。秦岭，是一座神山。你既在心里“发了愿”，便不能有负于此。你爱它，它才能爱你。但爱，不能只是嘴上说说，是要为它做贡献的，是要吃苦的。

苦，吃到心里，从笔尖流出，才成甜。

这句话，在我最终完稿时，应验了。

人生如逆旅，你我皆行者。采访其实也是甜的，那沿途的风景，不是窝在书房里靠想象所能得到的。

有一次去汉中采访，由于对路况不熟，途中又突降大雨，不知怎么地就进了一条偏僻的山路。此时，大雾突然鬼魅般升腾起，不足十秒钟的功夫就被团团包围起来，眼前完全没了能见度，只能打开双闪停在原地。

就在我紧张不安时，突然车顶传来咣当一声巨响，紧接着咣啷啷一连串的响声。啊，这、这是？脑海中迅速浮现出劫匪、猛兽，甚至是什么超自然力量的危险因素，随之心跳开始加速。

“是山体滑坡了，以前我去山里采访时经常会遇到，但没这么严重。”坐在副驾驶座上的闺蜜有些紧张地说了一句！

我们俩一动不动地坐在车里，那一刻我就在心里想，难道我就要殒命于《过秦岭》的创作吗？我的孩子怎么办？父母怎么办？……

一系列的不甘，最终又叹——也罢！曹雪芹没有完成《红楼梦》，一样留下了惊艳世人的文学瑰宝。路遥先生似乎生来就是为完成《平凡的世界》的。

这样宽慰着自己，渐渐地，雾气又四散去了。也就两三分钟时间，艳阳高照。我才发现车的四周，滚落了满地大大小小的石块！

好险！又好神奇！

我想，一定是上天在考验我，到底有多少决心。

这算不得什么灵异事件，却更加令我相信，有种叫“冥冥”的力量。它是一个人的“愿力”，或者用个时兴的词语——量子纠缠。当你内心强烈地想要做什么时，就会形成一种能量场，一切好的元素都会被吸引过来，不好的因素会被挤压掉。

这大概就是，一念动，宇宙动吧。

在这本书的创作道路上，我不想说到底吃了多少苦，准确说，我不喜欢赞美“吃苦精神”，若你真的心念一事，就不觉得自己是在吃苦，反而是在起伏中感知生命的律动。

在采访路上，路过别人的风景，或者说，别人也路过我的风景。

有一些人我没有写进去，比如宫警官，他是个有趣的人。

我问他："为啥要当警察？"

他反问我："你要写进去？"

我说："可以不写。"

他说："我是少年不懂事，入了这一行。危险又艰辛，钱也没多少，还得继续干着。因为不干这个，我真不知道自己还会干什么。"

我说："那如果我要写进去呢？"

他说："别急，我组织一下语言。你就写，'我从小就崇拜英雄，从小就想当警察'。"

我们坐在派出所院子的地上，笑成一团。

他容易激动，激动起来就骂娘，也很喜欢说笑话，笑起来就拍打身边人，没轻没重。他还喜欢唱歌，但有点跑调，歇斯底里唱着："如果是这样，请你不要悲哀，共和国的旗帜上有我们血染的风采……"

其他同志说，他抓歹徒的时候很疯，能追出去十几里不放。有一次，偷油的团伙开着车撞他，他连躲都没躲，果断拔出枪，打爆了对方的轮胎，车子甩过来，直接将他撞飞了好几米远，右腿、肩膀、脸部多处受伤。

组织关怀他，让他伤好后，可以调到看守所做狱警。他拒绝了，坚持要冲在一线。

这些可爱而真实的人物，常常让我激动得停不下笔，恨不得自己能一次写十行字，常常一起笔就写到凌晨三四点。

身体熬坏了，喝过几次中药。这恐怕是“为文者”都经历过的事情吧！

让人痛苦，也使人快乐，最终令人感悟到人与自然的美妙关系，还有那蓬勃的生之张力。

我只是一个记录者，把看到的听到的，写下来。也许，这里人物的人生并没有小说中男女主人公那样轰轰烈烈。他们只有平凡的一日三餐，日复一日的工作常态，甚至有点懵懂。

但，这正是我要记录下来的东西。

当一个人把护林当成对父亲的思念，而不觉得这是造福后代的工作；当一个人把护水当成只是一家五口去河边散步怡情，而不觉得这是为南水北调工程做贡献；当一个人只是把金丝猴当成自己的“孩子”，而不觉得保护秦岭四宝是多么了不起的事情；当一个人与一只朱鹮保持同一节奏，在各自的人生里走向婚姻，哺育孩子，甚至生老病死，而不觉得20多年的野外保护多么值得称颂——

我相信，这才是真正的伟大。就像你从没感觉到空气的存在，但它是那么重要。

秦岭，孕育了华夏，却风过无言。

真章，见于平凡。

后记

青山见我应如是

最近，西安举办了一场博览会，丝路沿线的国家几乎都来了。我看到了郑娥，她带着绚丽的羌绣作品参展，吸引了各种肤色的人们驻足观看并引发惊叹，这个汉水源头、大山深处的非遗明珠，再次震撼了世人。我本想上前和郑娥打个招呼，却终究只是围观了一会儿，和其他人一样送上诚挚的掌声，然后默默走开。

我不想打扰《过秦岭》里面的任何一位主人公。

毕竟言语并不能完全表达我们对秦岭的复杂情感。于我，是深深的眷恋，因为有太多留存在儿时和奶奶的记忆，在秦岭深处——或是滚落下来的毛栗子,或是一朵叫不出名儿的小花;于“养蜂人”王瑛，也许是一种期盼，他依然等待着女儿的“回心转意”，坚信有一天，父女会相视一笑；于李连杰，也许有规划里的自己的茶厂，还有似是非是地对母亲的等待。

些许无可奈何，些许信心满满。有人抱怨过自己出生的环境，连接着贫穷和不便；有人改变过，想要走出去看看；有人回来了，带着都市的疲惫和浓浓的乡愁。

所以，我究竟要在《过秦岭》里面记录什么呢？青绿？奋斗？还是小人物的悲欢离合？

那便走吧，当不知道要去往哪里时，也许走得更远。

我与生活、工作在秦岭里的人们依次相遇，聆听他们的故事，仿佛自己也过起了不一样的人生。

秦岭巍峨几何？一脉传承千年，一横划分南北气候，古今多少文人墨客、政客商贾，为秦岭激扬文字，从中汲取了精神力量。

它是伟大的，它也是读不完、写不完、过不完的一座秦岭。如何在守护绿水青山的同时，挖掘秦岭的人文价值，在新时代讲好秦岭故事？这是一个永远值得思考和付诸实践的问题。

一本书，远远不够。

2023年9月，西安市成立了挖掘秦岭北麓（西安段）生态和人文价值工作专班。通过动植物生态保护修复、历史文化资源调查、文化研究宣介、文旅融合发展等“大手笔”，去触摸秦岭、书写秦岭、讴歌秦岭、守护秦岭，满怀温情与敬意，守护中华民族祖脉。

而这一切，离不开每一个人。

盖因如此，当我要写老闫时，他还说：“你都是大作家了，还写我们这种小老百姓吗？写了谁认识我们？还会影响你的写作水平。”

我严重不同意这种观点，再宏大的主题，都有一首《凡人歌》。时代的车轮滚滚向前，我们每个人都是这种磅礴力量的组成分子，哪怕自己就是一粒微尘、一道车辙。

所以，我改了角度。原本，我是想写秦岭里灿烂的文化和奔涌的气魄，比如苏陕协作、比如风物遗迹等，或是一直擅长的抒怀寄情，或是双佳人的恩爱情仇。但，随着一次次踏入此地，一次次与这里的人们相逢，我被这平凡的人间醍醐灌顶——文字，生于泥土，长于平凡。

在全书主体部分写作完成时，我把手稿给了几个好友让提提意见。结果，他们无不惊讶，问我："这怎么和你之前的文风，截然不同？"

我答：少年不识愁滋味，爱上层楼。

爱上层楼，为赋新词强说愁。

而今识尽愁滋味，欲说还休。

欲说还休，却道天凉好个秋！

是的，我也翻过了自己"为文"的一座大山。路过"见山不是山"的华丽文字、爱短情长，我走入了"见山还是山"的人生阶段，可能刚好过了不惑之年，所以悟了，自然文风大改。然我更认为是这近两年的工作，托举着我，走到了另一种感悟。

我已记不清在这秦岭梁子上，来来回回了多少遍？总之，一有时间，我就往山里钻，时常被朋友们调侃，你不如就在山里找个人，嫁了吧。

在我的素材库里，记录了189个人物、56个村子。

当然，有的人物没有写进去，是有这样那样的原因。有的人物一开始拒绝接受采访，屡屡受挫之后，我没有放弃，只要一有时间就提着水果、茶叶和糕点，一次次地耐着性子前往拜访，一次次表明来意，他们也许开始是“坐而论道”地给你讲一些不痛不痒的话题，当真正感受到你的诚意，拿你当朋友时，才开始讲掏心窝的话。

所以，每当辛辛苦苦已经写完其中一章时，他们才开始给你讲真正的“内容”，毕竟人和人相处，需要时间和过程。每每此时，我便不得不把已经写好的上千字甚至上万字的内容，删除掉——其中一些章节甚至是我熬了好几个通宵才写完的，删除的时候就像是在做“剧痛人流”！可是没办法，“主人公”们才开始信任你，后面讲的才是真正的“秦岭与自己”。

反反复复，也许成稿17万字，事实上可能写了30多万字，有一半是写了又删的。直到最后定稿，我还是有遗憾的。

9月初，我给出版社交稿的时候，秦岭“唤猴人”王清晨突然给我打来电话，寻求帮助。他说最近雨水多，他们村的一段土路被冲垮了，只能过人，不能过车，但村子里的老人出行要靠车，现在出不去了。我知道，他把我当作了可以解决问题的人。我不能辜负这份信任，便将此事反映给了自己熟悉的媒体，希望经过多方协调，把路修起来。

其实，关于他“唤猴”的故事，以前有媒体采访过，他恐怕连一些“话术”都练习出来了。然而，对一些媒体来讲，有价值的信息是“唤猴”，并不在于他本身。我很想给关于他的这一章再加点内容，有更深的感悟。但稿子已交，况且朋友也劝住了我。

那便罢了，停笔。但我答应王清晨，之后会去他家做客，常常联系，他自然很高兴。我也在内心做了这样一个决定：即使我能力有限，凡是在这本书里出现过的主人公，倘若他们真的遇到困难，只要找到我跟前，我能帮到的一定帮！

还有，在写第六章时，曾拜托公安上的朋友多多介绍基层民警，最终呈现的，是老何、彭涛，还有涝峪派出所的一群警察朋友。但实际上，在听到我要写他们的故事时，还有很多深山派出所的民警等着我去。

他们中，有很多已经在山里驻守了三四十年，就是一个人的一辈子了。我知道，他们一定有很多话想对我说。

国庆放假前，周至县有位森林公安王警官，再一次询问我什么时候能到他们所里去看看，说还有很多人等着，还有很多话想对我讲。说实话，我内心十分愧疚。书已经完稿了，素材早就够了。但我，不想让他们感到他们是被文字“遗忘”的一群人。

可惜我实在是忙，忙于“文艺两新”的工作，忙于新书的酝酿，忙于公司的生意，忙于对孩子的照顾，等等，便答应他国庆后一定去。“那您可要记得啊，我们等着您呢！”王警官加重了后半句的语气，让我感受到最深的诚意。

我从未如现在这样感受到,基层干部群众对于“文字”的渴求,从未像现在这样感受到,一个作家是如此被基层需要,我身上的责任与担当,其实很重很重……明白了“以人民为中心的创作导向”这句话,是多么殷切的嘱托,多么神圣的使命。

“我见青山多妩媚,料青山见我应如是。”也许在每个中国人的心里,都有一座属于自己的山,它标注着我们人生中的某一个阶段,或是静谧而迷惘的桃花源,或是生命中不可多得的知己,那是只有自己才懂的独特“语码”。

无言的山啊,它见过沧海变桑田,也见过少年成垂暮。见过“此中人”的怨与恕,泪和笑,也最终教会我们悟了:“山花落尽山长在,山水空流山自闲。”

中秋节前,全部完稿了。我回了一趟老家,看了看父母。父亲对我这半年来的频繁回家感到意外又惊喜。其实,全家人早都希望我能与父亲解开多年前结下的“心结”,毕竟他现在一直病着。弟媳曾经在父亲有次病重时给我说过,父亲感觉到自己时日无多,希望我能够回家去。

“回家”,多么遥远的词语。我以为父亲从不以我为骄傲,希望我走得越远越好。这些年,我一直都是一个人生活在西安,逢年过节,多少次忙碌到深夜回家,多希望在走进家门的那一刻,厨房里有妈妈的身影,沙发上有父亲的等待。可一打开门,家里依旧是伸手不见五指的黑,安静到连灰尘落地的声音都能听得清楚，那种积压在胸腔里的痛，那种难以名状的孤独感或许再无他人能感受得到。

我想，我还是渴望父爱的，对父亲是有期待和爱的。只是，无数次冰冷决绝的话语和分歧，让我们不会表达也害怕表达了，最终选择了逃离。

我也想好好和父亲倾诉，但我没有勇气，我心里有一座不可逾越的高山，它比秦岭还高。

在成书过程中,我看到了王瑛对女儿的等待,看到了阿敏对“自闭症”养子无私的爱，还听懂了李连杰的父亲其实对他是愧疚与深爱的，更明白了一心向往山外的何春燕，为何最终按照父亲的嘱托做了27年护林员。

这也许就是人间，爱有时越冷越烫。

我想明白了，也在一次次的回家与“尝试交流”中摸索出了如何与父亲对话,父亲也小心翼翼地配合着我的逻辑,我们就像“天底下最笨的人”，才开始学习怎么开口说话——面对自己爱在深处的人。

此时正值午夜，我正在写着《过秦岭》的后记。窗外雨潺潺，过了秋分还是热气蒸腾的西安，终于断崖式降温了。此后，便是一场秋雨一场凉了吧！

再次念起辛弃疾的词：“欲说还休，欲说还休，却道天凉好个秋！”

是啊，却道天凉好个秋！

我起身拿出披肩，裹在了身上，不一会儿就暖起来了。母亲发来微信，试探似的，嘱咐我秋凉了，不可写作到太晚，临了又补充了一句："其实你爸一直都在操心你。"看完信息，不知何故，鼻子一阵发酸，感觉眼睛里有股热乎乎的东西流了出来……

终究，给母亲回复了一句："妈，你们放心吧，我知道了。"

然后也在这篇后记上，画上了最后一个句号。

我知道，我已经走过了秦岭，也走过了我自己。

图书在版编目（CIP）数据

过秦岭 / 王洁著 . -- 西安 : 陕西人民出版社 , 2025. -- ISBN 978-7-224-15804-5

Ⅰ . I25

中国国家版本馆 CIP 数据核字第 2025MQ4605 号

出 品 人：赵小峰

总 策 划：关　宁

出版统筹：韩　琳

策划编辑：王　倩

责任编辑：赵小峰　凌伊君

装帧设计：佀哲峰　杨亚强

图片提供：西安市摄影家协会

TopBook 鬈书客

过秦岭

GUO QINLING

作　　者 王　洁

出版发行 陕西人民出版社

（西安市北大街 147 号　邮编：710003）

印　　刷 中煤地西安地图制印有限公司

开　　本 787 毫米 ×1092 毫米　1/32

印　　张 13.5

字　　数 249 千字

版　　次 2025 年 7 月第 1 版

印　　次 2025 年 7 月第 1 次印刷

书　　号 ISBN 978-7-224-15804-5

定　　价 138.00 元